Otto Knoop

Sagen der Provinz Posen

Salzwasser

Otto Knoop

Sagen der Provinz Posen

1. Auflage | ISBN: 978-3-84608-698-8

Erscheinungsort: Paderborn, Deutschland

Erscheinungsjahr: 2015

Salzwasser Verlag GmbH, Paderborn.

Eichblatts
Deutscher Sagenschatz

Band 3:
Sagen der Provinz Posen

von

Prof. O. Knoop

Der Mäuseturm bei Kruschwitz.

Sagen der Provinz Posen

Gesammelt und herausgegeben von Professor Otto Knoop :::

Mit Abbildungen

Hermann Eichblatt Verlag Berlin-Friedenau

Vorwort.

Die deutsche Sagenforschung in der Provinz Posen beginnt mit meinem großen Posener Sagenbuch, das im Jahre 1893 erschien*). Es ist die Frucht einer etwa zehnjährigen Sammeltätigkeit. Was bis dahin in der Provinz an Sagen gesammelt war, ist in polnischen Schriften zerstreut; von deutscher Seite war kaum etwas geschehen. Man beschränkte sich, wie San-Marte in „Polens Vorzeit in Dichtung und Wahrheit", auf die Wiedergabe der Fabeln alter polnischer Chronisten oder auf die Übersetzung einzelner bekannter polnischer Sagen.

Die freundliche Aufnahme, die mein Sagenbuch fand, ermutigte mich, mit der Sammlung provinzieller Sagen fortzufahren, um so mehr, da es mir auch später gelang, mehrere befähigte Schüler zum Sammeln anzuregen. Von besonderer Wichtigkeit aber war es für mich, daß ein jüngerer polnischer Lehrer, Herr Adalbert Szulczewski in Brudzyn, durch mein Buch angeregt, mit großem Eifer in seiner sagenreichen Heimat Kujawien Sagen aufzuzeichnen begann und mir die Erträge seiner Tätigkeit zur Verfügung stellte. Seit dem Jahre 1897 gab ich das Rogasener Familienblatt heraus, eine unregelmäßig erscheinende vierseitige Beilage zum Rog. Wochenblatt, das in seinen ersten neun Jahrgängen (bis 1905) eine große Menge von volkstümlichem Stoff bringt. Noch mehr gilt das von dem 10. und 11. Jahrgange (1911 und 1912), die hauptsächlich der Posener Volkskunde gewidmet sind. Auch hier finden sich zahlreiche Beiträge von A. Szulczewski.

Inzwischen hatte das Material sich außerordentlich gehäuft, so daß wir, um wenigstens einen Teil auch der Wissen-

*) Otto Knoop, Sagen und Erzählungen aus der Provinz Posen. Sonder-Veröffentlichungen de Historischen Gesellschaft für die Provinz Posen. II. Posen 1893.

schaft nutzbar zu machen, uns entschlossen, „Beiträge zur Volkskunde der Provinz Posen“ herauszugeben. Aber ein Verleger für ein solches Werk war nicht zu finden; wir mußten den Druck aus eigenen Mitteln bestreiten, und so sind denn auch nur zwei Heftchen erschienen*). Das zweite Heft, von Szulczewski herausgegeben, verdient Beachtung. Es bringt wertvolle Sagen aus Kujawien, und zwar: Wandernde Musiker; Bettler;**) Handwerksgesellen; Räuber, Diebe und Zigeuner; Hexen, Teufel und Zmoras.

Gleichzeitig begann ich — abgesehen von kleineren Mitteilungen in Zeitungen — größere Sammlungen in Zeitschriften zu veröffentlichen. In den Mitteilungen der Schlesischen Gesellschaft für Volkskunde, Heft 13 und 15 (1905 und 1906) brachte ich Aberglauben und Brauch aus der Provinz Posen (I. Liebe, Brautstand, Hochzeit, Ehe; II. Mutter und Kind; III. Krankheiten, Tod und Begräbnis; das Leben nach dem Tode) und die Freimaurer im Volksglauben. In der Zeitschrift des Vereins für Volkskunde in Berlin erschienen: Sagen aus Kujawien (Jahrg. 1905 und 1906); der Regenbogen im Glauben und in der Sage der Provinz Posen (Jahrg. 1911); der Tau im Glauben und in der Sage der Provinz Posen (Jahrg. 1912). Die Hessischen Blätter für Volkskunde brachten in Bd. 3: Die Himmels- und Naturerscheinungen in der Anschauung des kujawischen Volkes (Sonne, Mond und Sterne; der Wind; Regen und Hagel; Donner und Blitz; Feuer; Lichterscheinungen und Zeichen am Himmel; der Weltuntergang); in Bd. 4: Polnische Dämonen (der Waschteufel; der Bis; der Plonnik; der Kusy; Boruta und Rokita); in Bd. 5: Polnische Dämonen II (Boruta; der Smok; die Smolnica; die Poludnica; weiße Frauen); in Bd. 6: Die Prinzessin mit der Nadel im Kopf; Polnische Märchen aus der Provinz Posen; in Bd. 7: Polnische Dämonen III (der Berggeist Wójt, in dem wohl der pommersche Wuid d. i. Wodan zu sehen ist).

---

*) Beiträge zur Volkskunde der Provinz Posen. Herausgegeben von O. Knoop und A. Szulczewski. Erstes Bändchen: Volkstümliches aus der Tierwelt. Herausgegeben von O. Knoop. Rogasen 1905. Im Selbstverlage des Herausgebers. Zweites Bändchen: Allerhand fahrendes Volk in Kujawien. Herausgegeben von A. Szulczewski. Lissa i. P. 1906. Friedrich Ebbeckes Verlag (O. Eulitz).

**) Hier teilt der Herausgeber nach polnischer Quelle zwei Sagen von den Podziomki, den Unterirdischen, mit, die ohne Zweifel erst durch deutsche Einwanderer nach Kujawien gekommen sind (S. 17). Schon der kujawische Name der Zwerge, Podziomki, ist nur eine wörtliche Übersetzung der niederdeutschen Bezeichnung „Unterirdschkes“.

Von Posener Zeitschriften brachten die Historischen Monatsblätter in Jahrg. 5 und 6 Beiträge zur Volkskunde der Provinz Posen, und in der Zeitschrift des Naturwissenschaftlichen Vereins veröffentlichte ich mehrfach Volkstümliches aus der Pflanzenwelt und aus der Tierwelt. Im Jahre 1906 begründete der Verlag O. Eulitz in Lissa die Zeitschrift „Aus dem Posener Lande" zur Pflege der Heimatkunde. Sie wurde bald und besonders unter der trefflichen Leitung von Prof. P. Beer der Sammelplatz aller, die für die Volkskunde der Provinz Interesse zeigten. Mit Eifer begann man allenthalben, volkstümliche Stoffe zu sammeln und zu veröffentlichen. In derselben Weise brachte die ebenfalls von O. Eulitz herausgegebene Posener Heimatkunde (1908 und 1909) Sagen und Erzählungen aus der Provinz; sie begann auch eine zweite Sammlung „Volkstümliches aus der Tierwelt", die leider nicht zu Ende geführt wurde, weil das Blättchen bald einging. Von meinen übrigen Veröffentlichungen in den Eulitzschen Zeitschriften erwähne ich einen längeren Aufsatz „Posener Wassersagen" in Jahrg. 1912. Von andern Mitarbeitern auf dem Gebiet der Volkskunde seien genannt Grünberg, Koerth, Konrad, Rheinsberg, Sonnemann, Szulczewski.

Ostern 1908 erschienen als wissenschaftliche Beilage zum Programm des Rogasener Gymnasiums meine Posener Geld- und Schatzsagen, Ostern 1909 Posener Märchen. Dasselbe Jahr brachte dann noch das erste Bändchen der Ostmärkischen Sagen, Märchen und Erzählungen;*) und endlich brachte das Osterprogramm 1912: Posener Dämonensagen. Diese Sammlung sollte besonders die Gestalt des polnischen Skrzat beleuchten; sie blieb aber unvollständig und findet ihre Fortsetzung auch in diesem Buche. Erwähnt seien auch die poetischen Bearbeitungen mehrerer meiner Sagen von R. Kußmann**) und Herta Rolin***).

Auf volkstümlicher Überlieferung beruhen noch die Märchen von H. Konrad†), die der Herausgeber in der Beilage zur Samotschiner Zeitung fortgesetzt hat. Das historische Märchen aus Kujawien von August Baraniecki ist ohne Wert,

---

*) Otto Knoop, Ostmärkische Sagen, Märchen und Erzählungen. Erstes Bändchen. Lissa i. P. 1909. Oskar Eulitz' Verlag.

**) Rudolf Kußmann, Posener Sagen und Schwänke. Posen 1907.

***) Herta Rolin, Ostmärkische Heimatslieder. Posen 1910.

†) Hermann Konrad, Neues Märchenbuch. Volksmärchen aus der Provinz Posen dem Plattdeutschen nacherzählt. Lissa i. P. 1903.

zumal da es in einer so unbeholfenen Sprache abgefaßt ist, daß dem Leser z. B. gerade an der interessantesten Stelle, in der Erkennungsszene S. 41, jeder Genuß genommen wird. —

Die vorliegende Sammlung enthält in der Hauptsache ungedrucktes Sagenmaterial. Nur wenige Stücke entnahm ich meinen früheren Veröffentlichungen; noch weniger sind fremdes Eigentum.

Daß in einer gemischtsprachigen Gegend sich auch die Sagen gemischt haben, ist natürlich, und so bringt auch diese Sammlung deutsche und polnische Sagen nebeneinander. Nicht immer wird die aus polnischer Quelle stammende Sage auch wirklich eine polnische sein. Die polnische Bevölkerung hat, da seit Jahrhunderten deutsche Einwanderungen in das Posener Land und Vermischungen der Volksstämme stattfanden, sehr viel deutsches Sagengut aufgenommen, das jetzt in polnischem Gewande erscheint. Auf den deutschen Ursprung der kujawischen Zwergsagen und der Sagen vom Wójt ist schon hingewiesen. Aber auch die polnische Sage vom schlafenden Heer, die durch Frau Clara Viebigs Roman „Das schlafende Heer" weite Verbreitung gefunden hat, ist in ihrer jetzigen Gestalt nicht polnisch. Es ist, wie man leicht sieht, die deutsche Kyffhäusersage, die von deutschen Einwanderern in die Provinz gebracht ist und sich allmählich mit polnischen Sagen von schlafenden und wiedererscheinenden Kriegern verknüpft hat. Das beweisen die zahlreich wiederkehrenden Züge aus der deutschen Sage, das beweist der rote Husar in Nr. 60, in dem unschwer der Rotbart wiederzuerkennen ist, das beweist auch die oberflächliche Verknüpfung mit der Jadwiga, in der bald die Königin, bald die Heilige aus dem Kloster Trebnitz in Schlesien gesehen wird. Die Entstehung der Sage wird um das Jahr 1830 zu setzen sein. Auch bei andern Sagen ist die deutsche Herkunft nicht zu verkennen, wie andrerseits die Deutschen der Provinz polnische Sagen gern und in großer Menge übernommen haben.

In der Anordnung der Sagen bin ich im allgemeinen Dr. Haas gefolgt.

Rogasen, im März 1913.

Otto Knoop.

Inhaltsverzeichnis.

I. Der Tod; wiedererscheinende Tote.

II. Gebannte und erlöste Geister.

III. Seelen und Geister in Tiergestalt.

IV. Die weiße Dame.

V. Das schlafende Heer; wiedererscheinende Krieger und Helden.

VI. Untergegangenes.

VII. Alp und Mora.

VIII. Irrlichter und Nebelgestalten.

IX. Hausgeister.

X. Luft- und Windgeister; gespenstische Jäger, Reiter, Rosse und Wagen.

XI. Wassergeister.

Seite

XII. Wald- und Feldgeister.

XIII. Riesen.

XIV. Der Teufel.

XV. Die Hexen.

XVI. Allerhand Zauber.

XVII. Schätze.

XVIII. Gewässer.

XIX. Städte, Schlösser, Kirchen und andre Bauwerke.

XX. Steine.

XXI. Die Tiere.

XXII. Die Pflanzen.

Verzeichnis der Abbildungen.

I. Der Tod; wiedererscheinende Tote.

1. Der tanzende Totenschädel.

In dem Vorwerk Stare (Kr. Wongrowitz) wohnte vor vielen Jahren ein alter Musiker, der konnte so schön spielen, daß, wenn er wollte, jung und alt zu tanzen begann. Die Leute glaubten, er stehe mit dem Teufel im Bunde, und der Teufel spiele allein, um die Leute herbeizulocken. Viele hatten deshalb auch erklärt, sie würden nicht mehr hingehen, wenn der Alte spiele; denn in der Zeit sündigten sie gerade am meisten. Aber wenn er zu spielen begann, so eilten sie doch hin, wie von einer geheimnisvollen Macht dazu getrieben.

An einem stürmischen Abend war nun der alte Musiker gestorben, und in der Zeit hörte man hinter seinen Fenstern eine höllische Musik, so daß niemand aus dem Hause zu gehen wagte. Als es hell geworden war, sahen die Leute, die bei dem Hause vorbeigingen, die Erde vor dem Fenster völlig zertreten, und sie waren überzeugt, daß der verstorbene Musiker weitergespielt und die Leute, die durch seine Musik in die Hölle gekommen waren, vor dem Fenster getanzt hätten.

Der Alte wurde begraben, doch nicht auf dem Kirchhof, sondern auf dem Felde. Wenn man nun jetzt um die Mitternachtszeit eines bestimmten Tages im Jahre dort vorübergeht, so kann man ein großes Licht sehen. Es spielt jemand auf der Flöte, und ein Kopf springt auf der Erde hin und her.

Das ist der Kopf des verstorbenen Musikers. Einmal im Jahre spielt ihm der Teufel, für den er früher gespielt hat, auf, und sein Kopf tanzt, indem der Teufel mit dem Schwanze den Takt angibt.

2. Die schöne Wanda.

In der Nähe des Dolziger Sees lebte vor vielen Jahren ein reicher Edelmann, der eine wunderschöne Tochter hatte. Diese war als die schöne Wanda weit bekannt. Eine große Anzahl von vornehmen Jünglingen warb um ihre Hand, aber vergebens. Unter den Bewerbern befand sich auch ein gewisser Jasiek, ein armer und schlichter, aber frommer Bursche. Er war von innigster Liebe zu der schönen Wanda entbrannt; aber wegen seiner Armut und seines niedrigen Standes wurde er von ihr verschmäht, und er begab sich an den See, um dort sein trauriges Los zu beweinen.

So dauerte es Wochen lang, bis die schöne Wanda endlich einen von ihren Liebhabern erhörte. Bald sollte der Tag der Hochzeit sein. Dem armen Jasiek bereitete das großen Schmerz, denn er sah jetzt, daß es mit all seinen Hoffnungen zu Ende war. Die Hochzeit war gekommen; die Brautleute waren vor den Altar geführt, und die Trauung sollte beginnen. Da stürzte Jasiek in die Kirche, um durch Beschwörungen und Fluchworte die Vereinigung der beiden zu verhindern; aber man schaffte ihn mit Gewalt aus dem Gotteshause heraus. Wiederum begab er sich an den See, und nach vielen Verwünschungen warf er sich ins Wasser und ertrank.

Mit großer Freude ward nun die Hochzeit gefeiert, und am meisten freute sich die schöne Wanda, da sie sich jetzt vor dem lästigen Menschen sicher fühlte. Aber sie hatte sich getäuscht. Eben hatte die Schloßuhr die Mitternacht verkündet und die zwölfte Stunde geschlagen, da gingen plötzlich alle Lichter aus; und als man sie wieder angezündet hatte, fand man die schöne Wanda neben dem Sofa tot daliegen. Schnell verbreitete sich das Gerücht, daß der ertrunkene Jasiek aus Rache die schöne Wanda erwürgt habe, um im Tode mit ihr vereint zu sein, und noch heute wird erzählt, daß er in der Geisterstunde mit der schönen Wanda an den Ufern des Sees spazieren gehe.

3. Das Brautpaar von Parkowo.

In der Nähe des Dorfes Parkowo bei Rogasen hat an dem Wege nach Slomowo ein großer Stein gestanden, an den sich folgende Sage knüpft: Ein junger Mensch aus Parkowo kehrte in einer mondhellen Nacht auf jenem Wege nach Hause zurück. Plötzlich erblickte er in einiger Entfernung vor sich eine weibliche Gestalt, in der er bald seine Braut erkannte. Es war in der Nähe des großen Steines. Der Jüngling näherte sich ihr, aber sie wich ihm aus und wollte vorübergehen. Da trat er ihr entgegen, blieb vor ihr stehen, begrüßte sie und sprach einige Worte zu ihr. Zu seinem Erstaunen gab sie ihm keine Antwort. Nun betrachtete er sie genauer und schaute ihr in die Augen. Wie erschrak er aber, als er bemerkte, daß sie statt der Augen nur die tiefen Augenhöhlen hatte! Er fiel tot zu Boden und wurde von Leuten, die ihn bald dort fanden, nach Hause getragen. Zugleich verbreitete sich aber auch die Nachricht, daß zu derselben Zeit die Braut gestorben war. Die beiden jungen Leute hatten sich sehr lieb gehabt und waren nun auch in einer Nacht vom Tode ereilt worden.

Leute, die in der Nacht den Weg gingen, sollen früher das Liebespaar auf dem großen Stein sitzen gesehen haben. Wehe aber demjenigen, der ihnen in die Augen schaute! Er wurde sogleich in einen Stein verwandelt.

4. Der Tod holt eine Frau.

Zu Bożejewice im Kreise Strelno lebte vor Jahren ein Gutsverwalter. Eines Tages saß er mit seiner Frau in der Stube. Da tat sich plötzlich die Tür auf, und der Tod trat herein. Der Mann sah ihn nicht, wohl aber die Frau. Er trat auf die Frau zu, faßte sie am Arm und wollte sie mit sich fortziehen. Die Frau schrie laut auf und bat ihren Mann um Hilfe; sie zeigte immer auf den Tod und sagte, der Tod wolle sie mitnehmen. Da der Mann aber nichts sah, wurde er starr vor Schrecken und wußte nicht, was er tun sollte. Nach einigen Minuten starb die Frau in seinen Armen.

5. Die weiße Gestalt am Rzadkwiner See.

Einst arbeitete ein Mann aus Rzadkwin zur Mittagszeit auf dem Felde nicht weit vom See. Als er nun einmal in

der Richtung nach dem See blickte, sah er plötzlich eine weiße Gestalt aus dem Wasser hervorsteigen und über dem Wasser schweben. Ehe er es sich versah, war sie bei ihm. Er schaute sie an, doch nur einen Augenblick; denn gleich darauf war sie wieder verschwunden. Einige Tage darauf starb der Mann.

6. Das Schicksal voraussehen.

Man sagt, daß Leute, die im Sterben liegen, kurz vor ihrem Tode das Schicksal andrer Menschen voraussehen. Ein Mann in Czarnikau konnte eine Stunde vor seinem Tode nicht mehr sprechen. Plötzlich aber, als er mit seiner Frau allein im Zimmer war, fing er an zu reden und sagte zu der Frau, daß er sie in vier Wochen nachholen werde. Die Frau erschrak, sagte aber, daß sie ihm folgen werde, wenn es Zeit sei. Dann wiederholte er seine Worte noch einmal und starb. Nach dem Begräbnis verfiel die Frau in eine schwere Krankheit. Als eines Tages ihre Kinder um ihr Bett herumstanden, fragte sie sie, ob sie nicht sähen, wie ihr Mann ohne Kopf dastehe und ihr eine Leine zuwerfe, um sie mit sich zu nehmen; doch werde sie nicht so dumm sein, mit ihm zu gehen. Als sie ein andermal im Dunkeln durch die Küche ging, sah sie am Fenster vier weiße Finger. Sie zündete eine Lampe an und sah zum Fenster hinaus, ob da jemand sei; aber es war niemand zu sehen, und als sie das Fenster schloß, waren auch die Finger nicht da. Doch als sie die Lampe ausgelöscht hatte, erschienen die Finger wieder. Eine Woche nach dieser Begebenheit, genau vier Wochen nach dem Tode ihres Mannes, starb die Frau wirklich. In der Nacht nach dem Begräbnis sah das Dienstmädchen die Verstorbene noch einmal im Hause. Sie stand während der ganzen Mitternachtsstunde am Bette des Mädchens. Um ein Uhr verschwand sie.

7. Der kopflose Mann.

Daß der Sterbende seinen Tod anmeldet, oder daß sein Geist sich Verwandten und Bekannten zeigt, ist ein weitverbreiteter alter Volksglaube. Ein Landwirt aus Kaziopole bei Rogasen fuhr einmal mit einer Ladung Obst nach Obornik, um es auf dem Markte zu verkaufen. Die Pferde gingen Schritt für Schritt ihren Weg, und der Mann war halb ein-

geschlafen. Da hörte er plötzlich ein Geräusch, als wenn sich jemand hinten auf dem Wagen mit einer Obsttonne zu schaffen machte. Zugleich vernahm er ein Pfeifen im Chausseegraben. Erschreckt glaubte er, daß er Räubern in die Hände gefallen sei, die ihn ausplündern wollten. Als er sich umsah, gewahrte er in einiger Entfernung an einem Baume einen Mann ohne Kopf stehen. Entsetzt hieb der Landwirt auf die Pferde ein und wagte nicht, sich umzublicken. Als er nach Hause kam, erzählte man ihm, daß ein schwerer Verbrecher, der in einem Häuschen an der Chaussee nach Obornik gewohnt hatte, in dem seine Mutter noch wohnte, in derselben Nacht im Zuchthause verstorben war; und nun erinnerte sich der Bauer, daß der kopflose Mann Sträflingskleider getragen hatte.

8. Ein Hund verkündet den Tod eines Bauern.

Ein Mann aus Krutsch bei Czarnikau fuhr an einem Freitag auf den Markt. Da er lange ausblieb, wurde seine Frau ängstlich und ging ihm entgegen. Sie kam bis zum alten Kirchhof, und da er noch nicht zu sehen war und es schon dunkel wurde, kehrte sie wieder um. Kaum war sie einige Schritte gegangen, da sah sie neben sich einen großen schwarzen Hund, der rote, hell leuchtende Augen hatte. Der Hund begleitete sie bis in das Dorf hinein; dann war er plötzlich verschwunden. Erst spät kehrte der Mann zurück. Am nächsten Tage erzählte die Frau im Dorfe, was sie gesehen hatte, und die Leute deuteten ihr die Erscheinung dahin, daß ihr Mann nicht mehr lange leben werde. Und in der Tat wurde er bald darauf krank und starb.

9. Sterbende Mutter erscheint der Tochter.

Eine Frau in Czarnikau hatte eine alte Mutter, die aber nicht bei ihr, sondern bei einer andern Tochter wohnte. Da erkrankte die Mutter sehr schwer, ohne daß die Frau davon wußte. In der folgenden Nacht in der Mitternachtsstunde hörte nun die Frau, wie in dem Nebenzimmer ein Blumentopf nach dem andern vom Fensterbrett herunterfiel; dann war es ihr, als ob im Nebenzimmer jemand auf und abginge und schwer stöhnte. Bald darauf öffnete sich die Tür zu dem

Zimmer, in dem die Frau schlief, und die Mutter stand vor dem Bette. Die Frau wunderte sich nicht wenig, daß die Mutter zu so später Stunde komme; denn sie wußte noch nicht, daß sie schon gestorben war. Die Mutter aber sagte ihr, daß sie kein Mensch mehr sei, sondern ein Geist, und sie sei nur gekommen, um sich von ihr zu verabschieden. Dann verschwand sie. Als die Frau am nächsten Morgen in das Nebenzimmer kam, fand sie alles in Ordnung, und die Blumentöpfe standen auf dem Fensterbrett wie vorher. Bald erhielt sie auch die Nachricht, daß ihre Mutter in der Nacht gestorben sei.

10. Der tote Freund kommt wieder.

In Grätz lebten einst zwei Freunde, die sich gegenseitig den Schwur geleistet hatten, daß der zuerst Verstorbene auf die Welt zurückkehren und dem andern erzählen solle, wie es nach dem Tode zugehe. Bald darauf starb der eine; der andre kehrte von dem Begräbnis zurück und stand ganz betrübt vor der Tür seines Hauses. Gegen Abend bemerkte er plötzlich, daß der erst vor kurzem begrabene Freund auf ihn zukam. Er erschrak, blieb aber stehen. Der Freund trat zu ihm, reichte ihm die Hand und sagte: „Meinen Schwur mußte ich erfüllen, und deshalb komme ich zu dir. Wie es aber in der andern Welt aussieht, wirst du bald selbst erfahren". Nicht lange darauf starb der Mann auch wirklich.

11. Nach der Taufe sterben.

Kinder, die kurz nach der Taufe sterben, sollen sich nach dem Tode bei ihren Taufpaten zeigen und sich bedanken. In Jmielno bei Pudewitz war einst ein Kind gleich nach der Taufe noch in den Händen der Paten gestorben. In der folgenden Nacht fühlte der Pate, daß ihn jemand mit kalten Händen bei der rechten Hand faßte. Er richtete sich auf und sah zu seiner Verwunderung das Kind, das er am Tage bei der Taufe gehalten hatte, vor sich stehen. Das Kind, das erst wenige Tage alt gewesen war, sagte zu ihm: „Vater, ich werde dir stets dankbar sein, da du mein Taufvater bist und ich durch die Taufe selig geworden bin. Auch werde ich bei Gott für deine Seligkeit bitten". Dann verschwand es wieder.

In der Umgegend von Pudewitz sagt man auch: Wenn ein Taufpate von dem gleich nach der Taufe gestorbenen Kinde träumt, so träumt er nicht, sondern das Kind erscheint ihm wirklich. Und im Kreise Wongrowitz glaubt man, daß jedes Kind, das noch vor dem sechsten Lebensjahre stirbt, nach dem Tode seine Taufpaten häufig besucht.

12. Unschuldig zum Tode verurteilt.

Im Jahre 1880 machte ein Nachtwächter in Gnesen seinen gewöhnlichen Rundgang auf dem Markte, als er im Hause neben dem Amtsgericht in einer Nische einen Mann stehen sah, der die Hand wie zum Fluche erhoben hatte. Anfangs glaubte er, einen Betrunkenen vor sich zu haben; er ging auf ihn zu und wollte ihn aufrütteln, erschrak aber gewaltig, als er statt des Gesichtes ein Totengerippe sah. Mit einem Schrei des Entsetzens stürzte er in eine nahe Schänke und erzählte dort den Vorgang. Alle stürmten nun heraus, und da sahen sie die geheimnisvolle Gestalt langsamen Schrittes gehen und dann um eine Ecke verschwinden. Es soll, wie man erzählte, ein unschuldig zum Tode verurteilter Mann gewesen sein.

13. Der Hauswächter.

In Grochowiska bei Rogowo erscheint immer im November ein Mann in einem langen Mönchsgewande im herrschaftlichen Garten und bewacht das Haus. In dieser Zeit kommt kein Dieb weder in das Haus noch in Garten und Hof; denn sofort stößt der Geist in ein mächtiges Horn, so daß die Leute erwachen. Man erzählt dazu folgende Begebenheit: Ein seinem Herrn treu ergebener Mann sah, daß sein Herr von den Arbeitern bestohlen wurde, da der Nachtwächter schlief. Er beschloß daher, den Nachtwächter zu vertreten und die Diebe abzufassen. Er wurde aber von den Verbrechern gebunden, der Zunge und des Augenlichtes beraubt und noch lebend unter einem Reisighaufen versteckt. Als er dort nach längerem Suchen aufgefunden wurde, war er so erschöpft, daß er nach einigen Stunden verschied; doch konnte er die Diebe noch verraten, indem er bei Nennung ihrer Namen mit dem Kopfe nickte. Auch nach seinem Tode dient er noch der Familie seines Herrn, und kein Dieb besucht den Hof zu der Zeit, wo der alte Wächter wacht.

14. Der Spuk auf dem Baronsberge.

An der Chaussee von Pinne nach Turowo liegen mehrere Hügel. Einer, der mit Wald und Gesträuch bedeckt ist, wird in der Umgegend allgemein der Baronsberg genannt, denn hier soll sich einst ein Baron erschossen haben, der Besitzer von Turowo. Von der Zeit an spukt es auf dem Hügel und auf dem Wege von diesem Hügel bis zum Gute Turowo. Auf dem Hügel rauscht und stöhnt es um Mitternacht, und auf dem Wege fährt der Baron in einer Kutsche, die mit vier Pferden bespannt ist, auf und ab. Einige Male im Jahre fährt er nach seinem früheren Gute, wo er den Gutshof und die Gebäude besieht. Viele Leute aus der Gegend erzählen, daß sie den Baron auf dem Wege fahren gesehn haben, besonders bei bösem Wetter.

15. Der Jäger bei der Quelle.

Einst wurde ein Jäger bei einer Quelle von Wilddieben erschossen. Seitdem ging das Gerücht, daß sich der Jäger dort um die zwölfte Stunde in der Nacht zeige. Einige beherzte Männer, die diesem Gerücht nicht Glauben schenken wollten, machten sich einmal auf den Weg nach der Quelle, um selbst zuzusehen. Als sie eine Zeitlang gewartet hatten, ohne etwas zu bemerken, beschlossen sie, nach Hause zu gehen. Da bewegte es sich plötzlich in dem Busche oberhalb der Quelle, und heraus trat der verstorbene Jäger mit dem Gewehr über der Schulter und umgeben von einer Schar von Hunden. Es war heller Mondenschein, so daß man alles deutlich erkennen konnte. Der Geist trat an die Männer heran und schaute ihnen ins Gesicht. Da rief einer von den Männern des Jägers Namen und wollte ihn anfassen; aber das Gespenst lief der Quelle zu und lachte fürchterlich, und Feuer sprühte ihm aus Augen, Nase, Mund und Ohren, so daß es um die Quelle herum ganz hell wurde. Die Hunde erhoben ein Bellen, welches das starke Rauschen des Waldes übertönte, und verschwanden dann samt dem Jäger. Seitdem ist der Jäger nicht wieder zum Vorschein gekommen.

16. Der Mörder von Pierschno.

In Pierschno im Kreise Schroda erzählt man sich, daß dort einmal vor langen Jahren in einer Nacht bei einem

Der Nawisker See.

furchtbaren Gewitter ein Kaufmann auf dem Gutshofe einkehrte und um Aufnahme bat. Auf die Frage, wohin er wolle und warum er so spät reise, erfuhr der Gutsherr, daß der Kaufmann wertvolle Juwelen bei sich führe, und daß er bei dem schlechten Wetter von dem richtigen Wege abgekommen sei. Der Reisende wurde nun gut bewirtet, und als er dann später seine Juwelen zeigte, da wurde der Gutsherr davon so geblendet, daß er beschloß, sie in seinen Besitz zu bringen. Der Kaufmann begab sich zur Ruhe. Die wertvollen Steine hatte er unter das Kopfkissen gelegt. In der Nacht schlich sich der Gutsherr in die Stube, in welcher der Fremde schlief, erstach den Schlafenden und nahm die Steine unter dem Kopfkissen weg. Um seine Tat nicht bekannt werden zu lassen, schleppte er den Leichnam aufs Feld und wollte ihn dort vergraben. Kaum aber hatte er die Grube fertig, als er von einem Blitz getroffen tot niederstürzte. Am nächsten Tage fand man die beiden Toten.

Viele wollen nun an der Stelle den Geist des Gutsherrn gesehen haben, und man erzählt sich auch, daß, wenn ein geldgieriger Mensch dort vorbeikommt, er von dem Geist in die Erde hinabgezogen wird. Daher wird auch der Fußweg, der dort vorbeigeht, von den Leuten gemieden.

17. Der gespenstische Förster zu Popowo.

Vor langer Zeit war das Dorf Popowo im Kreise Wongrowitz Besitztum eines reichen Grafen. Dieser Graf hatte in seinen Wäldern einen grausamen Förster, der die Leute, die in den Wald kamen, um sich etwas Holz zu holen oder Pilze zu sammeln, aufs grausamste behandelte.

Eines Abends fuhr ein reicher Kaufmann durch den Wald. Er verirrte sich aber und kam schließlich zu der Wohnung des Försters. Dieser nahm ihn freundlich auf und forderte ihn auf, bei ihm zu übernachten; er werde ihm morgen den rechten Weg zeigen. Um aber den Reichtum des Kaufmanns in seine Hand zu bringen, ermordete er ihn in der Nacht, hieb ihn in Stücke und vergrub diese in seinem Keller. Von dem Tag ab hatte der Förster keine Ruhe mehr; denn in jeder Nacht hörte er im Hause Wehklagen und Kettengerassel. Als er einmal spät in der Nacht von einer Jagd kam und sich gerade zu Bett begeben wollte, fielen durch den

Schornstein zuerst die Beine, dann die Hände und zuletzt die übrigen Stücke eines menschlichen Körpers in das Zimmer. Dann wuchsen die Stücke zusammen, und mit Grauen erkannte der Förster den ermordeten Kaufmann. Vor Angst lief er aus seinem Hause und erhängte sich an einem Baum. Seit dieser Zeit erschien er Vorübergehenden in der Gestalt des Teufels.

Der Graf nahm nun einen andern Förster in Dienst; doch der konnte es in der Wohnung des Erhängten nicht aushalten, da in der Mitternachtszeit alles umgeworfen wurde und dabei Gestöhn und Geldklappern sich hören ließ. Auch sah er des Nachts im Walde eine unheimliche Gestalt von ungeheurer Größe. Er war aber ein furchtloser Mann und wagte es deshalb, auf das Gespenst zu schießen. Es ist nun unter den Leuten der Glaube verbreitet, daß man dem Bösen nur mit Glas oder Geld beikommen kann. Er nahm also statt der Kugel ein Geldstück und schoß damit. Am andern Morgen fand er an der Stelle, wo das Gespenst gestanden hatte, einen großen Fleck, als ob dort Teer verbrannt wäre. Das Gespenst aber blieb seitdem verschwunden.

18. Der Reiter in der Johannisnacht.

Im Kreise Grätz gibt es auf einer Wiese einen Teich. In diesen soll einmal am Johannistage ein Reiter geritten sein, um seinen Rappen zu tränken. Er kannte aber die seichten und tiefen Stellen des Teiches nicht und konnte sie wegen des trüben Wassers auch nicht erkennen. So dauerte es denn nicht lange, da geriet das Pferd in eine Untiefe und war im nächsten Augenblick unrettbar verloren. Auch der Reiter, der des Schwimmens unkundig war, ertrank. Als im nächsten Jahr in der Johannisnacht ein Wanderer an dem Teiche vorbeikam, sah er plötzlich einen Reiter, der auf einem Rappen aus dem Wasser herausstieg. Dieser ritt dreimal um den Teich herum und verschwand dann wieder im Wasser. So soll man in jeder Johannisnacht den Reiter sehen können.

19. Der Spuk auf der Eduardsinsel.

Auf der Eduardsinsel bei Santomischel wohnte vor vielen Jahren ein alter Fischer, der warf eines Tages in der Nähe seines Hauses eine Grube aus, um sich einen Keller anzulegen.

Dabei förderte er ein Skelett zutage. Neben demselben lag ein Schwert. Er trug den Schädel und das Schwert in seine Wohnung und bewahrte beides in seinem Schlafzimmer auf. In der Nacht wachte er plötzlich von einem starken Geräusch auf. Es kam ihm so vor, als wenn ein schwerbewaffneter Soldat durch das Zimmer gehe, die Tür aufmache und dann mit einem Säbel kräftig daran schlage. Der Fischer dachte sogleich an das Schwert, das er ausgegraben hatte, und er nahm sich vor, Schwert und Schädel am nächsten Tage wieder einzugraben. Doch da er sehr beschäftigt war, vergaß er, sein Vorhaben auszuführen. In der folgenden Nacht wachte er wieder auf, und nun war es ihm, als ob ein Reiter vom Pferde steige, mit schweren Tritten durch den Hausflur gehe, dann in das Zimmer komme und abermals mit dem Schwert an die Tür schlage. Am nächsten Morgen vergrub der Fischer Schädel und Schwert, und nun herrschte wieder Ruhe im Hause.

20. Die Herrenkeute am Nawisker See.

Mit Abbildung.

Einst fuhr ein reicher Graf, der durch sein verschwenderisches und gottloses Leben weit und breit bekannt war, durch den Buchwald bei Nawisk und kam auch in die Nähe des Sees. Da es sehr finster war, kam er vom rechten Wege ab und geriet auf eine sumpfige Stelle am See. In der Mitte derselben versank er mit Pferden und Wagen. Nach diesem Begebnis heißt jene Stelle noch jetzt die Herrenkeute. Zu mitternächtlicher Stunde soll es dort spuken. Leute, die zu der Zeit den am See vorbeiführenden Weg gehn, sollen immer von dem richtigen Wege abkommen.

21. Die Geisterprozession zu Glembokie.

Ein alter Müller in Kruschwitz war in seinen jungen Jahren in dem Dorfe Glembokie beschäftigt. Nachdem er dort zwei Jahre auf der Mühle gearbeitet hatte, beschloß er, auf die Wanderschaft zu gehen. Er wurde entlassen und machte sich auf den Weg nach Kruschwitz. Da der Tag schon weit vorgeschritten war und er den Weg nicht genau kannte, so verirrte er sich und war gezwungen, auf dem Felde unter einem Schilfhaufen zu übernachten. Kaum war er einge-

schlafen, da wurde er durch Gesang geweckt. Er kroch etwas aus dem Schilfhaufen hervor und sah hinaus. Der Mond schien hell; es war etwas nach 12 Uhr. Der Müller schaute nach der Richtung hin, aus welcher der Gesang kam. Da erblickte er eine Prozession, die sich nach dem Schilfhaufen hin bewegte. Alle Teilnehmer hatten blauseidene Gewänder an und trugen brennende Kerzen in den Händen. Der Geistliche trug das Allerheiligste in einer sehr schönen Monstranz. Der Zug ging mehrere Male um den Schilfhaufen herum. Dann trat eine der Teilnehmerinnen auf den Müller zu; er erkannte in ihr eine vor kurzer Zeit verstorbene Frau aus Glembokie. Diese fragte er, was sie hier wolle. Aber kaum hatte er die Worte ausgesprochen, da erhob sich plötzlich ein gewaltiger Sturm. Die Geister verschwanden, und der Schilfhaufen wurde über dem Müller fortgerissen. Dann war alles still. Am andern Morgen kam der Müller in Kruschwitz an und trat dort wieder in Arbeit; denn die Lust zum Wandern war ihm seit jener Nacht vergangen.

22. Allerseelen.

Ein Mann und eine Frau, die in der Nähe einer Kirche wohnten, hatten gehört, daß in der Nacht zu Allerseelen die Geister der Gestorbenen in die Kirche kämen und hier eine Prozession veranstalteten. Aus Neugierde blieben sie nun einmal nach der Andacht in der Kirche zurück, und da sahen sie denn, daß das richtig war, was man ihnen erzählt hatte. Zuletzt kamen einige Geister auf sie zu, die rieten ihnen, niemand zu sagen, was sie gesehen hätten; denn sonst würden sie bald den Tod sehen. Die Nachbarn wußten nun aber, daß die beiden in der Kirche zurückgeblieben waren, und fragten sie immerzu, was sie gesehen hätten. Zuletzt erzählten sie denn auch alles; am nächsten Tage waren sie tot.

II. Gebannte und erlöste Geister.

23. Die Geisterbannung.

Nach dem Volksglauben gibt es Geister, welche dem Menschen nichts anhaben können; andre dagegen können ihm Schaden tun. Sie drehen ihm gewöhnlich den Kopf um. Wenn

man sie jedoch in Ruhe läßt, müssen sie auch den Menschen in Ruhe lassen. Gute Geister zeigen sich gewöhnlich nur dann, wenn sie etwas gebrauchen. Man muß sie mit den Worten anreden: „Alle guten Geister loben ihren Herrn!" Der böse Geist sagt dann: „Ich nicht," und verschwindet. Der gute Geist dagegen sagt: „Ich auch." Nun kann man ihn ausfragen. Wenn es ein fremder Geist ist, muß man seinen Vornamen erraten; sonst kommt er immer wieder. Einem Priester in Kujawien zeigte sich während des Abendgebetes ein Geist. Jener redete ihn ordnungsmäßig an, und der Geist begehrte eine Messe. Der Priester las sie; aber er konnte den Vornamen des Geistes nicht finden, trotzdem er im Gebetbuch alle Heiligennamen durchging. Deshalb sah er den Geist immer wieder neben sich. Zuletzt erinnerte er sich eines ganz alten Gebetbuches, und in diesem fand er den gesuchten Namen. Da dankte ihm der Geist für seine Erlösung und verschwand.

24. Der erlöste Jüngling.

In einem Dorfe bei Schmiegel wohnte ein ziemlich bejahrtes Fräulein, das ohne Stellung war. Sie hatte sich aber in ihrer früheren Stellung viel Geld erspart und gab dies zu Messen für die Seelen Verstorbener. Zuletzt blieben ihr nur noch ein paar Mark, und sie dachte bei sich: „Wovon werde ich leben, wenn ich dies auch noch weggegeben habe?" Trotzdem gab sie es zur Messe und bat den Geistlichen, die Messe für diejenige Seele zu lesen, die der Erlösung am nächsten sei. Nach Beendigung der Messe ging sie aus der Kirche heraus und dachte dabei: „Woher werde ich nun Geld nehmen, um mir Brot zu kaufen?" Da kommt ihr aus einem entfernten Orte ein junger Mann entgegen und sagt ihr, sie solle nur nach dem Orte gehen; dort werde sie Stellung bekommen. Sie folgt seinem Rate, und als sie in das betreffende Dorf kommt und in das bezeichnete Haus eintritt, da sieht sie das Bild des jungen Mannes an der Wand hängen. Die Frau fragt, woher sie denn wisse, daß sie jemand gebrauche. Darauf erwidert das Mädchen: „Der junge Mann, dessen Bild dort an der Wand hängt, hat es mir gesagt." Die Frau erschrickt und sagt: „Das ist mein Sohn, der vor zwei Jahren gestorben ist." Das Mädchen erzählt ihr nun alles, wie es sich zugetragen

hat. Da merkt die Frau, daß es ihr Sohn gewesen, der jetzt erlöst ist.

25. Der spukende Schäfer.

In einem Dorfe bei Fraustadt stand an einem Teiche ein Schäferhaus, und daneben war eine Schafschwemme. Der Schäfer, der in dem Hause wohnte, wurde allnächtlich durch eine unsichtbare Gestalt belästigt, die ihm das Laken wegzog und ihn aus dem Bette warf. Einmal zerrte ihn die Gestalt sogar bis an den Teich. Die fortgesetzten Beunruhigungen wurden dem Schäfer endlich zu viel, und er ging zu einer weisen Frau. Diese riet ihm, Weihwasser zu nehmen und das Gespenst damit zu besprengen. Als nun in der nächsten Nacht das Gespenst wieder erschien, besprengte er es. Sogleich wurde die Gestalt sichtbar; es war ein Mann in weißem Kleide, und um ihn herum standen viele Schafe. Der Mann erzählte, er habe vor vielen Jahren das Schäferhaus abgebrannt und müsse nun zur Strafe so lange ruhelos umherirren, bis er dem Nachfolger seine Geschichte erzählt habe; jetzt sei er erlöst und werde Ruhe finden. Nach diesen Worten verschwand er, und das Gespenst wurde seitdem nicht wieder gesehen.

26. Der gespenstische Reiter zu Pakosch.

Vor ungefähr 40 Jahren hörten Leute, die bei dem Kalvarienberge, einem mit Bäumen bewachsenen Hügel im Westen der Stadt Pakosch, wohnten, alle Tage um die Mitternachtszeit Pferdegetrampel, und viele wollten einen Reiter gesehen haben, der in vollem Galopp den Berg einigemal umritt. Zuletzt lenkte der Reiter das Pferd auf den Hügel selbst, stieg herab und blieb längere Zeit an einem Baum stehen. Dann sprang er wieder auf das Pferd und verschwand in der Dunkelheit. Die Leute erzählen, daß ein früherer Besitzer des benachbarten Dorfes Leuten, zu dem damals der Kalvarienberg gehörte, einstmals auf einem Spazierritt einer armen Frau begegnete, die auf dem Berge trockene Äste sammelte, was er streng verboten hatte. Er hetzte seine Hunde auf das arme Weib, und sie wurde von den wütenden Tieren totgebissen. Bald darauf ließ der Gutsbesitzer in dem Wäldchen einige Bäume abhauen und war bei dem Fällen

selbst zugegen. Da wurde er unversehens von einem stürzenden Baume erschlagen. Von dieser Zeit an spukte es in dem Wäldchen. Der damalige Propst von Pakosch wurde zu Rate gezogen. Er besprengte die Stelle, wo die Frau von den Hunden totgebissen war, mit Weihwasser und hängte an dem Baum, bei dem der Reiter immer anzuhalten pflegte, ein Heiligenbild auf, das noch heute zu sehen ist. Seitdem hat sich auf dem Kalvarienberge nichts wieder sehen lassen.

27. Die verhexte Brücke.

Bei einem Dorfe im Kreise Czarnikau liegt ein See, über den eine Brücke führte. Diese Brücke war, wie die Leute erzählten, verhext; denn demjenigen, der darüberfuhr, brachen entweder die Räder des Wagens oder es rissen die Stränge, so daß die Pferde fortliefen. Eines Abends fuhr ein Bauer über die Brücke. Als er ungefähr auf der Mitte war, rissen plötzlich die Stränge, und zwei Räder brachen entzwei. Die Pferde liefen davon, und der Bauer fiel vom Wagen. Als er wieder aufgestanden war, sah er einen Geist, der weiß gekleidet war, im Wasser schwimmen. Er wußte in seiner Angst nicht, was er tun sollte, und deshalb fiel er auf die Knie und sprach: „Alle guten Geister loben Gott!" Sogleich schwamm der Geist an das Ufer und kam auf die Brücke; dann erzählte er, er habe sich einmal von dieser Brücke ins Wasser gestürzt und ertränkt, und darum habe er die Seligkeit nicht erlangt, sondern müsse hier noch jetzt als Gespenst herumwandeln. Der Bauer solle darum in der Kirche eine Messe für ihn beten lassen; dann werde er erlöst sein. Der Bauer versprach das zu tun, und plötzlich standen beide Pferde wieder vor dem Wagen, und die Stränge und die Räder waren wieder ganz, als ob nichts geschehen wäre. Der Bauer fuhr nach Hause. Am nächsten Tage ging er mit seiner Familie in die Kirche und ließ eine Messe lesen, und seit der Zeit ist keinem mehr ein Unglück auf der Brücke passiert.

28. Das gespenstische Pferdebein.

Ein Müller in der Gegend von Schroda wurde einst durch ein Klopfen an der Tür aus dem Schlafe geweckt. Er stand auf und wollte die Tür aufmachen, um den späten Besuch

hereinzulassen, als auf einmal der Hinterfuß eines Pferdes in die Stube hüpfte. Verwundert sah sich der Müller das Wunderding an; als es aber zuviel Lärm im Zimmer verursachte, ergriff er es und warf es die Treppe herunter. Doch bald wiederholte sich das Klopfen, und wiederum hüpfte das Bein herein. Dasselbe geschah zum drittenmal. Da ward es dem Müller doch zuviel; er trug das Bein in die Mühle und warf es zwischen die Mühlsteine, so daß es vollständig zerquetscht wurde. Da auf einmal erschien der unlängst verstorbene Müller und dankte seinem Nachfolger für die Tat. Der Verstorbene hatte nämlich die Leute, die bei ihm Getreide mahlen ließen, fortgesetzt betrogen, und dafür mußte seine Seele, in einen Pferdefuß verwandelt, büßen.

III. Seelen und Geister in Tiergestalt.

29. Die Seele als Eidechse.

Alljährlich pilgern viele Leute aus Kujawien nach dem bekannten Gnadenorte Czenstochau in Rußland. Auf einer solchen Pilgerreise befand sich vor Jahren ein kujawischer Mann. Ihn verfolgte unablässig eine Eidechse. Schloß er sich in einer Stube ein, um zu übernachten, so war sie gleich an seinem Lager und übernachtete an seiner Seite. Zuletzt ward ihm die Zudringlichkeit des Tieres lästig, und er fragte seine Reisegefährten, was er tun solle. Diese rieten ihm, das Tier zu töten, und so schlug er es tot. Nach mehreren Tagen waren die Pilger in Czenstochau angelangt und wurden von dem dortigen Priester empfangen. Plötzlich brachen vor dem wundertätigen Marienbilde zwei Lichter. Der Priester wußte gleich, daß auf dem Wege irgendein Pilger ein Verbrechen begangen hatte, und er fragte die Leute, ob nicht einem unterwegs etwas Ungewöhnliches zugestoßen sei. Da erzählte der Mann von der Eidechse, wie sie ihm erschienen sei und wie sie ihr Ende gefunden habe. „Unglücklicher," rief ihm da der Priester zu, „du hast die Seele deiner Frau gemordet! Sie wollte nach Czenstochau pilgern, um selig zu werden." Der Mann durfte nun nicht mehr in die Kirche hinein, sondern mußte an der Klostermauer stehen und Buße tun.

Das Schloß zu Reisen.

Und jetzt erinnerte er sich auch, daß seine Frau gelobt hatte, eine Pilgerfahrt nach Czenstochau zu machen, daß sie aber durch ihren frühzeitigen Tod daran gehindert worden war.

30. Die Seele eines Kindes ruft nach der Taufe.

Das Volk erzählt sich, daß die Seelen derjenigen Kinder, die ungetauft gestorben sind, in der Gestalt von weißen Tauben umherirren und die Vorübergehenden um die Taufe anflehen. Eines Abends ging eine Frau aus Zerniki in Kujawien an der Heiligenfigur, die im Dorfe steht, vorbei. Da bemerkte sie auf derselben eine weiße Taube, die „krtu" d. i. Taufe rief. Hätte nun die Frau das Kreuzeszeichen gemacht und sie auf den Namen Adam oder Eva getauft, so wäre die Seele erlöst gewesen. Die Frau aber wunderte sich nur über den seltsamen Vogel und blieb vor der Figur stehen. Da flog die Taube davon.

31. Die Seele als weiße Gans.

Vor Jahren fuhr ein Bauer aus Königsbrunn in Kujawien in der Nacht durch Markowitz. Als er in der Mitte des Dorfes war, tat sich auf einmal das Tor eines Gehöftes geheimnisvoll auf, und eine weiße Gans trat heraus und ging in der Richtung nach der Kirche zu. Der Bauer dachte in seinem Sinn: „Es wird ja niemand erfahren, wenn du der Gans den Hals umdrehst und sie mit nach Hause nimmst." Er stieg also vom Wagen, um die Gans zu greifen. Als er nun hinter ihr hereilte, hörte er, daß die Gans menschliche Tritte hatte. Er wurde stutzig, folgte ihr aber doch bis vor die Kirche. Die Pforte tat sich von selbst auf und schloß sich hinter der Gans wieder. Da wurde dem Mann erst klar, daß es keine wirkliche Gans war, sondern ein Geist. Eiligst stieg er wieder auf seinen Wagen und jagte davon.

32. Der Hahn auf der Brücke.

In Seeburg im Kreise Schroda lebte vor vielen Jahren ein Graf, dem die umliegenden Güter gehörten. Dieser konnte die Untreue seines bildschönen Weibes nicht überleben. In dem Erlenhain, der sich an dem Kanal zwischen Santomischel und seinem Dorfe hinzieht, machte er seinem Leben, das ihm

täglich von neuem zur Last und Qual wurde, ein Ende. Über diesen Kanal führt eine Holzbrücke. In ihrer Nähe fand man die Leiche des betrogenen Grafen. Sein durch den Selbstmord mit Schuld beladener Geist findet noch bis zum heutigen Tage keine Ruhe, und noch jetzt werden die Leute in rauhen und stürmischen Gewitternächten an ihn erinnert. Auf der Brücke sitzt dann ein roter Hahn mit zornig gesträubtem Gefieder. Um den Hals trägt er eine schimmernde Kette, deren Edelsteine einen blutigen Schein von sich geben. Nachdem der Hahn seinen dreimaligen Ruf hat erschallen lassen, verschwindet er, um sich in der nächsten Mitternachtsstunde wieder einzufinden.

33. Die schwarze Katze auf dem Grabe.

Auf dem Rittergute Wituchowo im Kreise Birnbaum lebte einst eine Gräfin, die wegen ihrer Hartherzigkeit weithin bekannt war. Als sie auf dem Sterbebette lag, erschien drei Tage vor ihrem Tode um Mitternacht eine schwarze, mit vier feuerschnaubenden Rappen bespannte Kutsche, deren Lenker vor dem Hofe Einlaß begehrte. Nachdem der Nachtwächter das Tor geöffnet hatte, fuhr die Kutsche bis vor das Portal des Schlosses und verschwand hier. Drei Tage nach dem Tode der Gräfin erschien die Kutsche wiederum um Mitternacht vor dem Tor und wurde von dem Nachtwächter eingelassen. Auch diesmal hielt sie vor dem Portal des Schlosses, und es entstieg ihr eine schwarz gekleidete Frauengestalt, die im Schlosse verschwand. Nach einiger Zeit kehrte sie wehklagend zurück und bestieg die Kutsche, die sich dann entfernte. Als sie an dem Nachtwächter vorbeikam, erhielt dieser einen furchtbaren Schlag, so daß er besinnungslos zu Boden stürzte. Obwohl er sich wieder erholte, starb er doch am dritten Tage darauf.

Auf dem Grabstein der Gräfin erscheint alljährlich in der Neujahrsnacht eine schwarze Katze mit feurigen Augen. Wenn diese Katze einmal in der Neujahrsnacht ausbleiben wird, dann wird die Welt untergehen.

34. Ein Wilddieb erscheint als Kalb.

In dem großen bei Pudewitz gelegenen Walde wohnte einst ein grausamer Förster. Dieser traf einmal im Walde einen Wilddieb und tötete ihn. Nicht lange darauf erschien

ihm in einer Nacht der getötete Wilddieb in der Gestalt eines Kalbes. Der Förster war der Meinung, das Tier sei irgendeinem von den Landleuten, die neben dem Walde wohnten, entflohen und im Walde wild geworden, und so nahm er sein Gewehr und schoß darnach. Doch der Schuß blieb ohne Wirkung, und als nun das Kalb sogar noch über ihn hinwegsprang, da nahm er entsetzt Reißaus und lief durch den Wald, um zu Leuten zu kommen. Auf seiner Flucht fiel er in eine tiefe Grube, die sich in der Nähe des Gutes Grünhof befindet, und fand darin seinen Tod. Seit jener Zeit ist das Wasser der Grube rötlich gefärbt, und die Bewohner von Grünhof behaupten, daß das Wasser der Grube sich mit dem Blute des Försters vermischt und davon die rötliche Färbung bekommen habe. Auch erzählt man, daß viele Leute gesehen haben, wie in der Nacht ein Kalb Wasser aus der Grube getrunken habe, und sie meinen, daß der ermordete Wilddieb sich in der Weise an dem Förster räche, daß er sein Blut trinke. Denn alle andern Tiere wollen dieses Wasser nicht trinken.

35. Der schwarze Stier am Wasser.

In der Nähe eines Kreuzweges bei Pinne befindet sich ein tiefes, mit Weiden umwachsenes Wasserloch inmitten einer Wiese. In diesem hat vor vielen Jahren ein Schmiedegeselle sich in selbstmörderischer Absicht ertränkt. Sein Leichnam konnte trotz alles Suchens nicht aufgefunden werden. Dagegen erscheint seitdem alle Jahre in der Neujahrsnacht an dem Wasserloch ein schwarzer Stier. Wenn einst, so geht die Sage, in der Neujahrsnacht sich dort zwei Stiere zeigen werden, so wird die Welt untergehen.

36. Der schwarze Hund auf dem Gutshofe.

In Ottensund bei Rogowo kann man in jeder Nacht gegen 12 Uhr einen mächtigen schwarzen Hund auf dem Gutshofe herumlaufen sehen. Die Leute erzählen, er schütze den Hof gegen Diebe. Ein früherer Inspektor ging einmal in der Nacht nach dem Kuhstall, um nach einer kranken Kuh zu sehen. Da bemerkte er bei dem Schein der Laterne den schwarzen Hund neben der Kuh. Im ersten Augenblick hielt er ihn für ein Kalb. Als er nun den Hund aus dem Stall treiben wollte, knurrte er und wollte nicht von der Stelle

weichen; ja, er machte sogar Anstalten, seinen Platz mit den Zähnen zu verteidigen. Dem Inspektor wurde es unheimlich, und er eilte in seine Wohnung, um sich ein Gewehr zu holen. Als er zurückkam, fand er den Hund noch dort. Er legte an und wollte schießen; doch der Hund rührte sich nicht von der Stelle, sondern sah den Inspektor mit einem solchen Blick an, daß dieser, von einer sonderbaren Angst getrieben, den Stall verließ. Draußen rief er den Nachtwächter und erzählte ihm, was geschehen war. Der bekreuzte sich und bat dann den Inspektor, dem Hunde ja nichts zu tun, da das ein Unglück nach sich ziehen würde; er habe den Hund schon seit Jahren in jeder Nacht getroffen und sei ihm immer aus dem Wege gegangen. Das hat denn der Inspektor in Zukunft auch getan.

Die Leute aus dem Dorf wollen auch gesehen haben, wie der Hund öfter gegen Mittag in den See sprang und im Schilf verschwand. Jedesmal hörte man dann ein Getrampel von Pferden, die um den See herumgaloppierten.

37. Unversöhnte erscheinen als Hunde.

In Groß-Slawsk lebten vor Jahren zwei Schwestern, die sich fortwährend zankten und dadurch Ärgernis gaben. Nach einiger Zeit starb die eine der Schwestern, ohne sich mit der andern auszusöhnen. Nach ein paar Jahren folgte ihr auch diese ins Grab. Aber da geschah etwas Unglaubliches. Um Mitternacht entstiegen den beiden Gräbern die Geister der Unversöhnten in der Gestalt von zwei Hunden und bissen sich auf den Gräbern. Davon erfuhr auch der Geistliche. Er ging in einer Nacht auf den Kirchhof, um die Geister zu bannen, und er bannte sie auch. Sie mußten ihm Rede stehen, und nun erzählten sie ihm, daß sie unversöhnt gestorben seien und sich nun in der Gestalt von Hunden herumbeißen müßten. Der Geistliche versöhnte sie, und seit der Zeit wurden sie nicht mehr gesehen.

38. Die Hunde im See von Gaj.

Die Bewohner von Gaj bei Schrimm erzählen folgende merkwürdige Begebenheit: Etwa im 16. Jahrhundert besaß daselbst ein Graf große Güter, und ihm gehörte auch der bei Gaj gelegene See. Der Graf hatte nur einen Sohn, der nach seinem Tode Erbe der Güter werden mußte. Als der Vater

starb, war der junge Graf erst acht Jahre alt, und so übernahm der Oheim, seines Vaters Bruder, die Vormundschaft über ihn. Doch diesem gefielen die schönen Güter selbst, und er beschloß, sich des Neffen zu entledigen, um selbst die Herrschaft antreten zu können. Seine Frau war ihm dabei behilflich. Als einige Zeit seit dem Tode des alten Grafen vergangen war, begannen sie den Knaben roh zu behandeln, und dieser merkte bald, daß man Böses gegen ihn im Schilde führe. Er beschloß daher zu fliehen. Als der Oheim und die Tante eines Tages abwesend waren, nahm er aus der Güterkasse eine große Summe Geldes und ging davon.

Nach einer Reihe von Jahren kehrte er in die Heimat zurück. Aber anstatt sich mit dem Onkel auszusöhnen, begab er sich zu dem Fischer, der ein einsames, am See gelegenes Häuschen bewohnte und den er schon von früher her kannte. Von diesem erfuhr er, daß der Onkel vor der Obrigkeit geschworen habe, sein verstorbener Bruder habe ihm auf dem Sterbebette die ganzen Güter vermacht, falls der Sohn sich derselben unwürdig zeigen sollte; er habe dann die Erbschaft angetreten, und da er selbst keine Kinder habe, so wolle er jetzt Verwandten seiner Frau die Güter übergeben. Der Neffe wurde zornig und versuchte den Fischer zu einem Handstreiche gegen seinen Onkel zu verleiten. Nach langem Zögern versprach der Fischer seine Hilfe, und es wurde nun verabredet, daß der Fischer den Grafen auf den See locken solle, um ihn dort zu ertränken. An einem schönen Maitage überredete der Fischer den Grafen zu einer Kahnfahrt. Arglos ging dieser in die Falle. Es war am Abend. Mitten auf dem See warf der Fischer mit einem plötzlichen Stoß den Grafen aus dem Kahn, so daß er ertrank. Niemand hatte etwas davon gesehen. Aber seit der Zeit hatte der Fischer in den Nächten keine Ruhe mehr, und er nahm sich vor, sein Verbrechen anzuzeigen. Als er dem jungen Grafen, der nun wieder das ihm rechtmäßig zukommende Besitztum in Empfang genommen hatte, davon Mitteilung machte, befiel diesen große Angst und Furcht vor der Strafe, und er beschloß, sein Leben von neuem durch die Flucht zu retten. In einer finstern Nacht begab er sich zu dem See, um auf dem Kahne auf die andre Seite zu kommen. Wie er nun eine Zeitlang dahin gerudert war, sah er plötzlich eine Gestalt aus dem See hervortauchen und auf sich zu-

kommen. Erschreckt wollte er um Hilfe rufen, doch vergebens; die Gestalt zog ihn in die Tiefe des Sees herab.

Nicht lange darauf zog der Fischer beim Fischen im See zwei Hunde mit seinem Netz heraus, die sich in einander festgebissen hatten. Einer derselben trug am Halse eine goldne Kette, in der der Fischer die des jungen Grafen erkannte; es war kein Zweifel, daß die beiden Hunde die ertrunkenen Grafen waren. Aus Verzweiflung erhängte er sich an einer alten Eiche, die sein Haus beschattete. Sein Nachfolger aber hörte nachts ein Geräusch auf der Eiche, als wenn jemand Äste mit einem Beil abhiebe, und auf dem See hörte er lautes Hundegebell und menschliches Wehklagen.

39. Ein schwarzer Hund kämpft mit dem Teufel.

Nicht weit von Kirchen-Popowo im Kreise Wongrowitz befindet sich eine tiefe Grube; an ihrer Stelle soll früher ein Bauerhof gelegen haben. Dem Bauer, der darin wohnte, ging es in seiner Wirtschaft sehr schlecht, und er hatte sich dem Teufel verschrieben, der ihm wieder auf die Beine helfen sollte. In einer Nacht verschwand plötzlich der Hof mit Menschen und Gebäuden, und man sah am Morgen an der Stelle nur Wasser. Die Leute aus der Umgegend erzählen, daß ihre Vorfahren gesehen haben, wie in den Nächten dort ein Hund mit einem Teufel gekämpft habe, der in der Gestalt eines Ziegenbockes erschien, und sie meinen, daß der schwarze Hund der Bauer gewesen sei, der mit dem Teufel um seine Seele kämpfte. Um 1 Uhr verschwanden die Gestalten wieder in der Grube.

40. Die verfolgten Totengeister.

Die Polen nennen die Geister der Verstorbenen Upióry, und sie erzählen lange Geschichten von ihnen. Der Upiór ist ein Geist, ein böser Geist, der auf der Erde herumirren muß; aber er ist kein Teufel, der ja mächtig ist und den Menschen schadet, er ist vielmehr ein schwacher, verdammter Geist, der sogar den Winden nicht Widerstand leisten kann. Er wird von den Winden nach allen Seiten getrieben und kann nie dahin gelangen, wohin er gelangen will oder soll. Er wird von andern Geistern verfolgt und fleht deshalb öfters bei den Menschen um Hilfe. Die Menschen aber können

dem Upiór auf keine Weise helfen, da die verfolgenden Geister sie daran hindern.

Man erzählt weiter, daß der Upiór der Geist eines Menschen sei, der während seines Lebens grausam gegen andre Menschen gewesen ist. Wenn diese dann auch gestorben sind, so lassen sie ihrem einstigen Peiniger keine Ruhe. Sie rächen sich jetzt an ihm und verfolgen ihn durch die ganze Welt.

Hauptsächlich wird von den Bewohnern der Dörfer der verstorbene Gutsbesitzer, wenn er grausam war und die Leute schlecht behandelte, Upiór genannt. Er wird von seinen früheren Untertanen fortwährend verfolgt. So erzählt man folgende Geschichte: Einst lebte ein reicher Graf — der Wohnort desselben läßt sich nicht feststellen; denn fast jeder Erzähler behauptet, daß es der Graf seines Heimatsdorfes gewesen sei —, der seine Leute sehr hart behandelte. Eines Tages ereignete es sich, daß eine arme Frau vor seinen Palast kam, um ihn um ein Almosen zu bitten. Aber sie erhielt nicht nur nichts, sondern wurde auf Befehl des Grafen noch durchgeprügelt und dann fortgejagt. Auch seine Diener behandelte der Graf sehr grausam. Für das kleinste Vergehen ließ er sie tagelang hungern, indem er ihnen nur Wasser und etwas Brot reichen ließ. Manche bekamen überhaupt nichts, so daß sie Hungers starben. Nach einiger Zeit starb der Graf. Seitdem wurde sein Geist in den Nächten von den Leuten gesehen. In seiner Nähe befanden sich noch andre Geister, das waren die Diener des Grafen, die schon vor ihm gestorben waren. In einer Nacht nun erschien der Graf in der Gestalt eines schwarzgekleideten Mannes einer Frau aus dem Dorfe. Diese erkannte ihren früheren Herrn sofort und fragte ihn, weshalb er denn nach dem Tode keine Ruhe habe. Da erzählte er ihr sein ganzes Elend: er müsse für seine Grausamkeit büßen, indem er fortwährend von seinen einstigen Dienern verfolgt werde, die in Gestalt von Vögeln, Katzen, Fischen u. a. hinter ihm hereilten und ihm alles Fleisch von den Knochen rissen. Und er könne nichts dagegen tun. Zuletzt sagte er der Frau, daß ihm nur dadurch geholfen werden könne, wenn ihm jemand von seinen Untertanen, der noch am Leben wäre, etwas, und sei es nur ein ganz kleines Stückchen Brot, reichte. Die Frau hatte zufällig etwas Brot bei sich und wollte es ihm geben. In demselben Augenblick aber stürzten sich

Hunde, Katzen, Krähen und andre Tiergestalten auf den Grafen. Die Frau erschrak so sehr, daß sie besinnungslos zu Boden fiel.

Andre erzählen wieder, der Graf sei der Frau in der Gestalt eines großen Hundes erschienen, und auf diesen habe sich eine Schar von Krähen gestürzt. Gewöhnlich jedoch nimmt man an, daß der Upiór sich in der Gestalt eines Menschen zeigt.

41. Das schwarze Kreuz.

Zur Zeit des polnischen Aufstandes im Jahre 1848 gehörte das Dorf Ludom-Dombrówka, jetzt Eichenhagen im Kreise Obornik, einem Herrn von Lipski, der im Volksmunde noch als Graf Lipinski fortlebt. Da er seine Leute schlecht bezahlte, holten sie sich fast jede Nacht von seinen Feldern Korn, Kartoffeln und Gemüse, und aus den Wäldern stahlen sie Holz. Der Graf befahl deshalb seinen Vögten, auf die Diebe achtzugeben und jeden, den sie bei einem Diebstahl ertappten, streng zu bestrafen. Nicht lange darauf faßte einer der Vögte einen Mann beim Stehlen ab, und da dieser sich widersetzte, geriet er in solche Wut, daß er den Dieb auf der Stelle totschlug. Seit der Zeit aber fand er keine Ruhe mehr; denn immer sah er den getöteten Dieb vor sich stehen. In der Meinung nun, daß der Graf daran schuld sei, daß er dem Mann das Leben genommen habe, trachtete er dem Grafen selbst nach dem Leben. Als der Graf das erfuhr, ließ er den Vogt in ein unterirdisches Gewölbe sperren und dort umkommen.

Nach seinem Tode ließ der Vogt dem Grafen keine Ruhe. In jeder Nacht erschien er ihm in der Gestalt eines großen schwarzen Hundes, und an jedem Morgen sah der Graf auf der Wand über seinem Bette ein schwarzes Kreuz, unter dem die Worte geschrieben waren: „Du wirst dein Leben ebenso endigen, wie ich das meinige geendet habe.“ Man erzählt auch, daß der Vogt dem Grafen, wenn er mit seinem Viergespann fuhr, mehrmals die Pferde angehalten habe.

Weiter erzählt man, daß der Graf wirklich ein solches Ende gefunden habe, wie es ihm durch das schwarze Kreuz angekündigt worden war. Er ließ nämlich auch andre von seinen Leibeigenen, wenn sie sich eines Vergehens schuldig

gemacht hatten, in das unterirdische Schloßgewölbe einsperren und darin verhungern, indem er ihnen nur Wasser und Heu als Nahrung vorsetzte. Da geschah es eines Tages, daß sein eigner Diener, dem das unmenschliche Verfahren seines Herrn zu Herzen ging, diesen in das Gewölbe hinabstieß und darin einsperrte. Der Graf kam im Keller um. Nach seinem Tode fand er keine Ruhe; denn noch jetzt muß er zu nächtlicher Weile in Begleitung einer weißen Dogge in dem Schlosse umhergehen. Auch hört man in jeder Nacht von 12 bis 1 Uhr einen von heftig schnaubenden Pferden gezogenen Wagen um das Schloß herumfahren, und die Leute behaupten, daß man in den unterirdischen Gewölben des Schlosses ein Jammern und Stöhnen vernehme, das von den zu Tode Gemarterten herrührt.

Vor mehreren Jahren zeigten sich auch denen, die in der Mitternacht von Ludom nach Eichenhagen gingen, mehrere Hasen. Das Merkwürdige war, daß sich unter ihnen ein schwarzer Hund befand, den sie nicht in Ruhe ließen, sondern fortgesetzt anbissen. Die Leute taten diesen Hasen nichts; denn sie wußten, daß es keine wirklichen Hasen waren, sondern Geister, und zwar die Geister von früheren Arbeitern des Grafen Lipinski. Der Hund war der Geist des Grafen selbst. An ihm rächten sich jetzt die Hasen dafür, daß er sie einst ins Unglück gebracht hatte. Einmal ging ein fremder Mann in der Nacht den Weg. Er traf den Hund und die Hasen auch, und in dem Glauben, daß es wirkliche Tiere wären, rief er dem Hunde zu: „Wesiom, wesiom!“ (von polnischen Hirten gebraucht, wenn sie den Hund auf die Kühe hetzen). In demselben Augenblick wurde es finster um ihn her, und dann hörte er einen Lärm, als wenn eine Reihe von Pferden bei ihm vorbeiliefe. Erschreckt stürzte er zu Boden. Erst nach einigen Stunden kam er nach Ludom, wo er das Ereignis erzählte. Seit dieser Zeit hat man die Hasen und den Hund nicht wieder gesehen.

IV. Die weiße Dame.

42. Die Jungfrau mit dem Schlüsselbund.

In dem Städtchen Bentschen sieht man noch heute die Trümmer eines Schlosses, in denen sich zur Mitternachtszeit

der Geist einer Jungfrau zeigt. Sie erscheint in weißem Gewande und mit aufgelösten Haaren, und in der Hand trägt sie ein Schlüsselbund. Die Leute der Umgegend erzählen, daß vor langen Jahren auf dem Schlosse ein übermütiger und grausamer Graf gewohnt habe, der den Sohn seines Nachbarn im Zorn erschlug. Er hatte zwei Töchter, von denen er die ältere über alles liebte. Als er einmal in den Krieg ziehen mußte, übergab er sein geliebtes Kind seiner zweiten Tochter Jadwiga, die über ihr wachen sollte, damit ihr kein Leid geschehe. Jadwiga verschloß nun an jedem Abend selbst alle Türen und Tore, um dem feindlichen Nachbarn, dem der Vater den Sohn getötet hatte und der deshalb auf Rache sann, keine Gelegenheit zu geben, seine Rache auszuführen. Trotzdem gelang es ihm, das Mädchen zu rauben. Als der Graf aus dem Kriege zurückkehrte und erfuhr, daß seine Tochter geraubt sei, da geriet er in große Wut und schlug der armen Jadwiga, die doch unschuldig war, das Haupt ab. Ihr Geist aber erscheint noch jetzt zur Nachtzeit einsamen Wanderern auf den Trümmern des Schlosses.

43. Die weiße Dame im Schlosse zu Reisen.

Mit Abbildung.

Im Schlosse zu Reisen erschien in der Nacht oft eine weiße Dame. Man versuchte auf verschiedene Weise, den Spuk zu verscheuchen, doch immer vergebens. Einmal kam ein sehr alter Priester in das Schloß. Als man ihm von dem Erscheinen des Geistes erzählte, bat er, daß man ihm die Treppe zeige, wo die weiße Dame wandle. Man tat es sogleich. Der Priester ließ sich nun die Augen verbinden und schritt, die Stufen zählend, die Treppe herab. Er ging weiter und führte die ihm Folgenden durch eine Pforte in den Park. Bald blieb er vor einem Baum stehen, den er fällen hieß, und man fand darunter die Gerippe zweier Kinder.

Der Priester erzählte nun folgendes: „Als ich einst in meiner Jugend in der Umgegend von Reisen übernachtete, kam eine Frau zu mir und bat mich, mit ihr zu einer todkranken Dame zu gehen. Ich willigte ein und wollte der Führerin folgen. Sie jedoch verband mir die Augen und ließ einen Wagen vorfahren. Nach einer langen Fahrt hielt der Wagen. An dem Rauschen der Bäume merkte ich, daß wir uns in einem

Park befanden. Ich wurde in ein Schloß geführt und sollte nun auf einer Treppe auf die Kranke warten. Bald erschien diese und beichtete mir, daß sie ihre zwei Kinder ermordet und im Garten begraben habe. Deshalb sei sie von ihren Brüdern ins Gefängnis geworfen worden, und dort sei sie Hungers gestorben. Jetzt habe sie keine Ruhe und müsse nun jede Nacht zu dem Grabe ihrer Kinder wandeln, um zu beten. Sie bat mich nun, ihr zu dem Grabe zu folgen. Sie ging voran, ich folgte, die Stufen und dann die Schritte zählend. Bald waren wir an Ort und Stelle. Über dem Grabe wuchs ein Baum, der damals noch dünn war. Ich habe den Stamm befühlt und auch ein Blatt abgerissen, so daß ich später sah, daß es ein Birnbaum war. Die Frau sagte mir nun, daß sie nicht eher Ruhe haben werde, als bis die Kinder auf einem Kirchhof lägen, und daß ich dazu ausersehen sei, sie zu erlösen. Da schlug es ein Uhr, und die Gestalt war verschwunden. Ich fühlte mich von einer Hand ergriffen und wurde wieder an den Wagen geführt. Bald war ich wieder zu Hause und schlief sofort ein. Erst nach einiger Zeit kam mir das Gedächtnis an diese Begebenheit zurück. Jetzt habe ich meine Pflicht der Toten gegenüber erfüllt und werde nun ruhig sterben können."

Die Gebeine der Kinder wurden nun auf dem Kirchhofe begraben, und seit der Zeit herrscht Ruhe im Schloß zu Reisen.

44. Die weiße Dame zu Kopaszewo.

In einer strengen Winternacht, mehrere Jahre nach der letzten Teilung Polens, klopfte es an der Eingangstür einer Posener Pfarrei. Als der Geistliche, welcher gerade seine letzten Abendgebete verrichtete, nach dem Begehr der Eintretenden fragte, wurde ihm die Bitte ausgesprochen, einem Sterbenden die letzten Sakramente zu spenden. Vor der Tür hielt eine vierspännige Karosse. Nichtsahnend nahm der Geistliche in dem Wagen neben den beiden Platz, die ihm die Bitte vorgetragen hatten, während ein dritter das Gefährt lenkte. Kaum begann dasselbe fortzurollen, als dem Geistlichen beide Augen verbunden wurden unter der Beteuerung, daß ihm nichts geschehen werde, wenn er sich ruhig verhalte; denn nur besondre Umstände seien die Veranlassung dazu. Nicht ohne bange Sorge und einsehend, daß ein Fluchtversuch

unmöglich sei, saß er still während der langen, mehrere Stunden dauernden Fahrt. Er hatte Zeit genug, die Ortschaften und Städte zu zählen, welche der Wagen passierte. Bei den Städten waren es die gepflasterten Straßen, bei den Dörfern das Hundegekläff, das ihn darauf aufmerksam machte, daß sie sich an einem bewohnten Ort befanden. Da er die Umgegend genau kannte und aus der erstmaligen Fahrtrichtung wußte, daß der Weg nach Süden ging, so kam er zu dem Schluß, daß er in dem Kreise Kosten war. Als der Wagen hielt, wurde er eine Treppe hinaufgeführt und in ein Gemach geleitet. Hier wurde ihm die Augenbinde abgenommen. Er befand sich in einem großen düstern, knapp erleuchteten Raum. Vor ihm standen seine beiden Begleiter, mit Masken versehen und darum unkenntlich. In der Tiefe des Saales kniete ein junges Mädchen von seltner Schönheit, angetan mit weißem Gewande. Neben ihr war über einige Ellen im Quadrat und einen halben Fuß hoch Sand auf dem Parkett ausgebreitet. „Walten Sie Ihres Amtes," sagte in strengem Tone einer der Maskenmänner zu dem Geistlichen. „Dieses Mädchen ist zum Tode verurteilt, doch soll sie bei ihrem Tode nicht des religiösen Trostes entbehren." Der Geistliche hörte die Beichte des Mädchens und reichte ihr das Abendmahl. Als er seine geistlichen Funktionen erledigt hatte und sich erhob, um seinerseits die inzwischen wieder erschienenen Männer für die Unglückliche zu bitten, fiel auch das Mädchen einem derselben zu Füßen und flehte: „Gnade, Onkel!" Der Angeredete erwiderte hierauf zu dem Geistlichen gewandt: „Sie wissen, Hochwürden, was sie begangen; Sie kennen ihre Schuld. Es gibt kein Erbarmen; der Familienrat hat sein Urteil gesprochen." In demselben Augenblick sah der erschrockene Geistliche nur noch, daß das unglückliche Mädchen auf den Sandhaufen geschleppt und mit einem Schwertstreich hingerichtet wurde.

Sofort wurden dem Geistlichen wiederum die Augen verbunden und er denselben Weg, den er gegangen, zum Wagen gebracht. Er hatte noch die Geistesgegenwart, die Stufen der Treppe zu zählen, auf der er heruntergeführt wurde. In rasender Fahrt ging es dann nach Posen zurück, wo er, vor dem Pfarrhause abgesetzt, Gott dankte, daß er unversehrt zurückgekehrt war, obwohl ihm bei dem Gedanken an sein furchtbares Erlebnis gruselte.

Jahre gingen dahin. Die Erinnerung an die furchtbare Winternacht war verblaßt, als sich der Pfarrer zufällig in einem Landhause im Kreise Kosten aufhielt. Der Salon, in den die Gäste geführt wurden, befand sich im ersten Stock. Beim langsamen Hinaufgehen zählte er, um vielleicht den Rest des noch nicht durchschrittenen, ihm in seinem Alter beschwerlichen Treppenaufganges zu berechnen, die einzelnen Stufen. Da die Zahl mit derjenigen genau stimmte, die ihm seit jener Schreckensnacht im Gedächtnis geblieben war, so wußte er, in wessen Hause er damals gewesen.

Der Besitzer hatte gewechselt. Die früheren Besitzer waren in der Gegend nicht mehr ansässig.

Als im Jahre 1824 die Gräfin St. an einem herrlichen Maiabend mit ihrer Nichte den hinter dem Garten des Gutes Kopaszewo liegenden Feldweg entlang spazieren ging und an eine Stelle kam, wo unfern dieses Weges ein Kreuz stand, sagte sie zu ihrer Nichte: „Dieses Kreuz ist vor einigen Jahren frisch eingesetzt worden. Bei dem Ausheben des Bodens traf man auf einen Sarg, in dem sich die Reste der Leiche eines jungen Mädchens befanden. Der Kopf lag aber abgetrennt am Fußende. Aus den noch vorhandenen Resten der seidnen Kleidung und der Schuhe ließ sich schließen, daß die Person den besseren Ständen angehört hatte. Sie soll jene Jadwiga gewesen sein, die als Waise bei ihrem Onkel lebte und die sich bei ihren einsamen Spaziergängen in dem nahen Walde in einen Forstgehilfen verliebt hatte. Als das Verhältnis zur Kenntnis des strengen Onkels kam, konnte dieser die ihm und seinem Hause vermeintlich zugefügte Schmach nicht ertragen und führte durch Familienbeschluß das tragische Ende des unglücklichen Mädchens herbei."

Mit dieser vielleicht eine wirkliche Tatsache bergenden Erzählung hat sich nun die Sage verknüpft. So wird im Dorfe Kopaszewo und von den Schloßbewohnern noch viel von der weißen Dame erzählt, deren Wehklagen man in stürmischen Winternächten zu vernehmen meint. Manch einer vom Schloßgesinde weiß schaudernd zu berichten, wie die weiße Dame im dunklen Korridor seufzend und klagend an ihm vorbeistreifte.

An einem kalten und stürmischen Winterabend saß das Schloßgesinde nach getaner Arbeit in der Küche zusammen. Die Herrschaft war auf einem Nachbargute und wurde vor

dem nächsten Morgen nicht zurückerwartet. Diese Gelegenheit benutzte die Dienerschaft, um sich auch ihrerseits zu amüsieren. Als sie beim lustigen Tanze waren, wurde plötzlich die Tür aufgerissen, und wie von unsichtbaren Geisterhänden wurde das Licht ausgelöscht. Nun hörte man ein Keuchen und Schnaufen, dazwischen ein Wimmern und Stöhnen, und dann plötzlich das Klirren einer Waffe und das Fallen eines runden Körpers, der auf dem Fußboden dahinrollte. Dann Totenstille — der nächtliche Spuk war vorüber. Noch lange wagten die Erschreckten kaum zu atmen; in Todesangst verharrten sie in der Dunkelheit. Erst nach und nach begann die Starrheit aus den Gliedern zu weichen. Der Beherzteste zündete das Licht wieder an. In der Küche war alles wie früher, nur die bleichen Gesichter zeugten von dem verschwundenen Spuk. Nach und nach kam ihnen auch die Sprache wieder, und alle erklärten, nicht länger in dem Spukschlosse bleiben zu wollen. Als die Herrschaft am nächsten Morgen zurückkam, da kündigte die ganze Dienerschaft.

Man erzählt ferner noch, daß an dem Todestage der weißen Dame um Mitternacht ein Priester in der Schloßkapelle Messe liest. So wie er damit angefangen hat, erscheint die weiße Dame und kniet in einem Betstuhl nieder. Nachdem die Messe gelesen ist, tritt der Priester an die weiße Gestalt heran und spricht: „Deine Sünden sind dir noch nicht vergeben; du wirst immer noch keine Ruhe im Grabe finden.“ Darauf verschwindet der Priester, und auch die weiße Gestalt erhebt sich stöhnend und verläßt die Kapelle. In dieser Nacht wagt sich keiner um Mitternacht aus seinem Zimmer; denn die weiße Frau geht um.

45. Der Kirchenspuk zu Mixstadt.

Vor langen Jahren, als das Städtchen Mixstadt im Kreise Schildberg noch ein kleines Dorf war, lag abseits von dem Wege, der nach Schlesien führt, eine alte Kirche, in der es nicht geheuer war; denn es trieben dort Geister ihr Wesen, und der Wandrer, der die Gegend passieren mußte, machte lieber einen weiten Umweg, als daß er sich der Gefahr aussetzte, von den Geistern gesehen zu werden.

Zur Weihnachtszeit, wenn es draußen stürmte und schneite, war es besonders gefährlich, dort zu gehen. Dann

verließ der Kirchendiener, der ehemals seinen Dienst in dieser Kirche gehabt hatte und dort begraben war, die Totengruft. Mit blutleeren Wangen und klappernder Gestalt kam er in die Kirche, steckte lautlos die Lichter an und bereitete alles zur Messe vor. Wenn er damit fertig war, verließ ein Priester die Sakristei und begab sich in Begleitung eines Meßdieners an den Altar, um die Andacht abzuhalten. In den Bänken saßen tote Männer und Frauen, die einst in der Gruft unter der Kirche beigesetzt waren.

Sobald der Priester die Andacht beendet hatte, begaben sich die Toten wieder zu ihrer Ruhestätte. Nur eine schwarzgekleidete und tief verschleierte Dame blieb zurück; sie trat zu dem Beichtstuhl und wartete auf den Geistlichen, um zu beichten. Hatte der Priester Platz genommen, so bekannte die schwarze Gestalt ihre Sünden und bat um Lossprechung. Der Priester aber erteilte ihr die Absolution nicht, weil ihre Schuld zu groß war. Sie hatte zu ihren Lebzeiten ihren Gemahl ermordet und war gestorben, ohne sich mit Gott versöhnt zu haben. Durch sie war denn auch die Ruhe der andern Toten, die dort begraben waren, gestört worden, und jedes Jahr mußten sie einmal ihre Ruhestätte verlassen, um Gott um Verzeihung zu bitten.

Später sind die überreste der in der Kirche Beigesetzten in geweihter Erde begraben worden, während der Sarg der Mörderin, die eine reiche Gräfin aus der Umgegend gewesen sein soll, abseits von den andern verscharrt wurde. Dann wurde auch die Kirche abgerissen und der Boden umgepflügt, und seit dieser Zeit haben die Toten ihre Ruhe wiedererlangt.

V. Das schlafende Heer; wiedererscheinende Krieger und Helden.

46. Der Trauerberg bei Morzewo.

Bei dem Dorfe Morzewo bei Schneidemühl befindet sich ein Berg, der Żale d. i. Trauerberg genannt wird. Auf demselben sollen einst die Heiden die Asche ihrer Toten bestattet haben, und noch jetzt werden dort Urnen gefunden, die das bestätigen.

In der Nähe des Berges wohnte einst ein Bauer, der war ein sehr böser Mensch; und weil sein Gewissen ihm Tag und Nacht keine Ruhe ließ, so schweifte er auch des Nachts auf den Feldern umher. Als er nun einst in der Mitternachtsstunde bei dem Berge vorbeikam, flammte es dort plötzlich auf. Die Flamme wurde größer und größer, bis sie zuletzt wie ein brennender Holzstoß aussah. Nach einer Weile tauchten aus der Erde große, in weiße Gewänder gehüllte Gestalten hervor und stellten sich um das Feuer. Ihre Zahl wurde immer größer; endlich wurde es still. Die Gesichter dieser Gestalten waren blaß, ihre Augen hohl. Wie versteinert standen sie um das Feuer, in dem ein Körper, wie es schien, der eines Menschen lag. Plötzlich ertönte ein kaum hörbarer Gesang. Die Stimmen der Geister klangen hohl und dumpf, und traurig war die Weise, die sie sangen. Zuletzt wurde der Gesang immer leiser, bis er ganz verstummte, und zugleich verschwand alles.

Der Bauer begab sich zitternd nach Hause und hat von der Zeit an ein besseres Leben geführt.

47. Der Totenberg.

Bei dem östlich von Schneidemühl gelegenen Dorfe Rzadkowo erhebt sich ein Hügel, der Pośmiertnica d. i. Totenberg genannt wird. Dort sollen Schweden begraben sein, die vor langen Jahren in dieser Gegend schrecklich hausten und viele Greueltaten verübten. Zur Strafe dafür müssen die Seelen dieser Unmenschen einmal im Jahre, und zwar an einem Herbsttage, aus dem Grabe steigen und auf Erden Buße tun. Die Bewohner der dortigen Gegend können durch nichts bewogen werden, zu der Zeit an dem Hügel vorbeizugehen; denn sie sind fest überzeugt, daß sie von den büßenden Geistern überfallen und getötet werden.

Vor einigen Jahrzehnten ging ein Bauer, der sich zu lange in einem Nachbardorfe aufgehalten hatte, in der Mitternachtsstunde den Weg, der an diesem Hügel vorbeiführt, nach Hause. Er war gerade bei dem Hügel angekommen, als er ein Trompetensignal hörte. Verwundert blieb er stehen. Da ertönte das Signal noch einmal, und bald darauf vernahm er Pferdegewieher, Säbelgerassel, wüstes Geschrei und da-

Der Dom zu Tremessen.

zwischen Trompetengeschmetter. Plötzlich brauste ein furchtbares Reitergeschwader wie ein Sturmwind über seinem Haupte dahin, voran ein Reiter mit feurigen Augen und ein Schwert in der Hand schwingend, auf einem feuerschnaubenden Rosse, hinter ihm seine Gesellen in schwarzen, fliegenden Mänteln, mit wildflatterndem Haar. Dann, als das Geräusch seinen Höhepunkt erreicht hatte, schlugen Schwerter zusammen; wilde Rufe durchzitterten die Luft, Hilferufe ertönten, ein schreckliches Stöhnen und Ächzen liess sich hören, und dann ward es plötzlich still; die ganze Erscheinung war verschwunden.

Der Bauer war in so grosse Angst geraten, dass er kaum nach Hause finden konnte, und erst am folgenden Tage vermochte er zu erzählen, was geschehen war.

48. Der Graf von Woynowo.

In der Nähe des Dorfes Woynowo bei Schokken stand auf einem hohen Sandhügel eine Burg, deren Überreste noch heute zu sehen sind. Nicht weit davon dehnt sich ein Wald aus, und in diesem befindet sich ein See. Die Burg bewohnte einst der Graf Woyna mit seinen vier Söhnen. Er war ein tapfrer Held; wenn er zum Kriege auszog, wurde er von den Feinden allgemein gefürchtet, und nie kehrte er nach Hause zurück, ohne dass er den Feinden eine grosse Niederlage beigebracht hatte. Wenn er zum Kriege ausziehen wollte, beriet er sich immer erst mit einem alten Einsiedler, der mitten im Walde wohnte. Nun war er wieder einmal in den Krieg gezogen, aber schon in der ersten Schlacht wurde er getötet. Seine Leiche wurde nach Hause gebracht und auf dem Kirchhofe nahe bei der Burg bestattet. Die Burg bekamen nun die Söhne.

Die jungen Grafen waren sehr übermütig. Eines Tages waren sie in den Wald auf die Jagd gegangen. Da stiessen sie auf einen mächtigen Auerochsen, und weil sie ein solches Tier noch nie gesehen hatten, jagten sie hinter ihm her. Der Auerochs lief dem See zu, stürzte sich hinein und schwamm auf die andre Seite hinüber. Durch das laute Hundegebell aus seiner Andacht emporgeschreckt, kam der Einsiedler aus seiner Hütte heraus und bat die Jäger, das Tier in Ruhe zu lassen und nicht darnach zu schiessen. Aber sie hörten nicht auf seine

Worte, sondern voll Zorn über seine Mahnungen schlugen sie auf ihn ein, und nur der jüngste Bruder beschützte und rettete ihn.

Kurze Zeit darauf fielen die Feinde wiederum in das Land ein. Der älteste Bruder zog mit tausend Rittern ins Feld, wurde aber schon auf dem Wege krank und starb. Da zog der zweite Bruder mit zweitausend Rittern den Feinden entgegen. Er wurde in der ersten Schlacht geschlagen und getötet. Nun zog der dritte Bruder mit dreitausend Rittern hinaus. Ihn ereilte dasselbe Schicksal wie den zweiten.

Es war nur noch der Jüngste übrig. Er hatte weder Geld noch Soldaten, und doch hätte er sich gerne dem Feinde entgegengestellt, um seine Brüder zu rächen. Deshalb ging er zu dem Einsiedler und fragte ihn um Rat. Der Einsiedler, der ihm dankbar war, weil er ihn einst vor dem Übermut seiner Brüder geschützt hatte, führte ihn zu dem Grabe seines Vaters. Dort steckte er seinen Stab in die Erde und zwar an der Stelle, wo der Tote seinen Kopf hatte, klopfte dreimal mit einem Hammer auf den Stab, und mit einem Male erschien der Auerochs, den einst die Brüder gejagt hatten. Darauf klopfte der Einsiedler dreimal auf den Kopf des Auerochsen, und dieser verwandelte sich in den alten Grafen Woyna. Er trug einen schwarzen Panzer mit einem weißen Kreuze auf der Brust. Er fragte nun den jungen Grafen, was er von ihm begehre, und der Sohn erzählte ihm, daß seine Brüder alle im Kampfe gefallen wären und daß er sie gern rächen möchte; er habe aber weder Geld noch Soldaten, und so habe er sich an den Einsiedler um Hilfe gewandt. Der habe ihn hierher geführt. Da schlug der alte Graf dreimal auf den Stab, und zum Erstaunen des Jünglings verwandelten sich die alten Eichen, von denen das Grab umstanden war, in Greise mit langen Bärten. Die Greise schüttelten mit den Bärten, und lauter Geld fiel heraus; aus dem Grabe aber stiegen zahllose Ritter, die ebenso gepanzert waren wie der alte Graf. Sie alle zogen nun ins Feld; und als die Feinde den alten Grafen mit seiner Ritterschaft herannahen sahen, da machten sie plötzlich kehrt und flohen davon.

Darauf kehrte der alte Graf mit seinen Rittern zurück nach Woynowo, und alle stiegen wieder in das Grab.

49. Der See von Witoslaw.

An dem über eine Meile langen Witoslawer See im Kreise Wirsitz findet man in den Ortschaften Witoslaw und Orle Ruinen von alten Burgen, die durch einen unterirdischen Gang miteinander verbunden gewesen sein sollen. Diese beiden Burgen gehörten einem Ritter, mit Namen Witoslaw, der ständig die größere Burg in Orle bewohnte. Einmal wurde der Ritter in Orle von den Feinden belagert. Als er dem feindlichen Heere nicht länger Widerstand leisten konnte, zog er heimlich mit seinen Leuten durch den nur ihm bekannten Gang nach der andern Burg. Aber die Feinde merkten bald, daß er die Burg verlassen hatte, und zogen ihm nach. Vergeblich bestürmten sie die Burg zu Witoslaw. Schon wollten sie entmutigt abziehen, da kam aus der Burg ein Überläufer zu ihnen, der hatte dem Ritter Rache geschworen, weil er von ihm eine entehrende Strafe erlitten hatte. Dieser führte einen Teil der Feinde durch den unterirdischen Gang von Orle nach Witoslaw. So im Rücken angegriffen, wurde der Ritter zaghaft. Mit seinem Hifthorn rief er seine Getreuen zum letzten Kampfe zusammen. In diesem Augenblick wurde er tödlich von einem Pfeil getroffen und fiel von der Mauer in den See und ertrank. Noch jetzt aber wollen die Leute von Witoslaw, das von dem Ritter den Namen erhalten hat, in stürmischen Nächten sein Hornsignal aus dem See ertönen hören.

50. Wiedererscheinende Krieger.

Zwei Männer verließen einst die Stadt Czarnikau, um nach Hause zu gehen. Sie schritten über ein weites Feld, und als sie auf einem Hügel angelangt waren, hörten sie plötzlich einen langgezogenen Schrei. Erschreckt blieben sie stehen und vernahmen Waffengeklirr, Rossewiehern, Todesgebrüll und Kommandoworte. Das alles geschah aber in einer so kurzen Zeit, daß der Tumult schon zu Ende war, ehe die beiden Männer noch recht zur Besinnung kamen. Wie man erzählt, waren es die Geister der in einem Kriege an jener Stelle gefallenen Soldaten, die das Geschrei verursacht hatten.

51. Die Ritter von Trebnitz.

Die Tartaren waren verwüstend in Polen eingefallen und bis nach Schlesien vorgerückt. Das Heer der Polen war sehr gering, doch kämpfte es mit dem größten Heldenmute. Alle fielen bis auf den Führer. Dieser wurde schwer verwundet. Die damalige Königin von Polen, eine Heilige, bat jetzt die Allerheiligste Mutter, sie möchte den Tod der Gefallenen in einen Schlaf verwandeln. Als Ruheplatz bekamen sie eine Grotte unter der Kirche in Trzebnice (d. i. Trebnitz in Schlesien) angewiesen. Alle schlafen; der Führer aber sitzt auf einem Stein und betet den Rosenkranz. Einem Mädchen gelang es einstmals, den Zugang zu dieser Grotte zu finden. Sie trat hinein, sah die Ritter und erschrak sehr. Der Führer erlaubte ihr, weiter in die Grotte hineinzugehen, gebot ihr aber, die Glocke, die am Eingang befestigt war, nicht zu berühren. Das schüchterne Mädchen berührte die Glocke aber doch. Auf den Klang der Glocke erwachten die Ritter und rüsteten sich. Darüber erzürnt, schloß sich der Führer mit seinen Soldaten noch tiefer in die Erde ein, so daß sie bis jetzt noch nicht entdeckt wurden. Um 12 Uhr am Mittag und in der Nacht soll es unter der Kirche läuten.

52. Das schlafende Heer.

Links an der Chaussee, die von Montwy nach Kruschwitz führt, ist ein Berg, worin das „schlafende Heer" liegt und ruht, bewacht von seiner Schutzpatronin, der heiligen Jadwiga. Leute, die zur Nachtzeit dort vorübergingen, und besonders Hirten, die in früherer Zeit auf den Wiesen, die jetzt entwässert und zu Pflugland umgestaltet worden sind, um den Berg herum hüteten, erzählten mit voller Überzeugung, daß sie dort oft Waffengeklirr und taktmäßiges Marschieren und Exerzieren, dumpf aus der Erde heraufklingend, vernommen haben.

Als eines Tages ein Bauer mit einer Fuhre Hafer zur Stadt fuhr, wurde er von einem Soldaten, der allein vor dem Berge stand, angehalten und ersucht, ihm den Hafer zu verkaufen. Der Mann ging aber nicht darauf ein, weil er hoffte, in der Stadt einen höheren Preis zu erzielen. Er traf jedoch mit dem Soldaten eine Vereinbarung, wonach er den Hafer wieder zurückbringen wollte, wenn er in der Stadt kein hö-

heres oder gar ein geringeres Preisangebot erhalte. Und das geschah denn auch. Nun mußte der Mann das Korn abladen und in den Berg hineintragen, wo mit einem Male eine Öffnung, einem Tore entsprechend, da war. Innen sah er denn, so geht die Sage, zu beiden Seiten eines Ganges ein großes, sich weit ausdehnendes Lager schlafender Soldaten, mit sonderbaren, seltsamen Uniformen und Waffen angetan und samt ihren Pferden daliegend. Als er einen derselben im Vorbeigehen berührte, dehnte sich dieser wie einer, der von zu langem Schlaf matt geworden ist, und wollte aufspringen. Doch wehrte ihm der wachende Soldat mit den Worten: „Noch ist es nicht Zeit!" worauf der erstere wieder in seinen Schlaf zurücksank. Als der Bauersmann mit seiner Arbeit fertig war und sein Geld erhalten hatte, sah er nur noch den geschlossenen Berg; die Stelle aber, die vorher offen gewesen war und wo er hineingegangen war, zeigte eine kleine Vertiefung, die vollständig einem Tore glich, das angeblich noch heute zu sehen sein soll.

Durch die Erzählung des Mannes, der sie als wirkliches Erlebnis darstellte — was ungefähr 60 Jahre her ist —, wurden mehrere Besitzer des Berges aufmerksam und ließen dort nachgraben. Aber durch die bei tieferem Eindringen sich darbietenden unüberwindlichen Schwierigkeiten in der Arbeit gehemmt, mußten die Leute immer wieder ergebnislos mit dem Nachgraben aufhören.

53. Das versunkene Heer.

In den Wiesen bei Montwy soll ein großes Heer von Polen schlafen. Von den Russen verfolgt, überschritten sie die Montwy, aber auf dem moorigen Boden konnten sie nicht weiter. Da öffnete sich die Erde und nahm sie auf; und bis auf den heutigen Tag schlafen sie dort.

Vor vielen Jahren fuhr ein Wirt aus der Gegend von Strelno des Nachts nach Hohensalza, um dort Hafer zu verkaufen. Als er die Wiesen von Montwy passierte, stand plötzlich ein Soldat vor ihm auf dem Wege, hielt ihn an und fragte ihn, was er fahre. Der Mann erwiderte, er wolle Hafer nach der Stadt bringen. Der Soldat wollte ihm den Hafer abkaufen. Als sie sich geeinigt hatten, verband der Soldat dem Bauer die Augen und führte ihn in ein unter-

irdisches Gemach, wo ihm die Binde abgenommen wurde. Der Bauer sah hier zwei Reihen Pferde an der Krippe stehen und fressen; an den Wänden schliefen, auf die Hand gestützt, die Soldaten. Mit dem Hauptmann wurde der Wirt bald über den Preis einig, und er wurde nun mit verbundenen Augen wieder hinausgeführt. Hier fand er sich allein; der Hafer war verschwunden, und so kehrte er wieder nach Hause zurück.

54. Die Schlacht bei Montwy.

Nicht weit von Montwy liegen in geringer Entfernung voneinander die drei Orte Janówiec, Przedbojewice und Tupadly. Es war zur Zeit der Schwedenkriege; die Schweden hatten sich in jener Gegend zur Schlacht aufgestellt. In Janówiec stand ein polnischer General mit Namen Jan mit seinem Heere, und von ihm soll der Ort den Namen erhalten haben. Sein Heer traf die Schweden an der Stelle, wo jetzt das Dorf Przedbojewice liegt. Es kam hier zu einem Vorgefecht, in dem die Schweden zurückgedrängt wurden. Von diesem Vorgefecht ((przedbój) bekam das später dort angelegte Dorf den Namen. Als nun das polnische Heer den Schweden nachsetzte, geriet es in einen Hinterhalt und wurde völlig geschlagen. Die nicht weit davon vorbeifließende Montwy färbte sich von dem Blute der Erschlagenen rot. Das später an der Stelle des Hinterhaltes erbaute Dorf erhielt zum Andenken an die Schlacht den Namen Tupadly, d. i. tu padly hier fielen, nämlich die polnischen Abteilungen.

Eine Heeresabteilung nun soll in die Erde versunken sein und bis auf den heutigen Tag dort schlafen. In einer Nacht wurde ein Bauer, der Hafer nach Hohensalza fahren wollte, in dieser Gegend von einem Soldaten angehalten. Nach vielem Feilschen verkaufte der Bauer ihm den Hafer. Er trug ihn durch ein offenes Tor in ein Kellergewölbe hinein. Dort sah er in langen Reihen Pferde stehen, und daneben lagen Soldaten und schliefen. Am Tore aber war ein Strang, der zum Läuten einer dort hängenden Glocke diente. Aus Unvorsichtigkeit stieß der Bauer mit dem Fuße daran, und die Glocke ertönte. Da wurde es lebendig in dem Gewölbe. Die Pferde wieherten, die Soldaten standen auf und fragten, ob

es schon Zeit sei. Doch der Soldat beruhigte alle und vertröstete sie auf spätere Zeiten.

55. Die Schwedenschanze bei Lubin.

Nicht weit von dem Dorfe Lubin, das an dem großen Popielewoer See liegt, befindet sich eine noch sehr gut erhaltene Schwedenschanze. In der Umgegend hat sich die Überlieferung erhalten, daß zur Zeit des ländersüchtigen Königs Karl X. von Schweden in der Nähe der Schanze ein Gefecht zwischen Polen und Schweden stattgefunden habe. Die dort hin und wieder erfolgten Ausgrabungen von allerhand Menschengebein weisen auf Massenbeerdigungen hin. Die Leute behaupten auch, daß die eigenartig dunkle Farbe der Erde auf und in der Nähe der Schanze eine Folge des dort in Masse vergossenen Blutes sei. Im weiteren Umkreise der Schanze findet man nur leichten Sandboden.

56. Geisterspuk auf dem Schwedenhügel bei Scharley.

In der Nähe des Dorfes Scharley am Goplosee erhebt sich ein Hügel von etwa 20 Meter Höhe. Nach der Erzählung alter Leute soll dieser Hügel eine schwedische Schanze gewesen sein, und von hier aus sollen die Schweden die Stadt Kruschwitz beschossen haben. Auch wird berichtet, die Schweden hätten von dieser Anhöhe aus eine Brücke über den See geschlagen, deren Pfähle noch bis zum heutigen Tage erhalten sind. Die Zahl der Schweden soll so groß gewesen sein, daß jeder von ihnen nur einen Hut voll Erde auf eine und dieselbe Stelle auszuschütten brauchte, um den Hügel zu errichten. Auf der Nordwestseite des Hügels befindet sich eine Tür, die zu einem unterirdischen Raum führt, in dem einst die schwedischen Offiziere hausten. Viele von den Schweden sind hier an der Pest gestorben und bei und auf dem Hügel begraben worden. Diese sollen jedes Jahr an dem Sterbetage aufstehen und in das Dorf Scharley gehen, um sich Nahrung zu holen. An diesem Tage hört man auf dem Hügel Pferdegewieher, Waffenklirren und eine unverständliche Sprache.

Eines Tages war der Gutsbesitzer von Scharley in die Stadt gefahren und wollte erst gegen Mitternacht zurückkehren. Schon war die Zeit gekommen, und der Nachtwächter des Gutshofes erwartete die Rückkehr seines Herrn jeden

Augenblick. Da vernahm er vor dem Tore das Herannahen eines vierspännigen Wagens. In der Meinung, daß es sein Herr sei, öffnete er das Tor. Aber er sah sich getäuscht. Auf den feuerschnaubenden Rossen saßen schöne bewaffnete Jünglinge, und in dem Wagen saßen mehrere ältere Offiziere. Im Galopp sprengte das Gespann auf den Hof und hielt vor dem Schlosse des Herrn. Noch größer wurde der Schrecken des Nachtwächters, als er die Offiziere aus dem Wagen in das Schloß eilen sah, während die andern die Pferde in die Stallungen führten und mit Futter versahen. Die Offiziere setzten sich dann an einen Tisch, ließen sich aus dem Keller des Gutsbesitzers den besten Wein bringen, tranken und unterhielten sich in übermäßig lauter Weise. Das dauerte bis gegen ein Uhr. Die Doggen des Gutsbesitzers, die sonst keine fremde Person in den Hof hineinließen, verkrochen sich unter Winseln in die äußersten Ecken des Hofes. Als der Nachtwächter sich von den Hunden verlassen sah, wollte auch er entfliehen. Da stellte sich ihm einer von den bewaffneten Knechten in den Weg und fragte ihn nach dem Herrn. Nachdem er gesagt, daß sein Herr noch nicht aus der Stadt zurückgekehrt sei, begab sich der Schwede in das Schloß, wahrscheinlich um Bericht zu erstatten.

Als die Uhr vom Kirchturm die erste Stunde verkündete, da wurden wieder in Eile die Pferde angespannt, und mit Blitzesschnelle fuhr der Wagen aus dem Hofe über den Goplosee und verschwand auf dem Schwedenhügel.

Dies wiederholte sich jedes Jahr an dem Sterbetage der Schweden. Als aber der Gutshof durch einen Blitz vollständig eingeäschert wurde, da unterblieben diese Besuche; doch hört man auch heute noch an dem bestimmten Tage um Mitternacht Pferdegewieher, Waffenklirren und ein unverständliches Stimmengewirr.

57. Die Gräber am Goplosee.

Am Ufer des Goplosees befindet sich ein Massengrab der im Schwedenkriege gefallenen polnischen Soldaten. Nicht weit davon kennzeichnet ein großer Stein ein einsames Grab. Darin soll die Geliebte eines der Gefallenen ruhen. Sein Tod brach ihr das Herz. In Nächten nun, wenn der Mond sein mattes Licht in den Fluten des Goplo spiegelt, steigt der Held aus

dem Grabe und wandelt am Ufer entlang. Dann steigt auch seine Geliebte aus dem Grabe, bleibt eine Zeitlang auf dem Stein sitzen und folgt dann ihrem Geliebten. Arm in Arm wandeln sie am Ufer weiter. Punkt 12 Uhr entsteigt dem Massengrab der Trompeter. Dann verschwinden die beiden Gestalten, die sich nur in den Mondnächten sehen dürfen.

58. Das schlafende Heer bei Gembitz.

Hinter Gembitz im Kreise Mogilno liegt nach Süden zu ein etwa 10 Quadratmeter großer aufgeschütteter Hügel, wahrscheinlich eine sogenannte Schwedenschanze. Nachgrabungen in demselben sollen eine Menge von Menschenknochen zutage gefördert haben. Dort soll ein polnisches Heer aus der Schwedenzeit schlafen. Es fand, als es von den Feinden bedrängt wurde, in dem sich öffnenden Hügel ein sicheres Versteck. Aus Ärger über das plötzliche Verschwinden der Polen sollen die Schweden den Kirchturm zu Gembitz heruntergeschossen haben, der noch heute der Kirche fehlt.

59. Das schlafende Heer im Schlosse zu Schubin.

In den unterirdischen Räumen des alten Schlosses zu Schubin soll ein großes Polenheer mit seiner Königin liegen. Die Krieger sind mit Panzer, Schwert und Lanze bewaffnet und warten dort auf den Tag ihrer Auferstehung. Vor langer Zeit sollen sie sich hier versammelt und zur Ruhe begeben haben, und hier bleiben sie so lange, bis sie von dem ältesten Ritter geweckt werden. Dieser wird mit einer großen Glocke das Zeichen geben, und dann werden sie alle hervorbrechen, um das Land zu befreien. Die Königin wird nach errungenem Siege ein weißes Roß besteigen und die tapfere Schar in die St. Martinskirche zu Schubin führen, wo ein großer Dankgottesdienst abgehalten werden wird.

60. Der Schmied in der Höhle.

Ein armer Schmied, der zu Hause nichts zu tun hatte, verließ aus Gram über sein Elend seine Familie und begab sich auf die Wanderschaft. Unterwegs begegnete ihm ein Soldat. Es war ein roter Husar. Dieser erkundigte sich nach seinem Handwerk, und als er hörte, daß der Mann ein Schmied sei, trug er ihm auf, nach Hause zu gehen und etliche

Tausend Hufeisen anzufertigen; nach Vollendung der Arbeit solle er mit dem ganzen Eisen wieder auf demselben Wege erscheinen. Das nötige Material werde er zu Hause in seiner Schmiede vorfinden. Der Schmied gehorchte. Als er nach Hause kam, fand er Eisen genug und machte sich sogleich an die Arbeit. In drei Wochen war er fertig. Er packte nun die Hufeisen zusammen, lud sie auf einen Esel und begab sich zu dem bestimmten Platze, wo er den Husaren wieder traf.

Beide zogen jetzt am Goplosee entlang und gelangten nach einiger Zeit zu einem dicht am See gelegenen Berge, der sich bei ihrer Ankunft öffnete. Erstaunt trat der Schmied ein; dann schaffte er die Hufeisen hinein in den Berg und band den Esel am Fuße des Berges an einem Pfahl fest. Darauf schloß sich der Berg hinter ihm. Innen war der Berg vollständig erhellt, so daß er alles genau sehen konnte. Viele Tausende von Soldaten schliefen dort in langen Reihen; auf einem goldnen Throne schlief der König, und die Pferde standen an den Krippen. Der Schmied machte sich nun an die Arbeit und beschlug sämtliche Pferde. Die ganze Zeit arbeitete er ohne Essen und Trinken und Schlafen. Als er wieder in drei Wochen fertig geworden war, befahl ihm der Husar, die Überbleibsel von den Eisen und die Ausschnitte aus den Hufen der Pferde zusammenzufegen, in Säcke zu raffen und als Lohn mit sich nach Hause zu nehmen; aber er sollte die Säcke nicht eher öffnen, als bis er zu Hause angelangt sei. Wieder tat der Schmied, wie ihm geheißen war, wenn auch mit einigem Widerwillen. Als er aber zu Hause ankam und die Säcke öffnete, da fand er sie mit lauter Gold und Silber angefüllt. Darüber war die Freude groß, so groß, daß er vor Freude starb. Seine Nachkommen aber, die noch heute das Schmiedehandwerk betreiben, sollen infolgedessen reiche Leute geworden und noch heute sehr reich sein.

61. Die Helle im Dom zu Tremessen.

Mit Abbildung.

Als im Jahre 1830 der polnische Aufstand im Gange war, kam es auf preußischem Boden bei Tremessen zu Scharmützeln zwischen den Aufständischen und den preußischen Truppen. Die Preußen wurden zurückgeschlagen, und freudetrunken ob dieses Sieges lagerten sich die Polen auf dem Platz vor dem

Dom zu Tremessen, nachdem sie vorher mehrere Wachtposten ausgestellt hatten. Es war Mitternacht vorüber, als einer der Posten eine Helle im Dom bemerkte, wie wenn alle Kerzen zu einem Gottesdienste angezündet wären. Sofort weckte er den Anführer und machte ihn auf die Lichterscheinung aufmerksam. Beide machten sich nun auf den Weg, um die Ursache dieser Helle zu erforschen. Als sie die Vorhalle betraten, sahen sie einen greisen Bischof, von zahlreicher Geistlichkeit umgeben, in schwarzen Gewändern eine Trauermesse lesen. Am Presbyterium, dem eisernen Gitter vor dem Altar, stand ein Katafalk, auf dem ein schwarzer Sarg ruhte, der auf allen Seiten mit Kerzen umgeben war. Auf dem Sarge lag eine königliche Krone und ein Szepter, während sich am Fußende des Sarges ein Schild befand, auf dem die Inschrift stand: Finis Poloniae! (Polens Ende.) Als die beiden Männer das sahen, ergriff sie große Mutlosigkeit, und von Schmerz überwältigt sanken sie nieder. Als sie zum Bewußtsein kamen, war in der Kirche alles wieder ruhig. Die Aufständischen sahen das als ein Wahrzeichen an und ließen vom Kampfe ab.

62. Die toten Krieger zu Gnesen.

Der polnische Aufstand des Jahres 1830 war vorüber, als eines Tages um Mitternacht ein unheimliches Klirren in der alten Krönungsstadt polnischer Könige nahe an dem Dom gehört wurde. Dies wurde in der Stadt ruchbar, und einige Wagehälse wollten der Sache auf den Grund kommen. Sie stellten sich auf der Westseite des Domes auf und warteten auf das geheimnisvolle Klirren. Punkt 12 Uhr öffneten sich die Portale der Kirche, und ein Zug bewaffneter Männer mit wallenden Mänteln kam aus dem Portal auf der Nordseite und umging die Westseite des Domes; dann stürzten sie sich mit den Worten: „Jetzt ist es Zeit!" aufeinander und begannen zu fechten. Bald darauf verschwanden sie auf der Südseite in der Kirche. Das wiederholte sich öfter, bis eine Totenmesse gelesen wurde, und das Herumziehen und Fechten hörte seit dieser Zeit auf.

63. Wiedererscheinende Koschiniere.

In dem Polenaufstande des Jahres 1848 sind zwischen Kirchen-Podlesche und dem Städtchen Mietschisko (jetzt Mark-

städt) mehrere Aufständische gefallen. Diese haben sich nach ihrem Tode wiederholt gezeigt. Einmal hat ein Bauer, der spät in der Nacht von Mietschisko nach Hause zurückkehrte, sie gesehen. Er wollte sie auf seinem Wagen mitnehmen; aber sobald er ein Wort gesprochen hatte, waren sie verschwunden, und die Pferde fingen so an zu rennen, daß er sie kaum halten konnte. Ein andermal ging ein Mann aus Kirchen-Podlesche den Weg. Es war mitten in der Nacht. Plötzlich sah er mehrere mit Sensen, Gabeln und andern Geräten bewaffnete Männer. Sie gingen in derselben Richtung wie er, aber auf der andern Seite des Weges. In dem Glauben, daß es wirkliche Männer seien, redete er sie an; aber in dem Augenblick verschwanden sie.

64. Der Franzosenkirchhof zu Margonin.

An dem Wege, der Margoninsdorf und Margonin verbindet, liegt ungefähr eine Viertelstunde von Margonin selbst entfernt ein Hügel, dessen obere Fläche etwa 10 Meter im Quadrat mißt. Auf dem Hügel stehen sechs Lindenbäume, die zum Teil so stark sind, daß drei Männer sie kaum umfassen können. Unter diesen Bäumen sollen Franzosen ruhen, die auf ihrer Rückkehr von Rußland dort getötet wurden. Als nämlich die Bauern die Franzosen sahen, erfaßte sie eine ungeheure Wut gegen ihre Unterdrücker. In aller Eile bewaffneten sie sich, einige sogar mit Flinten, und stürmten den Franzosen nach, die bedeutend in der Minderzahl waren. Diese zogen sich auf den Hügel zurück, um sich von hier aus zu wehren. Aber bald sahen sie ein, daß sie unterliegen mußten, und so zogen sie es vor sich zu ergeben, weshalb sie ein weißes Tuch auf ein Bajonett banden. Die Bauern aber verspotteten sie nur, stürmten den Hügel hinauf und töteten sämtliche Franzosen. Dann begruben sie die Leichen sofort an Ort und Stelle.

Anfangs wurde dieser Friedhof sehr gemieden, besonders bei Nacht, wo man ein dumpfes Stöhnen unter der Erde hören wollte. Heute ist die Tat fast in Vergessenheit geraten; aber trotzdem wird der Hügel, obgleich das Land ringsherum sehr fruchtbar ist, von dem Dominium Margoninsdorf nicht bebaut. Der Verwalter des Gutes soll von einem Bauer davor gewarnt worden sein.

65. Die goldnen Kegel.

In der Nähe von Kruszewo im Kreise Czarnikau ragen auf einem Berge die Überreste einer alten Burg empor. Von dieser Burg erzählt man folgende Sage: Vor langen Jahren lebte dort ein gottloser Graf, der die Reisenden überfiel und beraubte; ganz besonders aber drückte er die ihm untergebenen Bauern durch Frondienste und hohe Abgaben. In einem Jahr nun vernichtete eine Überschwemmung die ganze Ernte der Bauern. Trotzdem verlangte der hartherzige Graf die Abgaben auf Heller und Pfennig, und wer nicht bezahlen konnte, dem ließ er alles Vieh verkaufen, oder er ließ ihn durch seine Knechte so lange peitschen, bis er versprach, mit seiner Zahlung bald nachzukommen. Als der Graf eines Tages auf die Jagd reiten wollte, warf sich ein Bauer, der nicht nur von der Überschwemmung hart betroffen war, sondern dem auch noch die Frau und zwei Kinder krank darniederlagen, vor dem Grafen nieder und bat ihn, ihm in diesem Jahre die Abgaben zu erlassen; aber lachend ritt der Graf über ihn hinweg, so daß das Pferd dem Daliegenden die eine Hand zertrat.

Für das Geld, das der Graf auf eine so schmachvolle Art einnahm, ließ er sich ein goldnes Kegelspiel verfertigen, und die Bauern hörten das Rollen der Kugeln, wenn sich der Graf mit seinen Genossen bis spät in die Nacht hinein am Spiel ergötzte. Endlich ergrimmten sie über dieses Treiben, und der Bauer, den der Graf einst überritten hatte, rief aus: „Ich wünsche dir, daß du in deinem Grabe keine Ruhe findest, sondern bis zum jüngsten Tage Kegel schieben mußt!" Dieser Fluch ging auch bald in Erfüllung, denn der Graf stürzte einige Tage später vom Pferde und brach sich das Genick. Seine Genossen begruben ihn mit großer Pracht, und der nächste Verwandte übernahm die Burg. Doch in jeder Nacht hörte man ein Rollen und Poltern; die Kegelbahn war in hellem Lichte, und man sah den verstorbenen Grafen, wie er die goldne Kugel schob, bis er am Morgen ächzend zusammenbrach und verschwand. Da wurde es den Bewohnern der Burg unheimlich zumute, und der Ritter und seine sämtlichen Dienstleute verließen den unheimlichen Ort. Niemand wagte sich mehr in die Nähe, und nach und nach fiel die Burg in Trümmer.

Schon viele Jahre waren vergangen, da kam eines Tages

ein Hirtenknabe, der ein verlorenes Schäfchen suchte, dorthin. Sein Schäfchen fand er da nicht, wohl aber sah er feingekleidete Männer Kegel schieben. Voll Verwunderung blieb er stehen. Da trat einer von den Herren zu ihm heran und forderte ihn auf, die Kegel aufzustellen, wofür er reichen Lohn erhalten solle. Der Knabe tat es. Als etwa eine halbe Stunde beim Spiel vergangen war, rief er: „Ich muß fort und meine Heerde in den Stall treiben. Liebe Herren, gebt mir nun meinen Lohn!" Da wurde ihm gesagt, er solle das ganze Kegelspiel zum Lohn nehmen. Der Knabe jedoch, der den Wert dieses Spiels nicht kannte, stieß die Kegel verächtlich mit dem Fuße um; nur eine Kugel steckte er sich in die Tasche und lief davon. Da hörte er hinter sich ein dumpfes Krachen, und als er sich umwandte, sah er noch, wie die Grafen in die Erde sanken. Hätte er das ganze Spiel genommen, so wäre er ein reicher Mann geworden und hätte außerdem die verwünschten Grafen noch erlöst.

66. Der Schmied bei Kaiser Rotbart.

Es war einmal ein Schmied, der lebte sehr gottlos, so daß der Teufel den Auftrag erhielt, ihn schon bei Lebzeiten in die Hölle zu holen. Aber der Schmied erkannte den Teufel schon von weitem; deshalb schloß er sich in seine Stube ein und hielt vor das Schlüsselloch, durch welches der Teufel gewöhnlich hindurchzuschlüpfen pflegt, einen Sack. Der Teufel schlüpfte nun in den Sack hinein, und der Schmied band diesen fest zu, trug ihn in die Schmiede, legte ihn auf den Ambos und schlug mit dem großen Hammer darauf los. Als er dann anhielt und den Sack öffnete, sprang der Teufel wie toll heraus, schwang sich in die Lüfte, und im Sturmesbrausen ging es der Hölle zu.

Nach einigen Jahren erschien der Tod und nahm den Schmied mit sich in die andere Welt. Zuerst ging er mit ihm zum Himmel; aber Sankt Petrus wollte ihn nicht hineinlassen, weil er auf Erden sündhaft gelebt hatte. So führte der Tod ihn dann zur Hölle. Hier wurde er am Tore freundlich empfangen; denn die Hölle kann alles gebrauchen. Als aber der Teufel herbeikam und den Schmied erkannte, da ließ er schnell das Tor verriegeln. Mit Steinen, Eisen und Feuer wurde nach dem Schmied geworfen, damit er von

dannen gehe. Er mußte also wieder auf die Erde zurück. Zuletzt kam er zum verwunschenen Rotbart. Dieser nahm ihn in seinen Dienst. Hier muß der Schmied dem Rotbart das Schwert schmieden.

VI. Untergegangenes.

67. Die versunkene Kirche zu Schulitz.

Es war an einem Pfingstsonntage morgens ungefähr um 4 Uhr, als ein Mann vom Lande nach Schulitz zur Kirche ging. Er kam an einer Bożemenke vorbei, in der das Bild der Jungfrau Maria stand. Als er etwa zehn Schritte von derselben entfernt war, blieb er erstaunt stehen, denn er hörte im Teiche, der sich nebenan befand, läuten und einen Choral singen, und über dem Heiligenstock ließ sich eine Taube nieder, die einige Minuten lang darauf verweilte, dann sich zum Himmel aufschwang und in den Wolken verschwand. Mit dem Verschwinden der Taube hörte das Läuten und Singen im Teiche auf. Die Sage erzählt, daß vorzeiten an einem Pfingsttage eine Kirche mit den Andächtigen in jenem Teiche verschwunden sei. Am Morgen jedes Pfingstsonntages soll man noch das Läuten und Singen im Teiche hören.

68. Der Schloßberg bei Mieczkowo.

Bei Mieczkowo, in der Nähe einer Netzefähre, befindet sich ein sog. Schloßberg (zamczysko). Dort soll ein Schloß samt Rittern und Schätzen in einer Schreckensnacht in den Abgrund versunken sein. Neugierige und abergläubische Leute haben dort nach Schätzen gegraben. Die Schatzgräber erzählen, daß sie furchtbares Gerassel und Geheul aus der Tiefe und ein schreckliches Unwetter und Toben um den Berg herum gehört haben. Ein Schuhmacher, der sich zur Mitternachtszeit auf dem Schloßberg niedergelegt hatte, hörte ein furchtbares Getöse: es donnerte und blitzte, und unaufhörlich fuhren Scharen von Rittern mit glänzenden Waffen durch die Luft um den Schloßberg herum. Auch andere Leute sind dort in der Nacht von Rittern und feurigen Jägern verfolgt worden; viele gerieten, vom Feuerschein geblendet, auf Abwege, auf

Moore oder in dichten Wald, wo sie die Nacht hindurch umherirrten, um bei Tagesanbruch wieder auf der Ausgangsstelle am Schloßberg zu sein.

69. Die untergegangene Stadt bei Wirsitz.

In der Nähe von Wirsitz befindet sich ein Berg, der von den Leuten der Anisberg genannt wird. Er ist kegelförmig und hat statt der Spitze eine Platte, auf der eine Linde steht. Hier soll vorzeiten eine Stadt gestanden haben, die versunken ist; an ihre Stelle ist der Berg getreten. Geht man in der Johannisnacht um 12 Uhr dorthin, so soll man Weinen, Schreien und das Geläute einer Kirchenglocke hören.

70. Der Jungfernberg bei Salzdorf.

Im Kreise Schubin, eine halbe Stunde von Salzdorf entfernt, ragt aus einer Hügelkette im Walde ein Berg hervor, der im Volksmunde den Namen Jungfernberg führt. Von ihm wird folgendes erzählt:

Einst stand auf dieser luftigen Höhe ein prächtiges Schloß, in dem lange Jahre hindurch Freude und Fröhlichkeit herrschte. Der Liebling aller Schloßbewohner war das Schloßfräulein, ein liebliches Kind in voller Jugendfrische und Lebenslust. Unter den vielen Gästen, die im Schlosse aus und eingingen, war auch ein Ritter, der sich vergeblich die größte Mühe gab, die Liebe der Jungfrau zu erringen. Als sie einen andern mit ihrer Hand beglücken wollte, ging der Verschmähte zu einem bösen Zauberer und bewog ihn, das Schloß mit seinen Insassen zu verzaubern. Bei einem fröhlichen Feste, das zu Ehren des Schloßfräuleins gefeiert wurde, versank nun plötzlich das prächtige Schloß, und der Berg wölbte sich über ihm, so daß kaum noch eine Spur von der verschwundenen Herrlichkeit vorhanden war.

Viele Jahre vergingen. Das Schloß war längst von den Bewohnern der Umgegend vergessen und sein trauriges Schicksal aus ihrem Andenken geschwunden, als eines Tages gegen Sonnenuntergang ein schlichter Mann die Stätte betrat, wo es einst gestanden. Als er so in Gedanken dahinschritt, erblickte er plötzlich ein wunderschönes Fräulein vor sich, das ihn tieftraurig und bittend anschaute. Kaum hatte er sich von seinem Staunen erholt, da trat die Gestalt auf ihn zu,

Der Dom zu Tremessen.

Der Schwarze See.

erzählte ihm ihr Schicksal und bat ihn flehentlich, sie zu erlösen, da er die Eigenschaft besitze, den alten Fluch zu bannen. Er solle ein ganzes Jahr hindurch des Morgens, bevor die Sonne aufgehe, und des Abends, wenn sie niedergehe, zu dieser Stelle kommen und ein Vaterunser beten. Von der lieblichen Erscheinung und von ihren herzbewegenden Worten ergriffen, gelobte der Mann feierlich, ihre Bitte zu erfüllen.

Lange Zeit nun ging der Mann, seinem Versprechen getreu, zu der bestimmten Stunde dorthin, um sein Vaterunser zu beten. Nach Verlauf eines halben Jahres wurde ihm aber eines Tages der Gang zu schwer, und er beschloß, seinem Versprechen nicht länger nachzukommen. Bei dem beabsichtigten letzten Besuche trat ihm die Frauengestalt wieder entgegen und suchte ihn durch Bitten zur Einhaltung seines Versprechens zu ermuntern. Aber es war vergebens; er wollte nicht öfter kommen. Da brach das Fräulein in ergreifendes Klagen aus und sprach: „So muß ich denn noch so viele, viele Jahre hier verzaubert bleiben! Sieh dorthin! An jener Stelle wird ein Baum erwachsen, dessen Zweige weithin Schatten verbreiten werden. Wenn er gefällt ist, wird aus seinem Holz eine Wiege verfertigt werden, und der erste männliche Sprößling, den diese Wiege aufnehmen wird, der wird mich, wenn er zum Manne herangereift ist, erlösen können." Damit war die Gestalt verschwunden.

Mit tiefer Reue über seinen unseligen Entschluß kehrte der Mann in seine Wohnung zurück. Das unglückliche Burgfräulein harrt noch immer auf das Erscheinen dessen, der imstande und willens ist, sie aus ihrer Verzauberung zu befreien.

71. Das untergegangene Dorf bei Bielsko.

Am Wege von Bielsko nach Schiersdorf (Kr. Mogilno) liegt links vom Wege ein Teich, der mit Schilf bewachsen ist. An diesem Teiche stand zur Schwedenzeit ein Dorf. Ein Schwede, der hier einquartiert lag, zeichnete sich durch besondere Grausamkeit aus und wurde deshalb von den Bewohnern umgebracht. Als die Schweden aus den umliegenden Dörfern davon erfuhren, kamen sie scharenweise herbei, zündeten das Dorf an und unterwarfen die Bewohner großen Martern. Nur einer Magd gelang es, sich zu retten. Sie lief an den

Teich. Als sie die Verfolger hinter sich sah, nahm sie ein Stück Rasen auf den Kopf und sprang in den Teich. Dort soll sie sich bis zum heutigen Tage aufhalten.

Die Greueltaten der Schweden wurden von Gott bestraft. Das brennende Dorf versank mit den Schweden in die Erde. Seit der Zeit will man in der Nacht die Schweden oft am Teiche gesehen haben. Fluchend stehen sie da, während die Jungfrau in der Mitte des Teiches mit einem Rasenstück auf dem Haupte erscheint.

72. Pogorzela.

Die alte Stadt Pogorzela soll untergegangen sein, und an ihrer Stelle befindet sich jetzt ein tiefer See, der von Bergen umgeben ist. Täglich sieht man dem See zwei schneeweiße Pferde entsteigen, die glühende Kohlen in den Mäulern haben; sie laufen zur Kirche und bleiben hier eine Zeitlang. Darauf rennen sie mit Windesschnelle zu dem See zurück. Es sollen dies Geister der im See umgekommenen Bewohner sein. Auch soll man noch zu bestimmten Zeiten das Läuten der Glocken im See hören.

73. Die versunkene Stadt im Pinner See.

Vor vielen Jahrhunderten stand das Städtchen Pinne dort, wo sich heute der See befindet. Die damaligen Bewohner der Stadt waren sehr reich und infolgedessen so übermütig, daß sie bei schlechtem Wetter den Weg nach der Kirche mit Broten belegten, um trockenen Fußes zum Gotteshause zu gelangen. Zur Strafe dafür versank die ganze Stadt und wurde von den Fluten des heutigen Sees begraben. In stillen Nächten vernimmt man noch heute Glockengeläut, das vom Seegrunde zu kommen scheint.

Viele Jahre später, als die heutige Stadt am Ufer des Sees schon längst bestand, bemerkte in der Mittagsstunde des Johannistages ein Bürger aus Pinne am Ufer des Sees ein altes Gemäuer, das vorher nicht vorhanden gewesen war, und in diesem eine eiserne Tür. Diese Tür sagte zu dem Manne, es sei jetzt die Zeit gekommen, die versunkene Stadt zu erlösen, und er sei dazu ausersehen, das Erlösungswerk zu vollbringen. Er solle sich deshalb nach Sonnenuntergang mit sieben Werkzeugen wieder bei der Tür einfinden, und zwar

mit einem Spaten, einem Hammer, einer Zange, einem Brecheisen, einem Beil, einer Feile und einem Bohrer. Der Bürger verschaffte sich diese Gegenstände, tat alle in einen Korb und erwartete den Anbruch des Abends. Als er sich aber auf kurze Zeit aus der Stube entfernte, nahm seine Frau die Zange, die sie gerade gebrauchte, aus dem Korbe und vergaß, sie wieder hineinzulegen. Als es Abend geworden war, nahm der Mann den Korb mit den Werkzeugen und begab sich zu der Tür am Seeufer. Diese sprach zu ihm: „Du hast die Zange zu Hause vergessen; jetzt kann die versunkene Stadt nicht mehr erlöst werden. Mich aber sollst du zur Strafe nach der Kirche in Pinne tragen." Damit löste sich die Tür aus ihren Angeln, schwang sich auf den Rücken des Mannes und trieb ihn an, nach der Kirche zu Pinne zu gehen. Als der Mann hier angelangt war, fiel er entseelt zu Boden; die Tür aber wurde in der Kirche eingemauert, und dort befindet sie sich heute noch.

74. Die versunkene Wassermühle.

An der Chaussee von Kolmar nach Margonin liegt etwa in der Mitte des Weges ein ziemlich großer Sumpf. Hier soll ehemals eine Wassermühle gestanden haben. Der Müller hatte stets Arbeit in Überfluß, aber er war ein gottloser Mensch und dem Trunke ergeben. Den ganzen Tag fluchte er über alles, was ihm in den Weg kam, und sein Beispiel wirkte wieder auf die Knechte, so daß es so weit kam, daß manchmal die Arbeit mehrere Tage hindurch ganz ruhte.

Eines Tages kam ein Bauer zur Mühle, um sein Mehl abzuholen. Der Müller hatte die Arbeit noch gar nicht angefangen, und als ihm der Bauer deshalb Vorwürfe machte, da rief er zornig aus: „Dann mag der Teufel die ganze Mühle holen; mir ist es gleich!" Als der Bauer sich entfernt hatte, erschien auch sogleich der Teufel und mahnte den Müller an seine Worte. Dieser war vor Schrecken bleich geworden und wollte seine Worte ableugnen. Doch schon merkte er, wie der Boden sich unter ihm bewegte und die Mühle immer tiefer zu sinken begann. Nicht lange dauerte es, da war sie vollständig vom Erdboden verschwunden, und an ihrer Stelle streckte sich jener Sumpf hin. An bestimmten Tagen aber kann man den Müller und seine Knechte noch in

der Tiefe arbeiten hören, und dazwischen ertönt das Fluchen des Müllers und das rohe Lachen der Knechte.

75. Die versunkene Kirche im Konetschniksee.

Bei Kolmar liegt auf der linken Seite der Chaussee, die nach Schneidemühl führt, der Konetschnik- oder Schützensee, der von ziemlich hohen Bergen umgeben ist. Die Leute erzählen, daß diese Berge einst zusammengehangen hätten und daß ihr höchster Gipfel sich gerade über der Mitte des jetzigen Sees befunden habe. Dort oben soll eine hübsche Kapelle gestanden haben. Vor vielen Jahren aber ist der Berggipfel eingesunken, und an seiner Stelle hat sich der See gebildet. Am Johannistage will man noch die Glocken im See läuten hören, ja einige haben sogar auf der Oberfläche des Sees eine Hand gesehen, die einen Teller emporhob. Andere haben auch den Opferteller auf dem See schwimmen gesehen.

76. Das verfluchte Schloß zu Lubasch.

Auf den Hügeln bei Lubasch im Kreise Czarnikau hat vor langen Jahren ein prächtiges Schloß gestanden. Einst soll der Gutsherr einen greulichen Mord begangen haben, und dafür hat Gott ihn furchtbar bestraft: der Erdboden öffnete sich, und das Schloß versank in der Tiefe. Nur ein Sandberg ist davon übriggeblieben. Auf diesem wuchs ein sehr hoher Eichenbaum empor, um noch den späteren Geschlechtern die Stätte des Unglücks anzuzeigen. Zugleich mit dem Schlosse versank auch der große Garten, der zum Schlosse gehörte. An seiner Stelle befindet sich jetzt ein tiefer Teich. Unheimliche Stille herrscht in der Gegend, wo einst das Schloß gestanden hat; aber auf der andern Seite, auf dem Wege, der zwischen zwei Hügeln hindurchführt, hören die Leute des Dorfes zu gewissen Zeiten unverständliche Gespräche und Lieder und sehen schreckliche Erscheinungen. Einst wurde hier ein Mann, bis an den Kopf in den Sand eingegraben, tot aufgefunden. Er hatte einen reichen Herrn, der dort vorbeikommen sollte, töten und berauben wollen.

Dasselbe Los wie das Schloß erlitt auch die in der Nähe stehende Kirche; sie versank zu derselben Zeit samt dem Turm und den Glocken. Aus dem Innern der Erde hört man oft ein dumpfes Brausen hervorschallen; es wird durch die unter-

gegangenen Glocken verursacht. Dadurch wird stets ein großes Unglück angedeutet, von dem das Dorf betroffen werden soll. In der Kirche befand sich damals ein Mönch, der mit in die Erde versank. Dieser zeigt sich in der Mitternachtsstunde öfters in Männerkleidung; die Kapuze oder den Hut hat er über das Gesicht gezogen. Mit großen Schritten durcheilt er die Gegend; sobald aber die Mitternachtsstunde geschlagen hat, verschwindet er an der Stelle, von wo er gekommen ist, und nur einige Lichtstrahlen lassen sich sehen. Hierauf ertönen unterirdische Stimmen und singen die Frühandacht.

77. Das versunkene Schloß bei Czarnikau.

Bei Czarnikau befinden sich große bewaldete Hügel, welche die Gorayer Berge genannt werden. Diese Berge ziehen sich von der Stadt, allmählich ansteigend, bis zum Dorfe Guhren hin. Wenn man auf diesem Bergrücken entlanggeht, stößt man auf eine tiefe Einsenkung, in der sich ein Sumpf befindet. Man wundert sich, hier einen Sumpf zu finden; denn das umliegende Land besteht nur aus hohen Bergen und ist vollständig wasserlos. Die Sage erzählt, daß der Sumpf früher nicht vorhanden gewesen ist, sondern es war alles ein fortlaufender Bergrücken. Dort, wo jetzt die Einsenkung ist, stand damals ein sehr schönes Jagdschloß, das einem sehr reichen, aber gottlosen und gewalttätigen Grafen gehörte.

Dieser veranstaltete einmal eine große Jagd. Er hatte alle reichen Gutsbesitzer aus der Umgegend dazu eingeladen, und es war eine zahlreiche Jagdgesellschaft versammelt. Als man nun mit dem Jagen begonnen hatte, stellte sich heraus, daß sehr wenig Wild in der Gegend vorhanden war. Wütend darüber, setzte sich der Graf an die Spitze der Jagdgesellschaft und raste durch den Wald, um irgend etwas zu erlegen. Da sieht er plötzlich einen alten Mann, der Holz gesammelt hat, vor sich. Der Mann wirft sich auf die Knie und bittet den Grafen, ihn zu schonen; doch der Graf gibt seinem Pferde die Sporen und reitet über ihn hinweg. Die übrigen folgen ihm, und der alte Mann wird von den Hufen der Pferde zertreten.

Als die Jagd beendet war, begab sich die ganze Gesellschaft wieder in das Schloß, wo der Tag gefeiert wurde. Der Wein floß in Strömen; und schon mancher der anwesenden

Gäste war schwer bezecht unter den Tisch gesunken, als sich einer erhob, um ein Hoch auf den Grafen auszubringen. Aber als er eben zu sprechen anfing, da entstand ein Donnern und Krachen, und das Schloß versank in die Erde. An der Stelle, wo es gestanden, war jetzt ein Sumpf zu sehen.

Man erzählt auch, daß man manchmal, wenn man an der Stelle vorübergeht, ein lautes Schreien und Jauchzen hört, das aus dem Sumpfe hervorkommt.

78. Der Johannisberg bei Czarnikau.

Vor vielen Jahren stand auf dem Gipfel eines Berges, der zwischen Czarnikau und dem Dorfe Dembe liegt, eine kleine Kapelle, die dem heiligen Johannes geweiht war, und davon wurde der Berg selbst Johannisberg genannt. Eines Tages mußte ein junges Mädchen von 17 Jahren Wasser zur Kapelle tragen, und da sie die Anhöhe nur mit Mühe ersteigen konnte, ward sie zornig und rief: „Wenn doch diese Stelle einsinken möchte!“ Und sofort versank die Kapelle mit allem, was darin war. Andre wieder erzählen, auf dem Berge habe ein Kloster gestanden, das viel besucht wurde. Als einst ein altes Mütterchen, das den Berg nicht ersteigen konnte, Berg und Kloster verfluchte, da spaltete sich der Berg, und das Kloster sank in die Tiefe. Noch heute soll man am Johannistage in der Mittags- und Mitternachtszeit das dumpfe Läuten der Glocken hören, und besonders ist es vernehmbar, wenn man sich mittags um 12 Uhr oben auf dem Berge auf die Erde legt und horcht. Und in der Mitternachtsstunde hört man auch Gesang und Orgelklang aus der Tiefe emporschallen. Den einstigen Standort des Klosters bezeichnet heute eine verkrüppelte Eiche, und den Standpunkt der Glocken kennzeichnen zwei größere Vertiefungen.

Noch andre erzählen, daß auf dem Johannisberge einst eine herliche Kirche gestanden habe, die sei zur Zeit der Schwedenkriege von den Schweden verbrannt worden. Es war an einem Freitag, als das geschah. Seitdem sieht man an jedem Freitag zur Mitternachtszeit von 12 bis 1 Uhr einen Priester mit zwei Ministranten vom Berge herabsteigen. Der Priester hat das Meßbuch in der einen, die Monstranz mit dem Altarsakrament in der andern Hand. Am Ufer der Netze liest er die Messe, während viele Menschen, die ebenfalls aus der Erde

emporgestiegen sind und die alle den Kopf unter dem Arm tragen, andächtig zuhören. Nach Beendigung der Messe kehren alle zu der Stelle zurück, wo die Kirche gestanden hat, und verschwinden wieder in der Erde.

79. Das unterirdische Schloß bei Hammer.

Auf einem Felde bei Hammer im Kreise Czarnikau steht eine Ruine, die von einer alten Burg herstammen soll. Neben ihr liegt ein mächtiger Stein, der, wie man sagt, immer mehr in die Erde sinkt. Man erzählt auch, daß der Stein sich nicht ausgraben lasse. An ihn knüpft sich folgende Sage:

Unter dem Stein führt ein unterirdischer Gang in ein wunderschönes Gemach, in dem eine Prinzessin in tiefem Schlaf liegt; denn sie hat eine Nadel im Kopfe stecken. Wer ihr die Nadel herauszieht, der hat sie erlöst und bekommt sie zur Gemahlin. Andre Gemächer enthalten große Schätze. Nun ging einmal ein nach den Schätzen begieriger Mensch hin, um, wenn er könnte, die Prinzessin zu erlösen und so in den Besitz der Schätze zu kommen. Als er die Tür zu der Höhle geöffnet hatte, flog ihm ein Drache entgegen, der tötete ihn und fraß ihn auf. Die Prinzessin war also nicht erlöst. Später hörte ein reicher Graf von der Prinzessin erzählen. Sofort machte er sich auf den Weg und ging in voller Rüstung zu dem Stein, um die Prinzessin zu erlösen. Auch ihm kam der Drache entgegen; aber der junge Graf zog sein Schwert aus der Scheide und hieb dem Drachen den Kopf ab. Dann wandte er sich zu der schlafenden Prinzessin, und als er sie erblickte, war er von ihrer Schönheit ganz bezaubert. Sogleich wollte er ihr die Nadel aus dem Haupte ziehen. Aber kaum hatte er sie bis zur Hälfte herausgezogen, da rief die Prinzessin halb im Schlafe: „Du tust mir weh!" Der junge Graf hielt im Ziehen inne. Inzwischen waren dem Drachen statt des abgeschlagenen Kopfes zwei neue gewachsen. In dem Augenblick nun, wo der Graf zu ziehen aufhörte, kam das jetzt zweiköpfige Ungeheuer herbeigestürzt, griff den Grafen noch viel wütender an als das erstemal und tötete ihn. Seit diesem Ereignisse erschien in der Mitternachtsstunde auf dem Stein immer eine Gestalt, die mit dem Schwerte auf den Stein hieb, als wollte sie die Menschen warnen, nicht mehr in

den unterirdischen Gang einzudringen und den Versuch zu machen, die Prinzessin zu erlösen.

Trotzdem ging drei Jahre später ein mutiger Jüngling zu dem Stein, um das Erlösungswerk noch einmal zu versuchen und sich in den Besitz der Schätze zu setzen. Kaum war er dort angelangt, da trat ihm die Gestalt entgegen, hielt ihn an und fragte ihn, wohin er wolle. Der Jüngling erzählte, daß er die Prinzessin erlösen wolle. Die Gestalt warnte ihn, indem sie sagte, daß er den Drachen, der ihm entgegenkommen werde, nicht werde töten können. Doch der Jüngling hörte nicht auf diese Warnung, sondern ging in den Gang hinein. Als er aber die Tür öffnete, wurde er von dem Drachen überfallen und getötet.

Seit dieser Zeit hat niemand mehr den Versuch unternommen, die Prinzessin zu erlösen, und so ruhen die reichen Schätze dort noch jetzt. In der Johannisnacht aber soll man an der Stelle unter dem Stein ein großes Geschrei hören und ein Geräusch vernehmen, als wenn jemand mit Geld würfe.

80. Der verwünschte Stein bei Bogenau.

Auf der Grenze der Güter Bogdanowo (jetzt Bogenau) und Ocieschin im Kreise Obornik lag in früherer Zeit ein gewaltiger Felsblock, der auf seiner Oberfläche wohl Platz für 20 Mann hatte. Auf dem Stein waren Tritte zu sehen, die in der Nacht wie Laternen leuchteten. Daher ging die Sage unter den Leuten, daß die Tritte von dem Heiland selbst herrührten, der einst auf dem Stein gepredigt habe. In Wirklichkeit aber war das nicht so. Daher wollten die Leute aus Neugier den Stein durch Sprengstoff fortschaffen, um nachzusehen, ob sich vielleicht etwas unter dem Stein befinde, was den Schein über den Tritten hervorrufe. Aber der Versuch, den Stein zu sprengen, mißlang; der Stein rührte sich nicht, und es brach kein Stückchen davon ab; dagegen quoll von unten her viel Wasser heraus und so heftig, daß die ganze Gegend überschwemmt wurde. Man gab daher die Versuche auf, und als die Leute fort waren, floß alles Wasser wieder in den Stein zurück.

Einige Jahre später wurde abermals der Versuch gemacht, den Stein fortzuschaffen. Diesmal entstand keine Überschwem-

mung, sondern es erschien eine weißgekleidete Jungfrau auf dem Stein. Diese sagte, daß der Stein ein verwünschtes Schloß sei; sie selbst sei die einzige Hinterbliebene, und wegen ihres Geizes und ihrer Grausamkeit — denn sie habe viele Menschen töten lassen — sei sie von allen Menschen verflucht und mit ihrem Schlosse in diesen Stein verwünscht worden. Sie würden den Stein nicht fortbekommen, falls nicht ein Jüngling sie erlöse. Darauf gab sie ihnen folgendes an: „Neben dem Stein steht ein Gewächs, das soll ein Jüngling aus eurer Mitte herausziehen und damit dreimal an den Stein klopfen, auf welcher Seite er will. Dann wird sich ihm eine Tür öffnen; durch die soll er hineingehen. Er wird für die Erlösung reichlich belohnt werden." Damit verschwand die Jungfrau.

Viele erboten sich nun, den Schatz zu heben. Aber bei dem Steine wuchsen sehr viele Kräuter, so daß sie das richtige nicht herausfinden konnten. Einer aber pflückte sie alle ab und nahm sie mit nach Hause, um dort nach dem richtigen zu suchen. Als er sie nun zu Hause hinlegte, da stand eins immer aufrecht. Das nahm er und ging wieder zu dem Stein. Er klopfte dreimal an, und wirklich öffnete sich ihm eine Tür. Durch die trat er hinein und gelangte in ein großes und reiches Gemach, in dem sich eine schöngekleidete Jungfrau befand. Sofort ging ihm diese entgegen, sagte ihm, daß er ihr Erlöser sei, und gab ihm viel Geld. Dann war sie plötzlich verschwunden. Der Jüngling ging wieder hinaus, und die Tür schloß sich hinter ihm. Darauf gab es einen gewaltigen Knall; auch der Stein war verschwunden, und an seiner Stelle kam ein großes Stück ebenen Landes zum Vorschein. Der Erlöser nahm es in Besitz und wurde ein reicher Mann.

81. Der Berg von Siedlec.

Bei dem Dorfe Siedlec im Kreise Schroda liegt inmitten einer großen Wiese ein Berg, der früher viel höher war. An der Stelle der Wiese befand sich damals ein großer See, der jetzt trocken gelegt ist, und auf dem Berge soll einst eine Burg gestanden haben, in der ein Räuber seinen Sitz (siedlisko) hatte, und davon soll der Name des Dorfes herkommen. Die Leute behaupten, bei jenem Berge Gespenster gesehen zu haben. Als einst ein Arbeiter, der sich den Weg abkürzen wollte, über die Wiesen ging und bei dem Berge vorbeikam,

trat ihm ein großer schwarzer Hund mit feuersprühenden Augen entgegen und zwang ihn, den Rückzug anzutreten. Andre erzählen, daß um Mitternacht im Innern des Berges ein Kettengerassel vernehmbar sei.

Auf dem Berge steht oder stand ein alter Birnbaum, an den sich folgende Sage knüpft: Vor alten Zeiten stand auf diesem Berge ein prachtvolles Schloß, das einst von dem See verschlungen wurde. Nach und nach senkte sich das Wasser, und der Berg trat wieder hervor; auf ihm wuchs ein Birnbaum, der jetzt schon eine beträchtliche Größe hat. Wenn dieser Baum eine solche Größe und Dicke erlangt haben wird, daß man aus einem Stück Stamm eine richtige Wiege machen kann, so ist, sobald die Wiege fertig ist, der Zauber gelöst, und das Schloß steigt in alter Pracht wieder aus der Tiefe hervor.

82. Die weiße Schlange.

Nicht weit von Dalewo im Kreise Schrimm liegt ein See, der von Jahr zu Jahr kleiner wird. Von demselben erzählen die Fischer folgende Sage: In alten Zeiten stand da, wo jetzt der See ist, eine schöne Burg. Dort wohnte ein Graf, der ein gottloses Leben führte. Einmal geschah es, daß er seinen Diener zum Fischmeister schickte, um einen Aal zu holen. Der Fischmeister gab ihm statt des Aales eine silberweiße Schlange, verbot ihm aber, selbst etwas davon zu essen. Wer nämlich von einer solchen Schlange aß, gelangte zu allen Geheimnissen der Tiersprachen. Der Graf verzehrte die Schlange, und weil etwas übriggeblieben war, aß auch der Diener davon.

Als nun der Graf die Schlange gegessen hatte, da erfuhr er alle seine Sünden; die Tiere des Hofes sprachen von seinem ruchlosen Leben und den entsetzlichen Freveln, die er vollbracht hatte; die Tauben und Sperlinge riefen: „Deine Sünden haben ihr volles Maß, und in kurzer Zeit wird die Burg versunken sein.“ Darauf sattelte der Graf sein Pferd und ritt davon. Er kam auf eine Anhöhe und schaute rückwärts. Die Erde erbebte, und plötzlich fiel die Burg um. Sie war nicht mehr zu sehen, und an der Stelle, wo sie gestanden, lag nunmehr ein großer See. Wo der Graf aber geblieben war, das wußte kein Mensch zu sagen.

83. Der Hexenteich bei Miloslaw.

In der Nähe des Gutes Bugaj bei Miloslaw liegt etwas abseits von der Landstraße, die nach Budzilowo führt, ein Teich. Er ist heute nur klein und teilweise sumpfartig. Im Volksmunde wird er der Hexenteich genannt, weil in der Walpurgisnacht die Hexen hier ihre Tänze aufführen sollen. Von diesem Teich wird folgende Sage erzählt: An der Stelle, wo sich jetzt der Teich befindet, soll in früheren Zeiten ein prächtiges Schloß gestanden haben. Einst zogen die Feinde heran und belagerten es. Lange hielt sich die Besatzung und bot den Feinden Trotz. Die Not stieg aber immer höher. Wieder ging ein Tag zur Neige, und der Abend senkte sich herab. Am traulichen Kamin saß das Edelfräulein, neben sich eine der letzten Rosen des scheidenden Sommers, und vor sich aufgeschlagen das mit vieler Sorgfalt geführte Tagebuch. Schon die fast entblätterte Rose, das Bild des Herbstes, hatte sie träumerisch und melancholisch gestimmt; der Kampf aber, der vor den Schloßmauern stattfand, raubte ihr den letzten Lebensmut. Mit wehmütiger Freude gedenkt sie der vergangenen Zeiten, der Tage des süßesten Glückes, und mit Zittern und Beben sieht sie, was nun kommen wird. Sie sieht sich gefangen genommen, grausamen Feinden wehrlos preisgegeben. In ihrer Verzweiflung bittet sie Gott, er möchte sie und die Ihrigen nicht in die Hand der Feinde fallen lassen, sondern lieber auf andre Weise aus der Welt nehmen.

Und die Bitte der Tochter des Schloßherrn wurde erhört. Ein schweres Gewitter zog herauf. Während dumpf der Donner grollte und grelle Blitze den Ort tageshell erleuchteten, versank unter fürchtlichem Gekrach das Schloß. An seine Stelle trat der Teich. Die ganze Burgbesatzung aber wurde in herrliche Blumen verwandelt, welche die Ufer schmückten. Nachdem sich gegen Morgen das Unwetter gelegt hatte, wagten sich die Belagerer ängstlich näher und staunten über das veränderte Bild. Mehrere von den feindlichen Soldaten versuchten, von den Blumen zu pflücken, fielen aber sofort tot zu Boden.

In dem versunkenen Schlosse soll noch lange ein wunderbares Leben geherrscht haben. An besonders stillen Tagen will man die Schloßglocke läuten gehört haben; auch soll Kettengerassel zu vernehmen gewesen sein. Ein späterer Besitzer be-

schloß daher, den Teich untersuchen zu lassen. Netze wurden ausgeworfen; aber es wurde nichts entdeckt. Schon wollte man das weitere Suchen aufgeben, da wurde man durch ein Klagen, das vom Grunde des Teiches heraufzukommen schien, veranlaßt, die Netze noch einmal auszuwerfen. Als man sie herauszog, fand sich in einem eine lebende Jungfrau, das Edelfräulein des versunkenen Schlosses, das wegen seines frevelhaften Wunsches verzaubert worden war und der Erlösung harrte. Die Jungfrau erzählte den Leuten von dem Untergang der Burg, riet aber von weiteren Untersuchungen ab, da sie aussichtslos seien. Dann verschwand sie plötzlich. Seit dieser Zeit hat man kein Kettengerassel mehr gehört.

84. Das Schloß im Skorzenciner See.

In alten Zeiten hatte ein Graf Skorzeniewski große Besitzungen in der Gegend von Witkowo von seinem Onkel geerbt. In der Nähe eines großen Sees erbaute er ein Dorf, das er nach seinem Namen Skorzencin nannte. Als sein Bruder, der bei Rawitsch viele Güter hatte, gestorben war, kamen auch diese in seine Hände. Er verkaufte sie aber und wurde dadurch sehr reich. Nun ließ er sich auf einer schmalen Landzunge, die damals die beiden bei Skorzencin gelegenen Seen trennte, einen schönen Palast bauen. Die Türme waren aus Erz, das Hausgerät aus Silber und Gold, und seiner Tochter, die er sehr liebte, gab er nur harte Taler als Spielzeug. Aber gerade infolge seines Reichtums verfiel er in Üppigkeit und führte ein schwelgerisches Leben.

So vergingen mehrere Jahre, bis der Graf starb. Seine Tochter bewohnte nun allein den großen Palast. Von dem üppigen Leben des Vaters war aber auch die junge Gräfin angesteckt und ahmte dem Vater in allem nach. Einmal feierte sie ihren Namenstag und hatte dazu außer ihrem Liebhaber viele Gäste eingeladen. Da kam ein Bettler in das Schloß, um die Gäste um eine Unterstützung zu bitten. Aber man gab ihm nichts, und da er nicht weggehen wollte, ließ ihn die Gräfin hinauswerfen. Da wünschte ihr der Bettler, daß ihr Schloß noch in derselben Nacht einstürzen solle, daß ihre Gäste in Gestalt von Teufeln ewig unter den Trümmern verharren, und daß sie selbst und ihr Liebhaber mitten zwischen den noch stehen gebliebenen Mauern ewig tanzen sollten.

Und so geschah es auch. Noch in derselben Nacht stürzten die Mauern ein, und die Gräfin und ihre Gäste erhielten die von dem Bettler gewünschte Strafe. — Die Leute, die ihr Weg an dem Schlosse vorüberführte, hörten dort ein Wehklagen und ein Kettengeräusch.

Nach vielen Jahren, als die Bewohner von Skorzencin diese grause Begebenheit fast schon vergessen hatten, ereignete es sich, daß ein Ritter des Nachts an dem Schlosse vorüberfuhr. Auch dieser hörte das Wehklagen aus den Trümmern des zerfallenen Schlosses. Als er im Dorf angekommen war, fragte er den Gastwirt, bei dem er einkehrte, was es mit dem Schlosse für eine Bewandtnis habe, und der erzählte ihm die ganze Begebenheit. Leute, die in der Schänke anwesend waren, forderten nun den Ritter spöttisch auf, in das Schloß zu gehen und es zu erlösen. Und sogleich kehrte er zu den Trümmern zurück.

An einer niedrigen Stelle bestieg er die Mauer, und da sah er, wie tief unten die junge Gräfin mit ihrem Liebhaber tanzte. Vor Schrecken konnte er sich nicht halten, sondern fiel in den Abgrund. Sogleich wurde er von den Teufeln überfallen; doch die schöne Jungfrau kam ihm zu Hilfe und rettete ihn. Dann erzählte sie ihm ihr Unglück und versprach ihm alle Schätze des Schlosses, wenn er sie erlöse. Sie offenbarte ihm auch, daß er ihr und den Gästen Ruhe verschaffen werde, wenn er drei Nächte hintereinander im Schlosse schlafe. Darauf zeigte sie ihm alle Reichtümer des Schlosses und verbot ihm, von dem, was er gehört hatte, irgendeinem etwas zu sagen.

Der Ritter versprach, das Erlösungswerk zu unternehmen. Schon hatte er zwei Nächte in den Ruinen des Schlosses zugebracht, da erzählte er, an nichts Böses denkend, dem Gastwirte, daß er sich in der nächsten Nacht die von der Gräfin versprochenen Schätze holen wolle. Aber da versank in der dritten Nacht das Schloß samt dem Ritter und den Schätzen, und man sah am andern Morgen, daß die beiden zuvor durch eine Landzunge getrennten Seen zu einem verbunden waren.

Die Leute erzählen, daß der gerechte Gott den Ritter so gestraft habe, weil er vorzeitig geplaudert und sein Wort nicht gehalten habe. Das Wehklagen der Teufel aber hat man seit der Zeit nicht wieder gehört.

VII. Alp und Mora.

85. Taubenblut hilft gegen böse Geister.

Damit man in den Nächten nicht von bösen Geistern belästigt wird, soll man sich, wie die Leute im Kreise Wongrowitz erzählen, vor dem Schlafengehen die Fingerspitzen mit Taubenblut benetzen. In der Umgegend von Pudewitz sagen die Frauen, daß man dazu nur das Blut einer weißen Taube gebrauchen solle.

86. Der Alp.

In Bülowsthal bei Rogasen weiß man von dem Alpdrücken mancherlei zu erzählen. Das Alpdrücken oder Marderreiten wird meistenteils von alten Weibern ausgeübt. Diese rollen sich gewöhnlich in alten Sieben an den Ort hin, wo sie jemand quälen wollen. Begegnet man des Nachts einem solchen Siebrade, so soll man es umstoßen. Der Alp, der darin sitzt und sich allein nicht wieder aufhelfen kann, fleht dann um Gnade und verspricht schließlich alles mögliche. Wünscht man sich nun etwas und richtet dann das Rad auf, so findet man am nächsten Morgen das Gewünschte unter dem Kopfkissen.

Weiter wird erzählt: Wird man in der Nacht vom Alp gedrückt, so muß man ihn zum Frühstück einladen. Derjenige, der am nächsten Morgen zum Frühstück kommt, ist der Alp.

Auch sagt man: Ein Pferd, das öfter in der Nacht schwitzt, wird vom Marder (Mart, Alp) geritten.

87. Wie man den Alp vertreibt.

Eine Frau wurde in der Nacht sehr vom Alp gequält. Um dem Übel abzuhelfen, fragte sie ihre Nachbarn, was zu tun sei. Darauf wurde ihr der Rat gegeben, die Kopfkissen an das andere Ende des Bettes zu legen. Sie wandte dieses Mittel in der nächsten Nacht an, und als der Alp wiedererschien, wurde sie an den Füßen belästigt. Aus Furcht, daß der Alp ihre List bemerkt haben könne, fragte sie die Nachbarn noch einmal, und sie rieten ihr nun, sie solle eine Klobe Holz ins Bett, sich selbst aber unter das Bett legen. Sie tat das, und erzürnt über diese List, kam der Alp nicht wieder.

Eine andere Frau wurde ebenfalls vom Alp belästigt. Sie fragte ihre Nachbarn, und die erteilten ihr den Rat, sie solle des Nachts, wenn das Alpdrücken komme, den Alp für den folgenden Tag zum Frühstück einladen. Am nächsten Morgen kam ein alter Mann zu ihr und forderte das versprochene Frühstück. Sie gab es ihm, und seit der Zeit kam der Alp nicht wieder.

88. Der Alp geht durch das Schlüsselloch.

Wenn der Alp kommt, um jemand zu plagen, so kann er nur durch das Schlüsselloch in die Stube kommen. Ein Mann wurde immer vom Alp geplagt. Er bestellte sich deshalb einen seiner Freunde, der in seinem Zimmer wachen sollte, während er im Bette lag. Als er eingeschlafen war, hörte der Freund sich etwas im Schlüsselloch bewegen, und er steckte es mit Papier zu. Der Alp war schon in der Stube. Der Wächter entfernte sich jetzt. Der Alp muß aber immer wieder da hinaus, wo er hineingekommen ist. Da nun das Schlüsselloch zugestopft war, konnte er nicht hinaus. Als der Mann am andern Morgen erwachte, war er nicht wenig erstaunt, neben der Tür ein wunderschönes Mädchen sitzen zu sehen, welches weinte. Er fragte es nach seinem Namen und dem Grunde seines Weinens, doch das Mädchen antwortete ihm nicht. Es gefiel ihm aber so gut, daß er es zur Frau nahm, obwohl es noch kein Wort gesprochen hatte. Als sie nun schon einige Zeit verheiratet waren, bat die junge Frau ihn eines Tages, er möchte doch das Schlüsselloch öffnen. Der Mann tat es, und sogleich war seine Frau verschwunden. Der Alp aber hat ihn nie wieder geplagt.

89. Der Alp als Schmetterling.

Nach dem Volksglauben sind die Alpe kleine Wesen, die den schlafenden Menschen drücken. Wenn auch Fenster und Türen verschlossen sind, können sie doch durch die kleinsten Löcher in das Schlafzimmer kommen. Einmal legte jemand, um den Alp von sich abzuhalten, ein Messer auf seine Brust, aber der Alp kam doch und drückte ihm die Schneide des Messers in den Leib hinein. Ein besseres Mittel ist es, die Schuhe vor dem Bett umzudrehen. Wenn der Alp drückt und man ist imstande, die Daumen in die Hand zu bringen, so

muß er weichen. Menschen, bei denen die Augenbrauen auf der Stirn zusammengewachsen sind, können anderen, die sie hassen, den Alp durch bloße Gedanken zuschicken. Der Alp kommt dann in Gestalt eines kleinen weißen Schmetterlings und setzt sich auf die Brust des Schlafenden, zu dem er geschickt wurde.

90. Die Mora.

Die Mora kommt in der Nacht zu den Menschen und drückt sie. Man erzählt, daß jeder Mensch, der mit zwei Zähnen zur Welt kommt, zu einem solchen Gespenst werden müsse. Wenn man dem Kinde diese Zähne rechtzeitig ausbricht, so wird es wie jeder andere Mensch; wenn aber nicht, muß es sein Lebenlang unter den Menschen herumwandeln und sie drücken.

In Slomki bei Samotschin lebte einst ein armer und sehr kranker Schuhmacher, der von solchen Geistern sehr viel zu leiden hatte. Die Leute rieten ihm deshalb, er solle das, was er nachts in einem solchen Falle in die Hände bekomme, festhalten und nicht loslassen. Als er nun wieder gedrückt wurde, griff er zu und erhaschte eine Katze, die sich in seinen Händen sofort in einen Strohhalm verwandelte. Er nahm einen Hammer und nagelte den Halm an der Wand fest. Als er am Morgen erwachte, sah er zu seinem Schrecken eine alte Frau mit einer Hand an der Wand hängen.

91. Die Mora als Apfel.

Ein Mann wurde oft von der Mora geplagt. Er traf alle Vorkehrungen dagegen, stellte das Bett an eine andre Stelle und legte sich verkehrt hinein; aber es half nichts. Nun wurde ihm der Rat erteilt, er solle zugreifen, wenn die Mora käme. In der folgenden Nacht wurde er wieder belästigt, und als er zugriff, hatte er einen Apfel in der Hand. Er verzehrte die eine Hälfte des Apfels und legte die andre neben sich. Als er am Morgen nachsah, war der Apfel verschwunden; dagegen erfuhr er, daß in der Nacht der Tochter seines Nachbars die halbe Backe abgebissen worden war.

92. Die Mora und die Holzklobe.

In Zirke wohnte früher ein armer Arbeiter, der jede Nacht von der Mora gedrückt wurde. In seiner Not ging er

Die Ruine in Venetia.

zu einer klugen Frau und fragte sie um Rat. Die Frau riet ihm, er solle in der ersten Nacht, wenn die Mora wiederkomme, ruhig liegen bleiben und aushalten. In der Nacht kam die Mora auch und quälte ihn. Er ging darauf noch einmal zu der klugen Frau und fragte sie, was er weiter tun solle. Sie befahl ihm nun, einen Sack mit Stroh vollzustopfen und in das Bett zu legen; er selbst solle sich unter das Bett legen und wach bleiben. Er tat es. In der Nacht hörte er plötzlich ein Summen und vernahm, daß die Ofentür geöffnet wurde. Nach einer Weile hörte er ein Knistern auf dem Sacke, und es war ihm, als ob sich jemand auf dem Bett herumwälze. Doch nicht lange dauerte es; denn die Mora hatte den Betrug gemerkt und ging nun anderswohin. Die kluge Frau befahl dem Manne jetzt, in der nächsten Nacht eine Holzklobe in das Bett zu legen; denn sie wußte, daß die Mora wiederkommen würde, um sich zu rächen. Er selbst solle sich wieder unter dem Bett versteckt halten. In der dritten Nacht kam die Mora mit großem Gebrause herbei; sie hatte eine flammende Sense in der Hand. Der Mann unter dem Bette wurde starr vor Schrecken, als er das sah, und wagte nicht aufzuschauen. Er hörte nur einen dumpfen Schlag. Als er am Morgen nachsah, fand er, daß die Holzklobe ganz zerschnitten war, und er merkte jetzt, daß es um ihn geschehen gewesen wäre, wenn er im Bett liegen geblieben wäre.

93. Die Mora als Ziegenbock.

Zu Nekla (Kr. Schroda) lebte vor langer Zeit ein wohlhabender Bauer, den täglich, wenn er zu Bette gegangen war, die Mora drückte. Zuletzt hatte der Mann schon so große Angst, daß er gar nicht mehr schlafen gehen wollte. Eines Abends nun befahl er seinem Knecht und seinem Kuhhirten, sie sollten bei der Tür seines Schlafzimmers Wache halten. In der damaligen Zeit hatte man noch keine Lampen, sondern man brannte im Kamin Kienholz. Solches brannten auch die beiden Wächter an, und dann stellten sie sich, nachdem der Bauer zu Bett gegangen war, an die Tür, um aufzupassen. Schon eine ganze Weile hatten sie dagestanden, ohne etwas zu bemerken; da öffnete sich plötzlich die Tür der Kammer, und es huschte etwas in das Zimmer, was die beiden Wächter jedoch nicht sehen konnten. Neben dem Bett stand eine große

Kiste, wie die Bauern solche zu besitzen pflegen, und darauf hörten sie sich etwas bewegen, ohne es zu sehen. Mittlerweile war der Bauer wach geworden und fühlte, daß sich etwas auf der Bettdecke bewegte. Er schlug sofort um sich und faßte auch etwas, das jedoch bald wieder seiner Hand entglitt. In demselben Augenblick öffnete sich die Tür zur Kammer wieder, und von dem Bette sprang ein schwarzer Ziegenbock mit weißem Kopf nach der Kammer hin. Alle liefen ihm nach, aber in der Kammer war der Ziegenbock verschwunden. In der nächsten Nacht drückte die Mora den Bauer wieder. Er schrie laut auf und lud die Mora für morgen zum Frühstück ein. Sofort war er von den Schmerzen befreit. Als er am nächsten Morgen mit seiner Familie am Kaffeetisch saß, kam eine alte Frau herein und setzte sich, ohne ein Wort zu sagen, an den Tisch. Die Bauerfrau brachte sogleich Kaffee für die Fremde; diese frühstückte und war dann plötzlich verschwunden. Seitdem wurde der Bauer nicht wieder von der Mora geplagt.

VIII. Irrlichter und Nebelgestalten.

94. Das Irrlicht am Schwarzen See.

Mit Abbildung.

Zu den Fehlern eines früheren Waldhüters von Sierniki, der in der Nähe des Schwarzen Sees wohnte, gehörte auch der, daß er dem Alkohol allzusehr zugetan war. Fast täglich ging er nach dem nahen Grzybowo, um dort in der Schänke seinen Durst zu löschen. Sein Weg führte ihn am See entlang über ein Moor, auf dem man stets zur Mitternachtszeit ein Irrlicht sehen konnte. Seine Freunde warnten ihn öfters, nicht nach Grzybowo zu gehen; oder er solle wenigstens nicht so spät nach Hause kommen, da ihm leicht ein Unglück zustoßen könne. Aber er hörte nicht darauf.

Eines Abends kehrte er noch später als gewöhnlich heim. Als er über das Moor ging, war es gegen Mitternacht. Plötzlich tauchte ein Irrlicht vor ihm auf. Er wollte wieder zurück; aber eine unsichtbare Macht zog ihn vorwärts. Das Irrlicht ging immer vor ihm her und führte ihn zuletzt in den See. Dort verschwand es, und nur ein widerliches Lachen

konnte man noch hören. Dem Waldhüter, der vom Trinken und von der ausgestandenen Angst ganz schwach geworden war, fehlten die Kräfte, um an das Ufer zu schwimmen. Er ging im See unter. Seine Leiche wurde erst nach einigen Tagen gefunden. Seit der Zeit geht niemand am Abend auf dem Wege aus Angst vor den Irrlichtern, die auch heute noch dort herumspuken.

95. Irrlichter strafen einen Bauer.

Einst kehrte ein Bauer im Kreise Schroda spät aus der Stadt zurück. Auf einmal gewahrte er zwei Irrlichter. Aus Furcht, sie könnten seinen Wagen in den Sumpf führen, stieg er ab und eilte zu Fuß nach Hause; denn er hoffte, die Pferde würden schon von selbst nachkommen, da sie den Weg genau kannten. So glaubte er die bösen Geister zu täuschen. Als die Pferde lange nicht kamen, bewaffnete er sich mit einer Korica, einem starken Stecken, der zum Beiseiteschieben des Düngers beim Pflügen dient, und eilte dorthin, wo er sie zurückgelassen hatte. Den Tieren fügen im allgemeinen die Geister nichts Böses zu, doch diesmal wollten sie den Bauer für seinen Betrug strafen und hatten deshalb die Pferde in einen Morast geführt, wo sie ertranken. Er selbst hörte nur noch ein satanisches Gelächter.

96. Das Irrlicht auf dem Kirchhofe von Charlottenburg.

Zu Charlottenburg bei Wirsitz befindet sich ein alter verlassener Kirchhof, auf dem seit Jahren gegen Mitternacht ein Irrlicht herumspukt. Aus einem alten Grabe, das man noch sehr gut sehen kann, hört man zuerst ein Stöhnen hervorkommen, und dann steigt das Licht empor. Man kann darin deutlich die Umrisse eines alten Mannes erkennen, dessen Gesicht List und Tücke verrät. Einmal ging ein zehnjähriger Knabe spät in der Nacht zu seinem Onkel nach dem nahe gelegenen Karlsbach. Ihm begegnete das Irrlicht. Der Knabe war sehr erschrocken, als er das Licht erblickte; er verlor den Weg und folgte wider seinen Willen dem Lichte, das ihn in den nahen See führen wollte. Zu seinem Glück traf ihn ein Mann, der die Gefahr erkannte, in welcher der Junge schwebte, und sofort das Kreuzeszeichen machte. Mit

einem widerlichen Lachen verschwand das Gespenst; aber aus der Dunkelheit hörte der Mann eine Stimme, die ihm Rache schwor, weil er ihr das Opfer entrissen hatte. Wirklich wurde der Mann nach einigen Tagen tot auf dem Felde gefunden. Sein Angesicht verriet auch im Tode noch Furcht und Entsetzen.

Die Leute erzählen, daß vor vielen Jahren ein habgieriger Bauer aus dem Dorfe Raub getrieben habe, um sein Vermögen zu vermehren. Dafür muß er noch nach seinem Tode büßen: er muß so lange als Irrlicht umherirren, bis es jemand gelingt, sein Geld, das er vor seinem Tode gut versteckt hatte, aufzufinden und unter die Armen zu verteilen. Dann erst wird sein Geist Ruhe haben.

97. Dem Irrlicht soll man etwas versprechen.

In der Nähe des Dorfes Rotenstein an der Warthe wohnte einst ein geiziger Bauer. Dieser fuhr eines Tages nach einem benachbarten Orte. Als er des Nachts heimkehrte, verirrte er sich. Da sah er plötzlich ein Licht auftauchen. Es kam aber nicht von einer menschlichen Behausung, wie er anfangs meinte, sondern er erkannte bald, daß es ein Irrlicht war. Nun wußte er, daß das Irrlicht einen wieder auf den rechten Weg bringt, wenn man ihm etwas verspricht und das Versprochene dann an einem bestimmten Orte niederlegt. Er versprach daher auch dem Irrlicht eine Belohnung, wenn es ihn nach Hause führe, und das Irrlicht brachte ihn wirklich auf den rechten Weg.

Als der Bauer zu Hause war, dachte er nicht mehr an das dem Irrlicht gegebene Versprechen. Er führte die Pferde in den Stall und ging dann selbst in die Stube. Nachdem er hier eine Weile gesessen hatte, hörte er plötzlich Pferdegetrappel um das Haus herum. Er dachte, eins seiner Pferde habe sich losgerissen, und eilte hinaus, um es wieder einzufangen. Doch das Pferdegetrappel entfernte sich immer mehr von seinem Gehöft, und er lief immer weiter, bis plötzlich der Boden unter seinen Füßen nachgab. Er war in einen Sumpf geraten, der sich in einiger Entfernung von der Warthe befand, und darin mußte er elend umkommen. So hatte das Irrlicht ihn für seinen Geiz bestraft.

98. Das erlöste Irrlicht.

Dort, wo die alte Landstraße Posen-Gnesen von dem Wege von Schwarzenau nach Weißenburg gekreuzt wird, soll es nicht ganz geheuer sein. Einmal fuhr ein Bauer diesen Weg. Da sah er plötzlich ein Licht, das immer vor seinem Wagen blieb, so daß die Pferde sich zuletzt scheuten und sich bäumten. Er stieg vom Wagen und schlug das Licht mit der Peitsche weg; aber als er wieder auf dem Wagen war, erschien auch das Licht wieder. Da stieg er noch einmal vom Wagen, faltete die Hände und sprach die Worte: „Gott erlöse dich!" Und sofort war das Licht verschwunden.

99. Nebelgestalten.

Bei Obornik liegt, etwa eine Viertelmeile westlich von der Oberförsterei, eine rings von Wald umschlossene Wiese, welche die Teufelswiese genannt wird. Sie ist sehr feucht, und es lagert daher sehr dichter Nebel über ihr. Wenn ein Windstoß kommt, so ziehen die Nebel hin und her und haben ein sonderbares Aussehen. Die Leute aber sagen, daß der Teufel mit seinen Gesellen dort in der Nacht einen Tanz aufführe, und sie erklären sich daraus das Hin- und Herfliegen der Nebelgestalten.

Auch östlich von der Oberförsterei liegt eine feuchte Waldwiese. Auf dieser wurde vor einer Reihe von Jahren ein Förster von Wilddieben erschossen. Leute, die des Nachts in der Geisterstunde an der Stelle vorbeigingen, wollen ihn gesehen haben, wie er, in ein großes weißes Leichengewand gehüllt, auf seine Mörder wartete. Die Holzdiebe gehen deshalb zu solcher Zeit um keinen Preis an den Ort.

IX. Hausgeister.

100. Teufel und Skrzat.

Der Teufel ist der eigentliche Höllenbewohner. Er ist der alte stolze, aufrührerische Engel. Er ist zwar ein böser Engel, hat aber einen gewissen Zug von Ritterlichkeit an sich. Er ist vor allem nicht ein falsches, hinterlistiges Wesen, sondern sozusagen ein ehrlicher Bösewicht. Auch verläßt er nur selten die Hölle. Er verführt die Menschen nicht, er quält

nur diejenigen, die ein schlechtes Leben geführt haben. Oft ist der Teufel sogar der Besserer der Sünder. Einen allzugroßen Lump nimmt er nicht einmal in die Hölle auf. Charakteristisch für den Teufel ist auch seine Verachtung der Juden. Es kommt vor, daß der Teufel mit der Schlachta — mit Bauern läßt er sich nicht ein — Verträge schließt und diese ehrlicher hält als der Schlachtzitz selbst. Der Teufel selbst hält sich für einen Schlachtzitz. Ihm geht das gegebene Wort über alles. Wenn sich zwei zanken und schimpfen, so nennen sie sich nicht Teufel, sondern Skrzat. Der Ausdruck Teufel enthält sogar eine Bewunderung, ein Lob. Der Skrzat dagegen ist ein kriechendes, listiges, boshaftes Wesen, das dumme Witze im Kopf hat. Dabei ist er ziemlich beschränkt, wird oft von den Bauern betrogen, sogar durchgeprügelt. Auffallend ist auch, daß der Teufel den Skrzat verachtet. Überhaupt ist das Verhältnis zwischen Teufel und Skrzat ein ähnliches wie zwischen Schlachtzitz und Bauer. Wie viele Bauern sind schon durch den Skrzat reich geworden! Und das alles durch Betrug.

Jetzt nennt man den Skrzat gewöhnlich auch Teufel; wenigstens wird der Ausdruck Skrzat nur selten gehört.

101. Der Skrzat fliegt durch den Schornstein.

Der Skrzat soll ein guter, nach anderen ein böser Geist sein; viele erzählen auch, er wäre der Teufel selbst. Er steht in dem Rufe, daß er denjenigen, welchen er dient, Geld verschafft. In Ciencisko lebte ein Wirt, welcher sehr reich war. Von ihm erzählte man, daß ihm der Skrzat Geld zutrüge. So will man öfters ein feuriges Tier mit einem langen Feuerschweif gesehen haben, welches durch die Luft flog und in dem Schornstein des Wirtes verschwand.

102. Der Teufel im Sichelgriff.

In früheren Zeiten, als die Leibeigenschaft noch bestand, mußten die Leute viel härter arbeiten als jetzt, und besonders hatten auch die Frauen auf dem Felde im Getreide viel schwerer zu schaffen: sie mußten mit Sicheln das Getreide mähen. Um nun den ganzen Tag auszuhalten, hatten sie den Teufel im Sichelgriff, und der arbeitete für sie. Überhaupt soll der Teufel früher von den Menschen viel öfter gesehen

und viel mehr in Anspruch genommen worden sein als jetzt. Dafür wurde ihm die Seele verschrieben.

103. Der Skrzat als Hund.

In Bronislaw in Kujawien lebte ein reicher Wirt, der mit dem Bösen Freundschaft geschlossen hatte. In einer Nacht kamen Diebe und erstiegen den Speicher, um Getreide zu stehlen. Wie erschraken sie aber, als sie dort einen großen schwarzen Hund angebunden fanden! Sofort nahmen sie Reißaus; es war der Teufel selbst, der den Speicher bewachte. Derselbe Wirt wurde auch vom Teufel bedient, der ihm Getreide zutrug. Als die Wohnung des Wirtes abbrannte, verließ der Skrzat seinen bisherigen Herrn und ging zum Nachbar. Seit der Zeit verarmte der Wirt, und der Nachbar wurde reich.

104. Der Skrzat füttert Pferde.

Auf einem Jahrmarkte in Hohensalza standen im Stalle eines Gasthofes unter andern Pferden auch die eines bärtigen Herrn. Dieser kam nur selten, um nach den Tieren zu sehen, und doch fraßen sie immerfort. Die Anwesenden wunderten sich darüber und sahen nach. Da erblickten sie unter der Krippe ein schwarzes, durchnäßtes Huhn. Als nun der Mann kam, versteckten sie sich hinter den andern Pferden. Er sah in die Krippe hinein. Da kroch das Huhn an ihn heran, und der Mann befahl ihm, die Pferde gut zu füttern und zu beschützen. Darauf entfernte er sich. Die Leute wußten jetzt, daß das Huhn der Skrzat war, der die Pferde fütterte.

105. Das nasse Huhn in Kozuszkowo.

In Kozuszkowo lebte ein Wirt, der vom Skrzat bedient wurde. Er führte sonst eine liederliche Wirtschaft, hatte aber immer viel Geld, denn auf dem Boden seines Hauses saß der Skrzat in der Gestalt eines alten, stets nassen Huhnes. Um 6 Uhr abends kam dieser Geist regelmäßig herangeflogen, setzte sich in eine Ecke und fing an, das Geld zu erbrechen. Der Wirt ging dann hin und sammelte es auf.

106. Die feurige Wolke.

In der Gegend von Jwno im Kreise Schroda lebten einst zwei Bauern. Der eine war sehr arbeitsam, aber trotzdem

arm; der andre war faul, hatte aber doch immer viel Geld. Um nachzuforschen, wovon denn der Nachbar so reich sei, ging der arme Bauer in einer Nacht vor das Haus desselben, und da sah er, wie eine große Wolke vom Himmel kam. Diese wurde immer größer und senkte sich zuletzt in den Schornstein des Hauses, und da konnte der Mann hören, wie bei seinem Nachbar das Geld nur so klirrte. Die Wolke war der Teufel gewesen.

107. Die Goldeier legende Henne.

Ein Bauer hatte einst eine kleine Henne, die er fleißig fütterte; denn sie legte statt der Eier Gold. Die Henne war aber der Teufel, mit dem sich der Bauer einmal verbunden hatte, als er sich in großer Not befand. Und der Teufel bekam auch die Seele des Mannes, nachdem er gestorben war.

108. Die geschlachtete Henne.

In dem Dorfe Eichquast bei Obornik lebte vor mehreren Jahren eine arme alte Frau. Diese ging einmal nach Obornik, um Einkäufe zu machen. Da sah sie unterwegs ein krankes, mit Schmutz besudeltes Hühnchen im Graben liegen. Sie nahm es mit sich. In der Stadt kaufte sie Futter und fütterte nun das Tier gut. Es wurde bald gesund und wuchs zu einer schönen Henne heran, die ihre Eier legte, wie man es nur von einer guten Henne erwarten kann. Als sie älter geworden war, da schlachtete die Frau sie an einem Sonnabend, um für den Sonntag Fleisch zu haben. Sie freute sich schon auf den schönen Braten; aber ihre Freude sollte sich nicht erfüllen, denn in der Nacht starb sie plötzlich.

109. Der Teufel besorgt das Mittag.

In einem Dorfe lebte einstmals eine Bäuerin. Diese arbeitete sehr fleißig mit ihren Knechten und Mägden auf dem Felde; nur eine halbe Stunde früher ging sie nach Hause, um das Mittag zu bereiten. Wenn dann das Gesinde heimkam, stand das Mittagessen immer schon fertig auf dem Tisch.

Die Knechte und Mägde wunderten sich darüber, daß das Essen so schnell fertig wurde, obwohl am Tage vorher nichts vorbereitet war. Um nun zu erfahren, wie die Bäuerin das

mache, versteckte sich einmal ein schlauer Knecht in der Eckstube. Die Bäuerin hatte aber im Ofen einen rabenschwarzen Vogel sitzen, und wenn sie nun früher als die andern nach Hause kam, rückte sie die Tische zusammen und stellte Schüsseln und Teller darauf; dann holte sie den Vogel aus dem Ofen und setzte ihn auf jede Schüssel, und der Vogel brach dann die schönsten Speisen und Braten aus, und alles dampfte und rauchte, als wäre es eben vom Feuer gekommen. Der schwarze Vogel war der Teufel selbst.

Als der Knecht das gesehen hatte, lief er eiligst zu seinen Genossen und erzählte ihnen das. Diese gingen nun auf der Stelle von der Bäuerin fort, und sie bekam nachher nie wieder einen Knecht oder eine Magd in ihren Dienst.

110. Der Hausgeist als Hund.

Am Ende der Stadt Wongrowitz lebte einst in einer einsamen kleinen Hütte ein Mann. Als dieser eines Abends nach Hause zurückkehrte, erblickte er neben sich einen häßlichen Hund, bei dessen Anblick er heftig erschrak. Doch der Hund schmeichelte sich an ihn an und kam sogar mit in die Stube hinein, in welcher er sich so gut versteckte, daß man ihn nicht finden konnte. Und wenn der Mann ihn einmal sah und aus dem Hause treiben wollte, so verstand es der Hund sehr gut, den Schlägen des Mannes zu entgehen, und darüber wunderte sich dieser. Zu derselben Zeit wurde dem Manne ein Kind geboren, welches bald nach der Geburt getauft wurde. Nun entstand für ihn ein neuer Kummer. Der Hund wurde mit jedem Tage dreister und wollte nun gar nicht mehr aus dem Hause heraus. Täglich durchsuchte der Mann die Räume der Wohnung, ob sich der eklige Hund nicht irgendwo versteckt habe. Zu ihrem Erstaunen sahen aber die Leute, daß der Hund niemals in die Stube, wo das Kind lag, hineinzugehen wagte. Da ging nun der Mann zu einer klugen Frau und klagte ihr sein Leid. Die Frau sagte ihm, daß der Hund der leibhaftige Teufel sei, der sich aber vor getauften Kindern fürchte, und sie riet ihm, er solle, wenn er nach Hause komme, das Kind auf die Arme nehmen und auf die Schwelle des Hauses treten. Der Mann tat, wie ihm die Frau gesagt hatte. Als nun der Teufel das Kind erblickte, flog er

heulend in der Gestalt eines Drachen aus dem Hause und wurde seitdem nicht wieder in dem Hause gesehen.

111. Der gespenstische Hund bei Radosiew.

Von Hammer nach Schönlanke zieht sich auf beiden Seiten der Chaussee ein großer Wald hin. Durch diesen Wald ging einst ein reicher und gottloser Bauer in trunkenem Zustande, um nach seinem Heimatsdorfe Radosiew zu gelangen. Plötzlich sah er zu seinen Füßen einen schwarzen Hund. Er bekam Angst und wollte fortlaufen; aber der Hund lief immer im Zickzack vor ihm her, so daß der Mann in Gefahr kam, über ihn zu stolpern. Dadurch zornig gemacht, griff er nach dem Hunde, um ihn zu fassen und totzuschlagen; doch gelang es ihm nicht, und erst beim dritten Male berührte er ihn. Aber es war jetzt kein Hund mehr, sondern der Teufel in eigener Person und in voller Satansuniform, rot gekleidet, mit einem Menschen- und einem Pferdefuß und mit Hörnern am Kopfe. Um ihn herum lagen im Kreise lauter Goldstücke. Sobald der Mann weiterging, folgte ihm der Teufel, und die Goldstücke erhoben sich und rollten hinter ihm her, indem sie dabei immer in ihrer bestimmten Ordnung blieben. Als nun der Bauer sah, daß er dem Teufel nicht entkommen konnte, blieb er ruhig stehen und wartete ab, was der Teufel anfangen würde. Dieser blieb auch stehen und sagte: „Dafür, daß du den Hund hast töten wollen, mußt du bestraft werden; denn bei dem Muttergottesbilde, das am Radosiewer Wege steht, wäre er von selbst verschwunden. Morgen wirst du ein armer Mann sein.“

Was der Teufel vorausgesagt hatte, traf ein: am nächsten Tage brannte das ganze Gehöft des Bauern nieder, und all sein Vieh kam im Feuer um. Der Bauer aber hat aus dem Feuer den Teufel davonfliegen gesehen.

X. Luft- und Windgeister; gespenstische Jäger, Reiter, Rosse und Wagen.

112. Der Luftjauchzer.

In einem Wäldchen zu Ceradz bei Posen hörte man bisweilen jemand in der Luft laut jauchzen. Einst gingen zwei

Männer, von denen der eine betrunken war, durch den Wald, und als sie das Jauchzen in der Luft vernahmen, da jauchzte der Betrunkene mit. Der Luftjauchzer antwortete nicht, kam aber, als jener ihn herausforderte, sogleich herab und nahm ihn mit sich in die Luft. Der Mann begann jetzt fürchterlich zu schreien, und sein Begleiter betete nach Kräften und rief andre Leute zur Hilfe herbei; aber alles war vergebens. Zuletzt holte er den Pfarrer herbei. Dieser kam mit der Monstranz, und auf sein Gebet ließ der Luftjauchzer den Entführten in einen Dornbusch herabfallen, in dem er sich stark verletzte. Bald darauf starb er.

113. Der Teufel in der Windhose.

Man erzählt in einigen Gegenden der Provinz Posen, daß in einer Windhose der Teufel verborgen sei, und daß er in solcher Weise durch das Land ziehe und den Menschen Schaden zufüge. Wirft man nun ein Messer in die Mitte der Windhose, so daß es im Boden stecken bleibt, dann heftet man den Teufel mit dem Messer durch die Ferse am Boden fest, ohne daß er sich selbst befreien kann. Wenn sich nach kurzer Zeit die Windhose auflöst, kann man den Teufel in leibhaftiger Gestalt sehen.

Einmal ging ein Bauer aus der Stadt nach Hause. Da erhob sich vor ihm plötzlich eine Windhose. Die Leute erzählen nun, daß in einer solchen Windhose der Teufel tanze. Der Bauer wußte das auch, und deshalb nahm er sein Taschenmesser und warf es in die Windhose hinein. Da vernahm er plötzlich ein Jammern, und bald darnach sah er, wie der Teufel mit dem Messer an die Erde geheftet war. Der Teufel fragte den Mann nun, was er haben wolle, wenn er ihn loslasse. Der Bauer verlangte ein Faß Schnaps, mehrere Seiten Speck und ein Maß voll Taler; gebe er ihm das nicht, so könne er ewig stehen. Darauf erwiderte der Teufel: „Geh nach Hause, und du wirst das Gewünschte finden." Der Bauer ging, und als er in seine Stube hineinschaute, da sah er, daß seine Kinder schon mit den harten Talern spielten, und er sah auch das volle Faß Schnaps und die Speckseiten. Sofort eilte er zurück und ließ den Teufel los.

Doch das Geschenk des Teufels gereichte dem Manne nicht zum Segen; denn als er auf dem Sterbebette lag, sah sein

Pate, wie der Teufel auf die Seele des Sterbenden lauerte, um sie mit sich zu nehmen.

114. Weiße Gestalten.

Im Walde bei Murowana-Goslin sollen sich in der Johannisnacht in der zwölften Stunde weiße Gestalten sehen lassen; sie sind etwa fünf Minuten lang sichtbar und verschwinden dann mit großem Getöse.

115. Gespensterhafte Gestalten bei Schönlanke.

In einer Nacht fuhren Händler aus Czarnikau vom Schönlanker Jahrmarkt nach Hause. Auf dem Wege mußten sie durch den großen Schönlanker Wald, der gleich bei der Stadt beginnt und sich ungefähr zwei Meilen weit hinzieht. Als sie ein ganzes Stück in dem Walde gefahren waren, hörten sie plötzlich Pferde stampfen und wiehern, und bald erblickten sie einen Trupp Gestalten zu Pferde, die sahen aus wie Soldaten aus der Zeit Friedrich des Großen. Ihr Hauptmann hielt die Pferde der Händler an und brachte den Wagen zum Stehen. Die Leute bekamen bei dem Anblick der Soldaten große Angst, da sie wußten, daß sich in der Gegend kein Militär aufhielt. Um so schnell als möglich von dem Ort fortzukommen, hieben sie tüchtig auf die Pferde ein; doch diese rührten sich nicht von der Stelle. Endlich nahm sich einer von den Händlern ein Herz; er stieg vom Wagen herunter, um den Hauptmann mit der Peitsche zu schlagen. Doch als er eben zum Schlage ausholen wollte, waren sämtliche Gestalten verschwunden, und die Pferde gingen wieder weiter.

116. Der Nachtjäger.

Der Nachtjäger reitet auf einem feurigen Roß. Seinen Kopf trägt er unter dem linken Arm. Auf seinem Waldhorn bläst er, daß man die schauerlichen Töne desselben weithin schallen hört. Er wird von zwölf Hunden begleitet, welche einen feurigen Atem ausstoßen.

Dieser Nachtjäger hatte einst in einer alten Mühle seinen Aufenthaltsort. Einmal wollte ein Mann Korn zum Mahlen dorthin bringen. Es war in der Nacht, und als er sich gerade neben der Mühle befand, kam der Nachtjäger angeritten und blies in sein Waldhorn. Der Bauer machte ihm das nach, um

ihn zu verspotten. Da wurde der Nachtjäger zornig und warf dem Manne ein Stück Fleisch auf den Wagen. Alle Versuche, das Fleisch wieder vom Wagen zu entfernen, waren vergeblich; es schien wie angewachsen. Da kam ein Mann hinzu, welcher sagte: „Zum Fleisch gehört Salz." Man holte nun Salz herbei und streute es auf das Fleisch. Da ließ es sich leicht entfernen und wurde nun vergraben.

117. Der Jäger in der Forst Eckstelle.

Ungefähr in der Mitte der Oberförsterei Eckstelle bei Rogasen liegt in der Nähe der Chaussee nach Posen die sogenannte Rehwiese. Auf dieser soll zur mitternächtlichen Stunde ein Jäger mit einem zahlreichen Hundegefolge erscheinen, um seinem Jagdvergnügen nachzugehen. Beim Nahen von Menschen verschwindet er mit den Hunden, erscheint aber in der nächsten Nacht wieder. Ein Mann, der nicht an das Erscheinen des Jägers glauben wollte und sich deshalb in der Nähe der Wiese versteckte, wurde am andern Tage mit durchschossenem Kopfe aufgefunden.

118. Die Hirschkeute.

In dem Forst Stierwald bei Zirke befindet sich eine einsame Wiese, die den Namen Hirschkeute führt. Einmal verfolgte ein Jäger einen Hirsch bis auf diese Wiese. Da sie sehr sumpfig war, so versanken Jäger und Hirsch in dem Sumpfe und gingen elend zu Grunde. Alte Leute erzählen, daß es bei dieser Wiese zur Zeit der Hirschjagd um Mitternacht spuke. Einmal ging ein Mann hier um Mitternacht vorbei. In der Nähe der Wiese hörte er plötzlich Geschrei und sah den Hirsch und seinen Verfolger in schnellem Lauf der Wiese zueilen. Als beide auf der Wiese angekommen waren, versanken sie plötzlich unter lautem Getöse.

119. Der wilde Jäger bei Zirke.

Ein Graf Bninski bei Zirke, dem vor vielen Jahren das Gebiet rechts und links von der Warthe gehörte, besaß nahe bei Zirke eine Försterei, auf die er einen sehr grausamen Förster gesetzt hatte. Nach seinem Tode mußte dieser Förster ohne Kopf auf einem pechschwarzen Pferde, gefolgt von einer Schar von Hunden, herumreiten. Leute, die in der Nacht von Zirke nach Kwiltsch gingen, haben ihn dort gesehen.

120. Der Nachtjäger bei Comnitz.

In den Wäldern von Comnitz (Kr. Meseritz) hat früher ein gespensterhafter Ritter sein Wesen getrieben. Da er nur in der Nacht umherritt, wurde er vom Volke der Nachtjäger genannt. Er wurde sehr gefürchtet. Er hatte keinen Kopf, und auch sein Pferd war ohne Kopf. Wer bei seinem Vorbeireiten sprach, mußte es mit dem Tode büßen.

121. Die wilde Jagd bei Schönmädel.

Ein beliebter Tummelplatz für das wilde Heer oder die wilde Jagd war der von der Nakeler Chaussee durch Schönmädel nach Salzdorf durch dichten Wald führende Weg. Von der Ortschaft Schönmädel aus bis zu einem Kreuzweg wurde die wilde Jagd besonders oft gehört. Vorn galoppierte auf stolzem Roß der wilde Jäger, hinter ihm und zur Seite seine Begleiter. Eine große Hundemeute verursachte einen Höllenlärm. In rasendem Galopp brauste der unheimliche Zug dahin. Feuerflammen sprühten den Hunden aus Nase und Maul, den Pferden aus den Nüstern. Dazu erschallte das donnernde „Halloh!“ der Jäger und abwechselnd damit die Mahnung: „Bleibt im Wege! Meine Hunde beißen nicht.“

Wer ruhig im Wege ging, hatte von der wilden Jagd nichts zu fürchten. Wehe aber dem, der den Weg verließ oder sich gar dazu herbeiließ, den Ruf der Jäger nachzuahmen! Entweder wurde ihm mit den Knochen von Pferdebeinen, die in bedenklicher Nähe von ihm geschwungen wurden, arg zugesetzt, oder es wurde ihm mit einem Stück Aas ein Geschenk gemacht, das er nicht wieder von sich entfernen konnte. Überall und stets hing es ihm an; ein Abschneiden und Vergraben desselben half nichts.

An einem Kreuzwege hörte das Treiben auf. Jeder, der zur Zeit eines solchen Rittes das Gelände passierte, suchte deshalb so schnell wie möglich dorthin zu gelangen.

122. Der Nachtjäger weckt und warnt einen Knecht.

Auf den Feldern von Bożejewice soll sich der Geist eines früheren Besitzers in der Gestalt eines Nachtjägers herumtreiben. In einer Sommernacht hütete ein Knecht aus dem nahen Königsbrunn die Pferde auf dem Felde. Auf der Grenze zwischen den beiden Feldern legte er sich hin und

schlief ein, und seine Pferde gingen in das Kleefeld von Bożejewice. Plötzlich wurde er geweckt. Er schaute auf und sah einen schwarzen Mann vor sich stehen, aus dessen Augen und Mund Feuer sprühte. „Wache auf", rief er dem Knecht zu, „sie kommen!" Der Knecht stand schnell auf und trieb die Pferde aus dem Kleefeld heraus. Der Nachtjäger verschwand, und bald sah der Knecht den Gutsverwalter von Bożejewice kommen, der nach Dieben ausschauen wollte.

123. Der gespenstische Förster.

Auf der rechten Seite des Weges von Ostrowo nach Woycin liegt nicht weit vom See ein Hügel, der vom Volke Lysa genannt wird. Hier soll sich vor vielen Jahren ein Förster erschossen haben. Sein Geist erscheint noch jetzt auf dem Hügel. In einer Nacht ging ein Mann über denselben, um nach Ostrowo zu kommen. Da erschien ihm der gespenstische Jäger als Mann ohne Kopf, mit einer Flinte auf der Schulter, und neben ihm stand ein großer schwarzer Hund. Der Mann ging ruhig an dem Spuk vorbei. Da aber hetzte der Jäger den Hund auf ihn und lief hinter ihm her. Vor Angst blieb der Mann still stehen. Der Jäger sauste mit seinem Hunde an ihm vorbei und verschwand dann plötzlich in einem gewaltigen Windstoß, wobei Hundegebell und Pfeifen zu hören war.

124. Der gespenstische Reiter von Bożejewice.

Auf den Feldern von Bożejewice soll der Geist eines vor langen Jahren verstorbenen Gutsbesitzers sein Wesen treiben. Wegen seiner Härte und Unbarmherzigkeit gegenüber den Gutsleuten muß er noch jetzt des Nachts sein früheres Gut bewachen. Doch darf er sich einem Menschen nur auf 30 Schritt nahen. Namentlich jagt er oft Felddieben Angst ein. So wird erzählt, daß vor mehreren Jahren einige Frauen Mohrrüben stehlen gingen. Sie waren gerade bei der besten Arbeit, als sie durch Pferdegewieher erschreckt wurden. Sie wandten sich um und sahen einen Reiter auf schwarzem Pferde herankommen. Anfangs meinten sie, es wäre der Gutsinspektor, und sie legten sich platt auf die Erde, um nicht gesehen zu werden. Aber dann bemerkten sie, daß der Reiter Feueraugen hatte. In rasendem Galopp ritt er in einiger

Entfernung von den Frauen dreimal im Kreise herum, dann wandte er sich in der Richtung nach Markowitz zu. Unter Sturmgebraus löste er sich alsbald in eine Feuersäule auf, bis er verschwand. Oft soll der Reiter auch in der Gestalt eines Mannes erschienen sein, umgeben von einem Rudel feuerspeiender Hunde.

125. Der Reiter auf dem Schimmel.

Wenn man von Rzegocin nach Zbiki fährt, kommt man über einen größeren Bach, in dessen Nähe sich ein Erlenhain befindet. Auf der linken Seite des Weges ist eine Erhöhung, und auf dieser steht ein Kreuz. In der Nähe liegt der katholische Kirchhof. Dort sieht man sehr oft, besonders an hohen Festtagen, einen großen Reiter auf einem Schimmel. Er ist gräßlich anzusehen. Er hat einen großen Bart, der bis auf den Rücken des Pferdes reicht; sein Kopf ist übermäßig groß und länglich geformt. Wenn man dort vorbeikommt, so wiehert der Hengst, und in gestrecktem Galopp saust der Reiter vorbei. Besonders lange reitet er an seinem Todestage herum. Da ist er ganz wütend, und wer ihm da in den Weg kommt, den reitet er nieder. Als einst eine Grenzpatrouille von Zbiki nach Rzegocin ritt, unterhielten sich die Soldaten über dieses Gespenst. Als der eine über den Geist zu spotten anfing, sahen sie plötzlich vom Kirchhof her einen Reiter kommen. Der Spötter bekam große Angst und lenkte sein Pferd hinter die andern. Schon war der Reiter ganz nahe, und die Soldaten dachten, er würde halt machen, um den Spötter zu bestrafen; aber dicht vor ihnen machte er mit seinem Pferde einen Sprung in die Luft und verschwand vor ihren Augen. Doch die Strafe blieb nicht aus, denn nach drei Tagen starb der Spötter; der Geist war ihm auf Schritt und Tritt gefolgt und hatte ihm keine Ruhe gelassen.

Dieser Geist soll ein früherer Besitzer des Gutes Rzegocin gewesen sein. Als er einmal spät am Abend von der Jagd heimkehrte, sah er einen Wilddieb, und er beschloß, ihn abzufangen. Aber er kam schlecht an, denn es war nicht nur der Wilddieb da, sondern auch sein Bruder; und schon hatte der Gutsbesitzer jenen in seiner Gewalt, als plötzlich vom Walde her ein Schuß ertönte und der Besitzer tödlich getroffen zu Boden sank. Da dieser nun starb, ohne sich mit

Der Schloßberg zu Posen mit der ehemaligen polnischen Königsburg.

Gott versöhnt zu haben, so muß er büßen, und seine Strafe besteht darin, daß er immer von dem Kirchhof bis zu dem erwähnten Kreuz reiten muß.

126. Der schwarze Reiter.

Auf dem evangelischen Kirchhof zu Königsthal soll hin und wieder ein schwarzer Reiter erschienen sein. Auf einem schwarzen Rosse kommt er an das Tor; dieses öffnet sich, und er reitet hinaus auf das Feld. Ein Rudel schwarzer Hunde begleitet ihn.

127. Der Reiter am Kopssee.

Nicht weit von dem Dorfe Erpel bei Schneidemühl liegt nördlich von der Ostbahn der langgestreckte fischreiche Kopssee. Vor Jahren, als es noch jedem erlaubt war, in dem See zu fischen, waren eines Abends mehrere Männer und Frauen hingegangen, um Krebse zu fangen. Am Ufer des Sees zündeten sie ein Feuer an, um die Krebse herbeizulocken. Dann stiegen sie ins Wasser und fischten bis spät in die Nacht hinein. Das Glück war ihnen günstig. Als die Körbe gefüllt waren, trockneten sie ihre Kleider am Feuer und wärmten sich. Plötzlich knackten in dem nahen Walde die Zweige, und man hörte ein Pferd wiehern. Die Leute machten sich zuerst nichts daraus, denn sie glaubten, es reite jemand durch den Wald. Aber bald darauf hörten sie das Wiehern wieder, und ihm folgte ein rasender Pferdegalopp. Ein Reiter flog über die Bäume des Waldes dahin, sich bald nach dieser, bald nach jener Seite wendend und seine Geißel über dem wildschnaubenden Pferde schwingend. Er hatte einen langen, weißen Mantel über die Schultern geschlagen und trug feurige Sporen und langes, fliegendes Haar. Das Roß war schwarz, hatte aber weiße Beine und Ohren; seine Augen leuchteten wie zwei feurige Kohlen. Mit einem Male hörten die Leute, die angstvoll nach der Erscheinung hingeblickt hatten, einen lauten Knall, und Roß und Reiter waren verschwunden.

Als die Fischer zu Hause ihr Abenteuer erzählten, sagten ihnen die andern Dorfbewohner, daß sie dieselbe Erscheinung schon am hellichten Tage gesehen hätten, und zwar bei dem alten Schlosse von Rzadkowo. Der Reiter wäre ein alter

Graf, der in seinem Leben viel Böses getan hätte und deshalb nach seinem Tode büßen müsse.

128. Die gespenstischen Pferde bei Hochkirch.

Auf dem Wege von Hochkirch nach Polanowitz sollen öfters des Nachts drei gespenstische schwarze Pferde erscheinen. Eins davon zieht eine lange Leine hinter sich her. Vor einigen Jahren gingen zwei Fremde des Weges. Ihnen erschienen die Pferde auch; zwei liefen schnell vorüber, das dritte aber, das mit der Leine, kam zutraulich zu ihnen heran und zeigte keine Furcht. Die Fremden, schon müde von der Reise, wollten es einfangen, um dann abwechselnd darauf zu reiten, und der eine griff nach der Leine. Aber mit lautem Aufschrei ließ er sie wieder los; denn sie brannte in seinen Händen. Das Pferd erhob nun ein Gelächter und folgte den beiden andern nach einem Teiche, wo alle drei verschwanden.

129. Der gespenstische Schimmel.

Ein Mann aus Skorzewo im Kreise Posen-West ging an einem Sonntage zu seinem Bruder nach Lawica. Als er am Abend nach Hause zurückkehrte, sah er — es war in der Nacht um 12 Uhr — von weitem einen Schimmel heranlaufen, der Feuer aus dem Maule spie. Da er müde war, wollte er sich auf denselben setzen, um schneller nach Hause zu kommen; doch als er nun nahe an das Tier herantrat, war es plötzlich verschwunden.

Wie die Leute erzählen, ist der Schimmel vor Jahren einem Bauer entlaufen und nicht wiedergefunden worden; aber alle Jahre kommt er einmal an einem bestimmten Tage zum Vorschein.

130. Das gespenstische Pferd in Königsbrunn.

Am Eingange des Dorfes Königsbrunn liegt der evangelische Kirchhof. Im Graben desselben soll öfters ein feuerspeiendes Pferd erscheinen, das als Schweif eine Feuergarbe trägt. So erschien es oft Fuhrwerken, die in der Richtung nach Strelno fuhren. Unter Gewieher machte das Tier einen Umkreis auf dem Felde, wobei sich stets ein Sturm erhob. Es begleitete den Wagen immer bis zum Kreuzwege, worauf es verschwand.

131. Das fliegende Pferd.

In der Nähe von Jankendorf wollte ein Besitzer mit seinem Sohne des Abends die letzten Kartoffeln vom Felde nach Hause holen. Als sie auf dem Felde waren, hörten sie auf einmal ein mächtiges Geräusch in der Luft, und als sie aufblickten, sahen sie ein schwarzes fliegendes Pferd. Dieses schwebte dicht über dem Rücken der beiden Pferde, die von dem Geräusch so erschreckt wurden, daß sie durchgingen. Der Sohn, der sich auf dem Wagen befand, stürzte herab, wurde überfahren und starb. Am nächsten Morgen fand der Bauer die beiden Pferde tot im Stalle liegen, und am Tage darauf stürzte ihm noch eins seiner besten Pferde. Es wurde vor dem Pfluge von einer Pflugschar durchbohrt.

132. Das weiße Roß im Luboscher See.

In Lubosch herrschte einst ein Gutsherr, der sehr grausam war. Von seinen Tagelöhnern ließ er viele um geringer Versehen willen mit Ketten beladen und in ein dunkles Verlies werfen, wo sie verhungern mußten. Zur Strafe dafür konnte er im Grabe keine Ruhe finden. In den Nächten steigt häufig aus dem großen Luboscher See sein weißes Leibroß, dem der Kopf fehlt, hervor und geht zur Grabstätte seines Herrn; dieser erhebt sich, beladen mit allen Ketten, mit denen er seine Opfer gefesselt hatte, aus dem Grabe, schwingt sich auf das Roß und reitet nach Pinne zu. Durch das Kettengerassel macht er sich den Wanderern bemerkbar, die ihm eiligst aus dem Wege gehen.

133. Die Gespensterkutsche in Lubosch.

Zu Lubosch im Kreise Birnbaum befindet sich ein Gewässer, in dem die Pferde geschwemmt werden. Aus diesem steigt, wenn dem Dorfe ein Unglück bevorsteht, in der Nacht eine große, mit vier Pferden bespannte Kutsche hervor. In der Kutsche sitzen vier schwarz gekleidete Männer, die ebenso wie der Kutscher ihre Köpfe unter dem Arm tragen. Vor der Kutsche her läuft ein großer schwarzer Hund mit feurigen Augen, aus dessen Maul Flammen schlagen. Unter dem Gebell des Hundes und lautem Peitschenknall geht der Zug nach der Birnbaumer Chaussee und verschwindet dann in der Ferne.

XI. Wassergeister.

134. Die Löwen zu Neustadt bei Pinne.

An dem Wege, der von dem Städtchen Neustadt nach dem als „Schwan" bezeichneten Stadtteil führt, liegt eine Wiese, und auf dieser befindet sich eine Quelle, unter deren Bett ein großer Schatz verborgen ruhen soll. Zwei gewaltige Löwen hausen dort tief unter der Erde und bewachen den Schatz. Andre erzählen von einer Quelle, die aus einem Berge hervorkommt. In diesem Berge liegen in einer Höhle zwei schlafende Löwen. Die Höhle ist mit einem eisernen Tor verschlossen, und wenn die Löwen es sprengen, so wird Neustadt durch eine Überschwemmung seinen Untergang finden.

Von diesen Löwen soll auch das Städtchen seinen Namen haben; denn es hieß ursprünglich Löwenstadt, polnisch Lwowek. Auch führt es deshalb, wie man meint, zwei Löwen im Wappen.

135. Die Wasserjungfern im Rogasener See.

Im Rogasener See soll es auch Wasserjungfrauen oder Nixen geben, und man erzählt, daß diejenigen Leute, die eine gesehen haben, bestimmt dem Tode verfallen sind. Vor längerer Zeit ging einmal eine alte Frau in den Seefelder Wald, um sich Holz zu holen. Sie kam dabei auch in die Nähe des Sees. Plötzlich erblickte sie eine Wasserjungfrau in dem Wasser. Vor Schreck konnte sie nicht von der Stelle, und erst, als sie das gestohlene Holz fortgeworfen hatte, war sie fähig fortzulaufen. Als sie nach Hause kam, verfiel sie in eine schwere Krankheit und starb nach einem Vierteljahr.

136. Die Seefräulein bei Eichquast.

In der Nähe der Oberförsterei Eichquast im Kreise Obornik befand sich vorzeiten ein kleiner See, der jetzt vollständig versumpft ist. In diesem See haben einst Seefräulein gewohnt. Damals standen an den Ufern des Sees viele Weidensträucher, die von den Leuten zum Korbflechten gebraucht wurden.

Eines Tages schnitt ein junger Mann aus dem benachbarten Heide-Dombrówka dort Weidenruten. Als er einmal aufblickte, sah er einen runden Tisch mit drei Füßen aus dem Wasser aufsteigen und auf der Oberfläche des Sees stehen

bleiben. Überrascht betrachtete er das Wunder eine Zeitlang; da aber der Tisch nicht verschwand, ging er wieder an seine Arbeit. Nach einer Weile sah er wieder auf, und da war der Tisch mit einer prachtvollen roten Decke belegt. Nun wurde er neugierig. Er legte die abgeschnittenen Weidenruten beiseite, setzte sich ins Gras und schaute durch eine Lichtung im Gebüsch nach der wunderbaren Erscheinung. Solange er jedoch hinblickte, änderte sich nichts, und deshalb machte er sich bald wieder an seine Arbeit. Nach einer geraumen Weile, als er wieder hinsah, lagen zwei silberne Löffel auf der Decke, und es sah aus, als ob der Tisch zu einer Mahlzeit hergerichtet werden sollte. Nun wurde es dem jungen Manne unheimlich zumute; er nahm seine Ruten und lief davon.

Zu Hause wurde er von seiner Mutter tüchtig ausgezankt, und sie sagte ihm, daß er durch die Seeweiblein ein reicher Mann geworden wäre, wenn er nicht so feige davongelaufen wäre. Jetzt lief der Bursche noch einmal zum See zurück; aber da sah er nichts weiter als die glatte Fläche des Wassers, in dem sich die untergehende Sonne abspiegelte.

137. Der Wassergeist in der Warthe.

Zwischen Obornik und Lukowo soll sich in der Warthe öfter ein Wassergeist gezeigt und die an dem Flusse liegenden Felder verwüstet haben. Einmal wetteten drei Männer, daß sie den Geist beobachten und verhindern wollten, daß er den Feldern Schaden zufüge. Um 12 Uhr in der Nacht hörten sie plötzlich ein dumpfes Dröhnen und Brausen. Dann wurde es stockdunkel, obwohl der Mond schien, und die Männer sahen eine riesige weiße Gestalt auf sich zukommen. Einige Minuten später hörten sie den Geist unter lautem Plätschern im Wasser versinken. Als sie dann das Feld besichtigten, fanden sie, daß das ganze Getreide verschwunden war. Am nächsten Tage wurden die drei Männer krank. Zwei starben bald; der dritte lebte noch ein Vierteljahr und starb dann nach qualvollem Leiden. Den Geist aber hat man nicht wieder gesehen.

138. Die Nymphen von Kruszewo.

Auf dem zum Gute Kruszewo im Kreise Czarnikau gehörigen See erschienen in der Mitternachtsstunde immer

Nymphen, die herrlich sangen. In einer Nacht nun ging ein armer Mann vom Gute, der in der Stadt gewesen war, an dem See vorbei nach Hause. Da der See ziemlich lang ist und das Dorf jenseits des Sees liegt, so hatte er einen weiten Weg zurückzulegen. Es war 12 Uhr geworden, und die Nymphen sangen wieder. Der Mann horchte auf den Gesang, und da er müde war, setzte er sich am See nieder, um etwas auszuruhen und zu lauschen.

Wie er so dasaß, überfiel ihn plötzlich eine solche Müdigkeit, daß er einschlief. Mit einem Male wurde er durch mehrere Stimmen geweckt, und er war nicht wenig erstaunt, als er mehrere weißgekleidete Frauen vor sich sah. Sofort erhob er sich und wollte fortlaufen; doch eine Nymphe, denn das waren die Frauen, hielt ihn fest und fragte ihn, was er hier wolle. Der Mann erzählte nun, daß er arm sei und daß er in der Stadt gewesen sei, um seine einzige Kuh zu verkaufen, damit seine Familie nicht Hungers sterbe. Darauf sagten ihm die Nymphen, sie wollten ihn über den See tragen, und er könne dann schnell, ohne sich anzustrengen, nach Hause kommen. Der Mann willigte ein.

Zuerst trugen ihn die Nymphen über das Wasser; als sie aber bis zur Mitte des Sees gekommen waren, da tauchten sie mit ihm unter. Unter dem Wasser sah der Mann noch viele andre Nymphen, unter ihnen auch eine mit einer Krone. Da alle andern sich vor dieser ehrerbietig neigten, so schloß er, daß diese die Königin der Nymphen sei. Auch sie fragte ihn, was er wolle, und er antwortete dasselbe wie vorhin am Ufer, fügte aber hinzu, daß die Nymphen ihn hätten über das Wasser tragen wollen, nun aber hierher gebracht hätten. Die Königin erwiderte ihm, daß jeder Mensch, der zu dieser Zeit am See vorbeigehe, von ihnen bestraft werde; mit ihm aber wolle sie Mitleid haben, da er arm sei und eine große Familie zu ernähren habe. Seine Strafe solle die sein, daß er drei Tage bei ihnen bleibe; zeige er sich in der Zeit fleißig und arbeitsam, so wolle sie ihn dafür reichlich belohnen. Dem Manne deuchten diese drei Tage eine Ewigkeit, obwohl er genug zu arbeiten hatte; denn er mußte den Grund des Sees reinigen. Als nun der dritte Tag zu Ende ging, rief ihn die Königin zu sich, gab ihm einen Edelstein und sagte, daß er diesen Stein alle drei Jahre einmal in die Tasche nehmen

solle, dann werde sich die Tasche von selbst mit Edelsteinen füllen; er solle sich aber nicht zum zweiten Male sehen lassen. Der Mann bedankte sich, und die Nymphen trugen ihn nun wieder an dieselbe Stelle, von der sie ihn fortgenommen hatten. Er ging nach Hause, war reich und lebte fortan mit seiner Familie glücklich und zufrieden.

Er erzählte auch sein Erlebnis auf dem Gute. Ein habsüchtiger Mensch, der es gehört hatte, ging auch dahin, um vielleicht auf dieselbe Weise reich zu werden. Als ihm aber die Nymphen erschienen, sank er tot zu Boden.

139. Der Wassergeist zu Schrimm.

Der See bei dem Dorfe Schrimm im Kreise Birnbaum ist sehr lang und breit. In der Gegend herrscht die Sage, daß am Vorabend von Ostern, Johannis und Michaelis der alte Fischer, der vor Jahrzehnten verstorben ist, den See der Länge und Breite nach durchkreuzen müsse, und zwar in der Nacht von 12 bis 1 Uhr. Ein Bauer, der das nicht glauben wollte, ging am Vorabend des Johannistages an den See, um sich selbst zu überzeugen. Um Mitternacht wurde ein Mann sichtbar, der aus dem nahen Walde Laski herauskam und gerade auf den See zuging. Er stieg in einen Kahn und fuhr fort. Als er wieder an die Stelle kam, von wo er abgefahren war, bemerkte er den Bauer. Er rief ihn mit Namen und forderte ihn auf, in seinen Kahn zu kommen; er wolle ihn auf die andere Seite herüberrudern. Der Bauer stieg auch in den Kahn, und als sie ungefähr auf der Mitte des Sees waren, kippte der Kahn um, und beide fielen ins Wasser. Der Bauer ertrank, der Geist aber kletterte wieder in den Kahn. Am andern Morgen gingen Leute aus dem Dorf an den See, um den Bauer zu suchen, und sie fanden ihn im Rohre, mit beiden Händen an eine Stange gebunden, die im Grunde des Wassers eingesteckt war.

Man erzählt auch, daß einmal bei einem Sturm ein Boot mit zwei Fischern, die einen gottlosen Lebenswandel führten, in dem See untergegangen sei. Das Boot erscheint jetzt noch öfters auf der Oberfläche des Wassers; beim ersten Hahnenschrei verschwindet es. Möven sollen den Kahn bewachen.

140. Wassergeister töten.

Einmal kam ein Bauer in der Gegend von Polajewo in der Nacht an einem Teiche vorbei; da sah er, wie zwei Gestalten sich gegenseitig mit Wasser bespritzten. Zuerst dachte er, es wären Menschen, und fing an zu schelten, daß sie so spät in der Nacht badeten. Aber da kamen die beiden Wassergeister an ihn heran und flüsterten ihm zu: „Dafür sollst du büßen!" Am nächsten Morgen wurde der Mann tot in seinem Bette aufgefunden.

141. Die Wassernixe im See von Stare.

Ein Bauer aus Stare (Kr. Wongrowitz) hatte eine sehr schöne Tochter, die aber schwermütig war. Ihr Lieblingsaufenthalt war eine Stelle am See. Dort saß sie stundenlang und träumte. Einst glaubte sie zu hören, wie das Wasser sie einlud, in den See hinabzusteigen. Sie tat es ohne Bedenken; doch ist sie nicht in dem Wasser umgekommen, sondern sie lebt noch heute als Wassernixe in dem See. Schon vielen ist sie zum Verderben geworden; denn sie lockt alle, die an den See kommen, ins Wasser. Einst kam auch der einzige Sohn einer armen Witwe, der nach Arbeit suchte, nach Stare. Hier erzählten ihm die Leute von der schönen Wassernixe im See, und die Neugierde trieb ihn, sofort an den See zu gehen, um die Nixe zu sehen. Er kehrte aber nicht wieder zurück. Die arme Mutter traf, als sie von dem Unglück ihres Sohnes hörte, ein Schlaganfall.

142. Das Ungeheuer im Schwarzen See.

Mit Abbildung.

Vor vielen Jahren sahen die Leute in der Umgegend des Schwarzen Sees ein schreckliches Ungeheuer, das in dem See seine Wohnung hatte. Es war ein Teufel, der das Fangen der Fische hinderte; und die wenigen Fische, die gefangen wurden, waren zum Essen völlig unbrauchbar. Einmal sollte im Winter, als der See zugefroren war, ein größerer Fischfang veranstaltet werden, und es kam aus den Dörfern eine große Menge Volkes zusammen, um dabei zuzusehen. Die Fischer warfen die Netze ins Wasser; aber beim ersten Zuge fing man nur drei kleine Fische, und beim zweiten zog man das Netz ganz leer heraus. Beim dritten Male zog man ein

furchtbares Ungeheuer heraus, das hatte einen Ziegenkopf und zwei große Hörner daran. Seine Augen waren feuerrot und blinkten wie glänzende Edelsteine. Erschreckt liefen die Leute davon. Das Ungetüm aber kroch sogleich wieder in das Wasser zurück und verschwand unter dem Eise. Darauf hörte man das Toben des Wassers wie bei einem Sturm, und ein schreckliches Gebrüll erfüllte den ringsum liegenden Wald. Als das aufgehört hatte, gingen die Leute wieder an den See zurück; aber die Luft war wie durch einen stinkenden Schwefelgeruch verpestet, und viele bekamen Geschwüre davon, die sehr schwer heilten.

143. Der schwarze Mann.

Hinter Hohensalza befindet sich ein Kanal. Da das Wasser dort nur mäßig fließt, so ist ein Brett darübergelegt, auf dem die Leute hinübergehen können. Vor längerer Zeit spukte es hier des Nachts. Es zeigte sich immer ein schwarzer Mann, der die Leute in Angst setzte und verfolgte. Der Mann kam stets aus dem Wasser. Einmal hatten zwei Knechte, die sich einen angetrunken hatten, den Steg überschritten. Sie kamen aber nicht nach Hause; denn am andern Morgen fand man sie mit Wunden bedeckt im Wasser liegen, und man glaubte, daß der Spuk sie ermordet habe. Die Stelle wurde deshalb jetzt erst recht gemieden. Einige Zeit nachher ging eine Hochzeitsgesellschaft spät am Abend nach Hause und mußte über den Kanal. Unter den Leuten befand sich auch der Hochzeitsbitter. Dieser wußte von dem Spuk und hatte deshalb seine Pistole mit einer silbernen Kugel geladen. Aus dem Wasser kam nun auch der schwarze Mann heraus und wollte den Hochzeitsbitter, der voranging, beim Kragen nehmen. Der ergriff aber schnell seine Pistole und schoß auf die Gestalt. Statt des schwarzen Mannes sah man nun eine Teerlache. Seit dieser Zeit hat man von der Spukgestalt nichts mehr gehört.

144. Das Wassergespenst bei Sierniki.

Einmal ging ein alter Schäfer von Prusiec über das Feld nach Sierniki. Es war etwas vor Mitternacht, als er an einem ziemlich tiefen Teiche vorüberkam. Da erblickte er bei dem trüben Schein des Mondes eine Gestalt, die im Wasser

umherschwamm. Unerschrocken blieb er stehen und schaute sich die Gestalt an, die sich jedoch ganz ruhig verhielt; dann ergriff er einen Stein und warf nach derselben. Aber da warf die Gestalt sich plötzlich hoch empor und fiel dann mit großem Getöse wieder ins Wasser zurück. Darauf kroch sie tobend und mit feurigen Augen blinzelnd an das Ufer. Jetzt erblickte der Schäfer, der sich inzwischen immer mehr zurückgezogen hatte, eine plumpe Gestalt mit langen Füßen und einem kleinen Ziegenkopf, an dem sich Hörner befanden. Das Ungeheuer begann laut zu brüllen und mit den Füßen zu stampfen. Trotzdem hatte der Schäfer keine Angst; er ergriff vielmehr nochmals einen Stein, um nach der Gestalt zu werfen. Aber kaum hatte er geworfen, da löste sich plötzlich der Kopf von der Gestalt und verwandelte sich in eine Schlange, die laut zu zischen begann und sich gegen den Schäfer wendete; der übrige Teil des Körpers fiel zur Erde und fing an, ganz rot zu leuchten. Nun wurde der Schäfer von so großer Angst befallen, daß er schleunigst davonlief; hinter ihm aber dröhnte die Erde, und er hörte ein lautes Brüllen, bis er nach Sierniki kam.

145. Der Brunnendrache.

Als vor etwa 60 Jahren der Gutsbesitzer Ristow das Freischulzengut in Tarnau bei Rogasen kaufte, übernahm er auch einen alten deutschen Schäfer, der viele Sagen und Geschichten aus vergangenen Zeiten wußte. Dieser Mann erzählte auch folgendes: In Tarnau oder in der Umgegend wurde einmal ein Brunnen gegraben. Schon war man in eine bedeutende Tiefe gekommen, ohne daß Wasser gefunden wurde; da stieß man endlich auf den Drachen. Dieser mußte erst getötet werden, und dazu bediente man sich einer sehr langen Stange, an deren Spitze besondere Vorrichtungen angebracht waren. Erst als man damit den Drachen getötet hatte, kam das Wasser aus der Tiefe hervor.

Auch bei einem andern Brunnen ist ähnliches passiert: man fand auch dort ein greuliches Ungeheuer in der Tiefe, und erst als es getötet war, kam Wasser.

146. Der Drache im Brunnen zu Posen.

In dem früheren Jesuitenkloster zu Posen, dem jetzigen Regierungsgebäude, soll sich in einem Keller ein Brunnen

befunden haben, der bis in den Mittelpunkt der Erde reichte. In diesem Brunnen soll ein Drache gehaust haben. Als einst ein Mönch in den Keller kam, wurde er sogleich von dem Drachen erfaßt und getötet, und ebenso erging es den nach ihm Suchenden. Als man vor einer Reihe von Jahren den Keller öffnete, fand sich dort eine Menge von Knochen und Schädeln vor, an denen Spuren gewaltsamer Tötung sichtbar waren.

XII. Wald- und Feldgeister.

147. Der Skrzat als Waldgeist.

Der Skrzat ist ein Teufel, der im Walde lebt. Doch wird der Name Skrzat für diesen Teufel jetzt nur noch selten gebraucht, wenigstens in unserer Gegend. Allgemein dagegen ist der Plural Skrzaty. Dies sind die Teilnehmer der wilden Jagden, die man sich als Strafe für das Jagen an Sonn- und Feiertagen, das Hetzen der Tiere usw. vorstellt. Der Führer dieser Jagden ist der Skrzat, und die Teilnehmer sind Skrzaty. Wo nur ein Jäger erscheint, wird er gewöhnlich auch Skrzat genannt.

148. Die weiße Dame zu Jablonowo.

Eine Perle unseres Ostens ist die Herrschaft Jablonowo im Kreise Kolmar. Sie ist reich an fruchtbaren Äckern, ertragreichen Wiesen und herrlichem Walde. Zahlreiches Hoch- und Niederwild findet in den überall sorglich angelegten Horsten sicheren Schutz. Aber noch eines besonderen Schutzes erfreuen sich Wald und Wild: des der weißen Dame. Einmal waren zwei Besitzersöhne aus der Umgegend um Mitternacht ausgefahren, um sich eine Fuhre Holz aus dem Walde zu holen. Kaum hatten sie einige dicke Äste heruntergelassen, als flammender Lichtschein den Wald erhellte und eine weißgekleidete Dame mit wallendem Schleier auf milchweißem Schimmel durch den Wald jagte, wobei ein wilder Sturm die Baumwipfel durchsauste und kläffendes Hundegebell die Luft erfüllte. Von Entsetzen erfaßt, eilten die sonst gar nicht ängstlichen jungen Leute zu ihrem Gespann, ließen alles im Stich und langten mit zitternden und schaumbedeckten Pferden auf ihrem Gehöfte an.

Seit der Zeit wagte es niemand, den Wald zur Nachtzeit mit Pferden zu besuchen, um so weniger, als auch dem alten Förster die weiße Dame im Walde erschien und ihn wegen der fehlenden Hölzer zur Rede gestellt haben soll. Auch wenn derselbe von nun an sein Haus nicht verlassen hatte, wußte er, wann und wo Holz gestohlen war, und er wurde unwillkürlich von unsichtbarer Hand auf das Gehöft des betreffenden Entwenders geführt. Im Volke herrschte sogar die Meinung, der Alte stehe mit dem Bösen in Verbindung.

Kreuzwege haben der Sage nach stets ihr Gefährliches, und das mußte auch ein Gärtner aus dem nächstgelegenen Dorfe erfahren. Er war ein leidenschaftlicher Jäger. Einmal hatte er sich zur Nachtzeit auf den Anstand begeben und dazu den Kreuzweg östlich von einem herrlichen Buchenwald gewählt. Etwa 50 Schritte davon stand eine alte, weitverzweigte Grenzeiche, während eben so weit in entgegengesetzter Richtung sich das Kiebitzbruch befand. Um Mitternacht nun sah der Gärtner mehrere Rudel Hirsche und Rehe aus dem Buchenwalde hervorjagen, dahinter die weiße Dame hoch zu Roß mit fliegendem Schleier. Reiter und Läufer folgten in wildem Jagen. Mehr tot als lebendig sah er die ganze Jagd an sich vorbeisausen; doch gelang es ihm, einem der letzten Läufer ein Stück vom Zeuge abzureißen. Trotz der Finsternis glänzte das Stück in seinen Händen und war schwer wie eitel Gold. Zugleich aber fuhren Blitz- und Donnerschläge in die Eiche und das Kiebitzbruch, daß Splitter und Wasser ihn umspritzten. Dann war alles verschwunden. Seinen Schatz festhaltend, eilte der Gärtner heimwärts und verschloß ihn in die Lade. Als er aber am andern Morgen seiner Frau das ihm zuteil gewordene Glück mitteilte und ihr den Schatz zeigen wollte, fand er in der Truhe nur ein Stück — Eichenrinde. Die ihren Wildstand schützende Herrin hatte es ihm für immer verleidet, auf den Anstand zu gehen.

149. Spuk bei Kirchen-Podlesche.

In der Nähe von Kirchen-Podlesche im Kreise Wongrowitz hat es gespukt. Ein Mann, der einst spät in der Nacht nach dem Dorfe zurückkehrte, wurde auf dem Wege von jemand angehalten, so daß er nicht weitergehen konnte; er konnte jedoch nichts sehen. Als er um Hilfe rufen wollte,

konnte er keinen Laut hervorbringen, und er dachte schon, daß ihn die unsichtbare Gestalt erwürgen würde. Auf einmal wurde es ihm leichter, und er schrie: „Jesus, Joseph und Maria!“ In demselben Augenblick sah er die Gestalt eines Teufels, die ihm die Zähne zeigte und dann verschwand, indem sie ein lautes Lachen aufschlug.

Der Teufel ist dort öfter gesehen worden. Es soll der Geist eines Mannes gewesen sein, der einst an der Stelle ermordet wurde.

150. Der Teufel zu Kirchen-Popowo.

Zu Kirchen-Popowo im Kreise Wongrowitz lebte vor vielen Jahren ein übermütiger junger Mensch, der sich fast jeden Abend in ein Kuhfell einhüllte und den jungen Mädchen, die sich am Abend bei dem Gutsbesitzer versammelten, um Federn zu reißen, Angst machte. An einem Abend erschrak ein Mädchen davon so sehr, daß es an einem Gehirnleiden schwer erkrankte und nach wenig Stunden qualvollen Leidens starb. Der junge Mensch bekam Angst vor der Strafe und erhängte sich an einem Baume in dem Wäldchen, welches an dem Wege von Hohenwalde nach Kirchen-Popowo gelegen ist. Seit diesem Tage haben die Leute, die in der Nacht an dem Wäldchen vorbeigingen, ihn dort in der Gestalt eines Teufels gesehen.

Einst ging der Knecht eines Landmanns aus Hohenwalde in der Nacht nach Kirchen-Popowo. Um sich den Weg abzukürzen, ging er über die bei dem Wäldchen gelegenen Wiesen. Hier versperrte ihm der Teufel in der Gestalt eines Mannes den Weg. Trotzdem der Knecht ihn mehrmals aufforderte, aus dem Wege zu gehen, blieb er stehen. Erzürnt darüber, fing der Knecht an, ihn mit seinem Stocke zu prügeln; aber der Teufel rührte sich nicht von der Stelle, sondern sagte, daß er der Teufel sei; und um das auch zu beweisen, begann er Feuer auszuspeien. Als nun der Knecht das Wort Teufel hörte, war er sehr erfreut; denn er gehörte zu denen, die gern reich werden wollen, und war deshalb bereit, seine Seele dem Teufel zu verschreiben. Er mußte sich in den Finger schneiden und mit dem Blute einen Kontrakt unterschreiben, den ihm der Teufel hinhielt. Dann kehrte er nach Hause zurück. Als er aber statt des gehofften Goldes kleine Kohlen

aus der Tasche holte, ärgerte er sich so sehr darüber, daß er krank wurde und nach wenig Tagen starb. Seine Leiche wurde auf dem Kirchhofe von Kirchen-Popowo begraben. Da er aber verdammt war, blieb die Leiche nicht in dem geweihten Gottesacker, sondern wurde von selbst aus dem Grabe herausgeworfen; man fand sie am andern Morgen in der Nähe liegen. Sie wurde deshalb in dem Wäldchen begraben. Seit der Zeit haben die Leute dort zwei Teufel gesehen.

151. Der gespenstische Schutzmann.

Der Weg von Radolin nach Radosiew (Kr. Czarnikau) ist auf beiden Seiten durch einen Wald eingeschlossen. In diesem Walde sollen einstmals Räuber gehaust haben. Einmal war ein Bauer von Radosiew nach Radolin gefahren, um dort Roggen, den er mitgenommen hatte, auf einer Mühle mahlen zu lassen. Er mußte lange warten und konnte erst zur Nacht zurückfahren. Als er nun mitten im Walde war, sah er plötzlich ein helles, blendendes Licht vor seinen Pferden auftauchen. Die Pferde gingen immer langsamer und blieben zuletzt stehen. Da sah der Bauer, wie sich aus dem Feuer eine Mannesgestalt entwickelte, die blitzte und blinkte und war wie ein Schutzmann gekleidet. Darauf fingen die Pferde Schritt für Schritt zu gehen an, und doch merkte der Bauer, daß sie nicht von der Stelle kamen. Er zuckte deshalb an der Leine. Da drehte sich die Gestalt um und ließ einen schrillen Pfiff erschallen; dann ging sie langsam in den Wald zurück und verschwand plötzlich mit großem Sturm und lautem Heulen. Von dem Sturm wurden viele Bäume niedergerissen. Der Bauer hatte während der ganzen Zeit kein Wort gesprochen, und so hatte ihm die Gestalt nichts anhaben können. Als er nun die ausgegangene Laterne wieder angezündet hatte, konnte er ganz deutlich sehen, wie die Pferde mit Schweiß bedeckt waren. Und auf einmal fingen sie an zu laufen, als ob sie scheu geworden wären.

Der Schutzmann, der dem Bauer erschien, soll dort einst von den Räubern erschlagen worden sein. Auch von andern ist die Gestalt gesehen worden.

152. Der gottlose Förster zu Ebenfeld.

In dem Dorfe Ebenfeld bei Schneidemühl lebte einst ein Förster, der war ein gottloser Mensch und glaubte an kein

göttliches Wesen. Deshalb jagte er nicht bloß an den Wochentagen, sondern auch Sonntags und an allen Feiertagen während des Gottesdienstes.

An einem Sonntag war er wieder während des Gottesdienstes hinaus in den Wald gegangen, um zu jagen. Lange schweifte er umher, ohne ein Wild zu erblicken. Plötzlich sah er einen Hasen vor sich sitzen, der Männchen machte. Er legte auf ihn an und schoß. Als sich der Pulverdampf verzogen hatte, sah er den Hasen genau auf derselben Stelle und in derselben Haltung sitzen wie vorher. Das Tier hatte die Augen auf den Förster gewandt und lachte über das ganze Gesicht. Der Förster wurde wütend; er ging näher heran und gab aus ganz kurzer Entfernung nochmals Feuer. Wieder dasselbe Bild, nur daß der Hase einige Schritte näher herankam, wieder Männchen machte und lächelnd mit einer Vorderpfote drohte. Jetzt bekam es der Jäger mit der Angst. Gewehr und Jagdtasche von sich werfend, eilte er schleunigst nach Hause und wagte es seitdem nie mehr, während des Gottesdienstes auf die Jagd zu gehen.

155. Ein Geist wird geprügelt.

Vor längerer Zeit ging ein Mann aus Boguniewo Abends in der elften Stunde nach Trockenhauland, um dort Verwandte zu besuchen. Nicht weit von der Parkowoer Grenze — dort ist Wald — erblickte er eine weiße Gestalt. Der Mann wollte vorübergehen, aber die Gestalt vertrat ihm, so oft er es versuchte, den Weg. Um nicht mit dem Gespenst nähere Bekanntschaft zu machen, beschloß er, den Heimweg anzutreten; doch auch jetzt trat ihm das Gespenst entgegen. Nun blieb dem Mann weiter nichts übrig, als sich mit Gewalt freien Weg zu schaffen. Nachdem er auf seine Frage, was die Gestalt wolle, keine Antwort erhalten hatte, nahm er seine gelbe Lolle (ein fester eichener Handstock) zur Hand und bearbeitete damit das Gespenst so lange, bis er nur noch den Griff des Stockes in der Hand hielt. Plötzlich lachte das vorher wie leblos daliegende Gespenst laut auf, klatschte dreimal in die Hände und verschwand. Der Mann stand erst eine Weile regungslos da; dann aber lief er, so schnell ihn seine Beine tragen konnten, nach Hause.

154. Die gespenstischen Riesen.

Zwei junge Leute gingen eines Abends bei Mondenschein nach Lechlin. Auf ihrem Wege mußten sie durch den Sierniker Wald. Als sie sich etwa in der Mitte desselben befanden, sah der eine von ihnen acht Männer um einen Baum herum stehen, und einer war immer größer als der andre. Der achte war ein mächtiger Riese. Alle acht Männer waren ganz gleich gekleidet. Um zu erfahren, was es mit den Gestalten für eine Bewandtnis habe, fragten die Jünglinge sie, ob sie auf dem richtigen Wege nach Lechlin wären. Aber keiner von den Männern antwortete, sondern sie schüttelten nur die Köpfe, und zwar ganz gleichmäßig. Nun hetzte der eine Jüngling den Hund, den sie mitgenommen hatten, auf die Männer; der lief auch hin, kam aber bald mit lautem Gebell zurück und suchte Schutz hinter den beiden jungen Leuten. Darauf nahm einer von diesen einen Revolver aus der Tasche; aber als er abdrücken wollte, da fiel er ihm aus der Hand, und zugleich waren auch die acht Männer plötzlich in der Erde verschwunden.

XIII. Riesen.

155. Riesen, Menschen und Zwerge.

Bei der Schöpfung der Welt waren nur Riesen erschaffen worden, und sie hatten nur ein Auge, das sich auf der Stirn befand. Sie fraßen ihre Mitmenschen auf, wenigstens die meisten von ihnen, und deshalb wurden sie Kalmuki d. i. Fresser genannt. Sie lebten auf entlegenen Inseln im Meer und bewohnten Höhlen. Nach und nach wurden sie kleiner, und so entstand unser Geschlecht. Diesem steht dasselbe Schicksal bevor: aus ihm werden die Zwerge. Alsdann erfolgt der Weltuntergang. Bis jetzt aber leben diese drei Geschlechter noch nebeneinander, die Riesen auf Inseln, die Menschen auf der Erde, die Zwerge in der Erde.

156. Der Name von Pakosch.

An einer breiten Landstraße, dort, wo jetzt das Städtchen Pakosch liegt, hat man vor undenklichen Zeiten die Rippe eines Riesen ausgegraben. Lange Zeit lag diese am Wege,

Die Reste der Burg Bydgoszcz-Bromberg im Jahre 1890.

und die Bettler, die dort vorübergingen, nahmen darauf Platz, um auszuruhen; denn sie war so groß, daß neun Mann auf ihr nebeneinander sitzen konnten. Später wurde die Stelle in der Umgegend bekannt, und es entstand da nach und nach eine Stadt, der man nach dem Knochen den Namen Pakosch gab. Später wurde die Rippe nach Gnesen gebracht und in den Dom eingemauert. Dort soll sie sich bis auf den heutigen Tag befinden.

157. Der Riesenkönig zu Lubasch.

Im Parke von Lubasch bei Czarnikau soll sich alle 25 Jahre eine weißgekleidete Riesengestalt zeigen. Wenn ein Mensch diesem Riesen begegnet, so muß er sich in seine Gewalt fügen.

Ein Mann hatte auch davon gehört. Um sich zu überzeugen, ob das wahr sei, begab er sich eines Tages in den Park und wartete, ob er vielleicht dem Riesen begegnen würde. Er tat es aber zugleich auch aus Habgier; denn man hatte ihm gesagt, daß der Riese die schlechten Menschen zwar bestrafe, die guten aber um so reichlicher belohne. Und der Mann hielt sich natürlich für einen guten Menschen. Er traf den Riesen auch wirklich. Dieser forderte den Mann auf, ihm zu folgen; und als er nicht gutwillig mitgehen wollte, zwang er ihn dazu. Sie kamen nun beide an eine mit Bäumen dicht bewachsene Stelle. Dort war eine Höhle mit einem manneshohen Eingang; durch den traten sie in die Höhle hinein. Als sie ein Stück vorwärtsgeschritten waren, verschwand der Riese plötzlich. Der Mann, der jetzt allein dastand, schaute sich nach allen Seiten um und sah, daß er sich hier in einer ganz andern Welt befand. Plötzlich erblickte er ein Licht; ein zweiter Riese kam auf ihn zu und befahl ihm, mit ihm zu kommen. Sie waren gar nicht lange gegangen, da kamen sie auf ein weites Feld. Hier führte der Riese den Mann vor einen andern Riesen. Es war derselbe, der ihn vorhin in die Höhle geführt hatte; aber jetzt hatte er eine Krone auf dem Haupt und saß auf einem Königsthron. Der Riesenkönig fragte nun den Mann, ob er wieder nach Hause wolle; dann könne er das haben, aber seine Frau und Kinder würden sogleich nach seiner Ankunft sterben. Wolle er lieber hier bleiben, so müsse er 25 Jahre hindurch schwer arbeiten und könne dann

wieder auf die Welt zurückkehren. Der Mann entschied sich für das letztere. Er bekam nun viel Arbeit und wenig Essen, und dies bestand nur aus Fleisch von wilden Tieren. Ein Tag kam ihm vor wie eine Ewigkeit.

Endlich waren die 25 Jahre verflossen. Doch der Riesenkönig wollte den Mann auch jetzt noch nicht entlassen, sondern trug ihm auf, das ganze Feld, das er sehe, zu pflügen und zu besäen. Das war eine schwierige Arbeit; denn sobald etwas gepflügt war, wurde es von den Riesen wieder zertreten. Erst nach einigen Jahren war die Arbeit vollendet. Der Riesenkönig entließ den Mann nun, drohte ihm aber mit dem Tode, wenn er irgendeinem Menschen etwas erzähle. Von einem Riesen wurde er wieder in den Park geführt. Als er nach Hause kam, wurde er von den Seinigen kaum erkannt. Ruhig lebte er fortan bei seinen Kindern und war nicht mehr so habgierig.

158. Die Riesenteiche bei Ciencisko.

Auf der westlichen Seite des Dorfes Ciencisko in Kujawien befinden sich einige Teiche, die miteinander in Verbindung stehen und bis in den Wald hineinreichen. Sie werden vom Volke koryta d. i. Krippen genannt und sollen die Fußspuren eines Riesen sein. Bei dem östlichsten der Teiche erhebt sich ein Hügel, auf dem vorzeiten eine Kirche gestanden haben soll. Auf demselben will man öfter Erscheinungen gesehen haben. Namentlich erschienen dort oft zwei kleine helleuchtende Kinder, die nach dem Teiche gingen und ihn umkreisten, bis sie im Wasser verschwanden. Andre wollen wieder ein schwarzes Ungetüm auf dem Wasser gesehen haben, das bei ihrer Annäherung ein helles Lachen hören ließ, im Wasser plätscherte und dann verschwand.

159. Die Riesen und Nixen im Warthebruch bei Trebisch.

Südlich von dem Dorfe Trebisch bei Schwerin an der Warthe liegt eine sandige Bodenerhebung, die der Sage nach durch Riesen entstanden ist. Es sollen nämlich auf dem Horstberge, der etwa eine Viertelmeile westlich von Trebisch liegt, in alten Zeiten Riesen gehaust haben, während das sumpfige Warthebruch in der Nähe von Nixen bevölkert war. Einst

war nun zwischen den Riesen und den Nixen ein Streit ausgebrochen, und die Riesen faßten den Plan, die Nixen aus der Gegend zu vertreiben. Lange Zeit gelang ihnen das nicht, denn sie vermochten den Sumpf nicht zu betreten. Da beschlossen sie, die ganze Gegend mit Sand zu überschütten. Dadurch sollte das Wasser entfernt und den Nixen der Aufenthalt genommen werden. Von den Bergen nördlich des Warthebruches trugen nun die Riesen Sand herbei. Die Nixen waren jedoch auch tätig, ihre Wohnsitze zu verteidigen. Sie scharten sich zusammen, um die Riesen zu überfallen. Als nun wieder einer der Riesen mit einer Last Sand ankam, da machten sie sich über ihn her, so daß er hinfiel und den Sand verschüttete, und davon entstand jene Bodenerhebung.

XIV. Der Teufel.

160. Der Teufel und der Graf zu Czarnikau.

In dem Schlosse, das früher zu Czarnikau-Abbau gestanden haben soll, wohnte ein reicher polnischer Graf, der die Jagd über alles liebte und nicht leben konnte, wenn er nicht wenigstens jeden zweiten Tag seiner Jagdlust Genüge leistete. Dabei war sein liebstes Getränk der Branntwein, den er immer „Jagdwein" nannte; und da er diesen Jagdwein in großer Menge zu sich nahm, so war er bei jeder Jagd völlig betrunken und infolge davon oft roh und gewalttätig.

Einmal war er — man sagte: wegen seines rohen Benehmens absichtlich, in Wirklichkeit aber ohne Absicht — von einem Schützen angeschossen worden. Verwundet wurde er in das Schloß gebracht, und dort verfluchte er den unglücklichen Jäger, der das getan hatte, und wünschte nur mit dem Teufel zusammenzukommen, um diesen zu bereden, daß er den Schützen mit zur Hölle nehme und dafür sein eigenes Leben verlängere; denn er fühlte, daß sein Ende nahe sei. Was er gewünscht hatte, geschah; denn kaum hatte er seine wüste Schimpferei beendet, da trat der Teufel in das Zimmer des Grafen und fragte ihn, was er von ihm wolle. Der Graf erschrak zuerst, faßte sich aber bald und fragte den Teufel, ob es ihm nicht möglich sei, den verfluchten Schützen mit in die Hölle zu nehmen und dafür sein eigenes Leben zu verlängern. Die erste Frage verneinte der Teufel, denn der Jäger sei ein frommer und gottesfürchtiger Mann, und über fromme Menschen habe er keine Gewalt; die zweite Bitte dagegen wolle er gern erfüllen, wenn der Graf mit seinem Blute einen Vertrag unterschreibe, daß er ihm nach einem Zeitraum von sieben Jahren seine Seele überlassen wolle. Das tat der Graf, und so lebte er noch sieben Jahre in Verschwendung und Trunkenheit weiter. Den unglücklichen Schützen hatte er sofort nach seiner Genesung aus dem Dienst entlassen. Noch mehr als früher frönte er jetzt der Jagd und dem Branntwein. Aber die sieben Jahre vergingen schnell, und der Teufel kam, um sich die Seele des Grafen zu holen. Ehe er ging, wünschte er sich von dem Teufel noch ein Fäßchen Branntwein, und als er den ausgetrunken hatte, übergab er seine Seele dem Teufel.

Das Schloß ist jetzt nicht mehr vorhanden, nur die Überreste sind noch zu sehen. Die Leute aber erzählen, daß der Graf sich noch immer an dem Tage, an dem er einst vom Teufel geholt wurde, mit einer Branntweinflasche auf der Ruine zeige und singend um die Stelle herumgehe. Was er aber singt, hat noch kein Mensch verstanden.

161. Der Teufelssumpf an der Netze.

Bei dem Dorfe Sophienberg befand sich früher ein See, an dessen Stelle ein Schloß gestanden hat, in dem ein reicher und geiziger Graf wohnte. Um das Schloß herum lag ein sehr großer Wald, der jetzt fast ganz abgeholzt ist. Wenn der Graf ausfuhr, so fuhr er gewöhnlich ohne Kutscher, und die Leute erzählten deshalb, er fahre in den Wald, um dort sein Geld zu vergraben. Eines Tages hatte er sich in dem weiten Walde verirrt und wußte nicht, nach welcher Seite er sich wenden sollte. Da sah er einen feingekleideten Herrn auf sich zukommen. Als er sich den Fremden näher anschaute, gewahrte er, daß jener einen Menschen- und einen Pferdefuß hatte, und er wußte sogleich, daß es der Teufel war. Dieser machte ihm nun den Vorschlag: wenn ihm der Graf seinen Sohn verschreiben wolle, so werde er ihm aus der Not helfen und ihn außerdem noch sehr reich machen. Nach einigem Bedenken ging der Graf auf den Vorschlag ein und unterzeichnete die ihm vorgelegte Urkunde mit seinem Blut.

Darauf zeigte ihm der Teufel den richtigen Weg, und der Graf kehrte nach Hause zurück. Er lebte noch einige Jahre, ohne irgendeinem von dem Vorfall etwas zu erzählen. Erst an seinem Sterbetage teilte er seinem Sohn, der inzwischen herangewachsen war, mit, welchen Vertrag er mit dem Teufel geschlossen hatte. Dann starb er.

Noch vor dem Tode des Grafen war der Teufel jeden Abend in dem Schlosse gesehen worden. Wiederholt konnten die Diener bemerken, wie er dem Grafen Geld auf den Tisch zählte. Nach seinem Tode übernahm der einzige Sohn Schloß und Gut. Als dieser hörte, daß der Teufel in dem Schloß aus und eingehe, ließ er sich ein neues bauen. Kaum aber hatte er das neue Schloß bezogen, da kam der Teufel auch dorthin.

Einst in der Mitternachtsstunde, als im Schlosse schon alles schlief, fühlte sich der junge Graf von einer Hand berührt. Er sah auf, und vor ihm stand ein feiner Herr. Er fragte diesen, was er wolle und woher er in so später Stunde gekommen sei; und der Teufel antwortete, er sei gekommen, um sich seine Seele zu holen, die ihm sein Vater vor mehreren Jahren verschrieben habe. Zugleich zog er ein ziemlich beschmutztes Papier aus der Tasche und zeigte die eigenhändige Unterschrift des Grafen. Nun erinnerte sich der junge Graf dessen, was ihm sein Vater kurz vor seinem Tode gesagt hatte. Er ward sehr traurig, hatte aber keine Lust, sich dem Teufel zu übergeben. Der Teufel sagte jedoch, wenn er ihm nicht im guten folgen wolle, so müsse er ihn mit Gewalt nehmen; doch habe er Mitleid mit seiner Jugend, und er solle ihm nur dann gehören, wenn er, der Teufel, drei Aufgaben, die der Graf ihm stelle, verrichtet habe; andernfalls solle er die Urkunde seines Vaters zurückbekommen. Drei Tage habe er Zeit; er solle sich gut bedenken.

Der Teufel verschwand. Der Graf grübelte und grübelte, aber ihm wollte nichts Rechtes einfallen. Erst am dritten Tage hatte er Aufgaben gefunden, deren Ausführung ihm selbst für den Teufel unmöglich erschien. Am Abend kam der Teufel. Der Graf gab ihm nun folgende Aufgabe: er solle in einer Nacht das alte Schloß herunterreißen, alle Balken und Überreste schön geordnet und unversehrt auf einen Haufen legen, unter dem Schlosse einen großen und tiefen See graben und das Wasser aus dem in der Nähe fließenden Netzefluß

hineinleiten. Könne er das bis zum Morgen fertig bringen, so sei die erste Aufgabe gelöst. Der Teufel machte sich sogleich an die Arbeit; aber der Morgen kam, und die ausgegrabene Vertiefung war noch ohne Wasser. Am zweiten Abend erhielt der Teufel den Auftrag, den ganzen großen Wald, der sich um das Schloß herum ausbreitete, bis zum Morgen abzuholzen. Auch das bekam er nicht fertig, und so war auch die zweite Aufgabe nicht gelöst. Als nun der Teufel zum dritten Mal wieder erschien, da trug ihm der Graf auf, das in der ersten Nacht nicht beendigte Werk bis zum Hahnenschrei zu vollenden und dann den Kanal, durch den das Wasser in den See geleitet sei, wieder zuzuschütten. Der Teufel war damit einverstanden.

Der Graf hatte aber befohlen, am Tage vorher den Hahn nicht zu füttern, damit er am Morgen vor Hunger möglichst früh erwache und zu krähen anfange. Der Teufel ging an die Arbeit. Fast war das Werk vollendet; nur ein kleines Stückchen vom Kanal war noch nicht verschüttet, da krähte der Hahn, und der Teufel hatte auch die dritte Aufgabe nicht erfüllt. Der junge Graf ging am Morgen in aller Frühe an den Kanal und holte sich die Urkunde. Er war frei; aber bei seinem Verschwinden sagte ihm der Teufel, er solle ihn nicht noch einmal versuchen.

Der See ist jetzt nicht mehr vorhanden; an seiner Stelle befindet sich ein großer Sumpf, der sich fast bis an den Netzefluß heran erstreckt. Nur ein schmaler Streifen zwischen beiden ist trocken. Auch das Schloß ist nicht mehr da; an seiner Stelle liegt ein großer Stein. Noch jetzt aber sieht man in einer bestimmten Nacht des Jahres in der Nähe des Flusses an der Stelle, wo der Teufel bei seiner Arbeit gestört wurde, einen Mann graben; um ein Uhr hört man ein eigentümliches Krähen. Dann wirft der Mann das Werkzeug fort, und alles verschwindet.

162. Der Teufel erscheint als Hut.

In einem Dorfe bei Czarnikau wollte sich einmal ein Mann in der Scheune an einem Strick aufhängen. Als er schon dahing, rief er noch laut: „Gott helf, Gott helf!“ Da riß plötzlich der Strick, und der lebensüberdrüssige Mensch fiel zu Boden. Als er sich erhoben hatte, sah er in einer Ecke

einen schwarzen Hut liegen. Er wollte ihn aufheben, konnte ihn aber nicht fassen, da der Hut immer vor ihm herrollte. Endlich war der Hut verschwunden, und der Mann hörte eine Stimme: „Wenn du dich aufhängen oder gewaltsam töten willst, bist du mir verfallen. Dann aber mußt du nicht Gott anrufen, sondern mich, den Teufel, der ich dir in der Gestalt des Hutes erschienen bin.“

163. Der Strudel im See.

Der See von Margonin ist rings von Wäldern umgeben. In einem derselben befand sich am Ufer des Sees, nicht weit von der sogenannten Schwedenschanze entfernt, ein Stein, der etwa einen Meter hoch und breit war. Er soll allmählich in den Boden eingesunken sein, so daß er jetzt nicht mehr zu sehen ist. Auf der oberen Seite soll ein merkwürdiger Eindruck sichtbar gewesen sein; er hatte etwa das Ansehen einer ziemlich großen Hand. An dieser Stelle soll ehemals der Teufel gefischt haben. Wenn er die Angel im Wasser hatte, stützte er sich mit der freien Hand auf den Stein, und so brachte er jenen Eindruck im Stein hervor; und jedesmal, wenn er die Angel ins Wasser warf, entstand an der Stelle, wo die Angel hinfiel, ein Strudel. So erklären sich die Leute den Umstand, daß sich dort im See so viele Strudel befinden.

164. Der Skrzat als Zwerg.

An dem Wege von Eichwald nach Prusiec befinden sich zahlreiche Torfgruben. Einst fuhr hier ein Bauer vorbei. Es war kurz nach Mitternacht. Plötzlich blieb das Pferd stehen und wollte nicht von der Stelle. Der Bauer stieg vom Wagen herab, um nachzusehen, was da wäre. Da hörte er mit einem Male, daß in seiner Nähe ein Kind weinte. Er suchte nach, und bald erblickte er in einem nahen Gebüsch ein kleines Kind, das jämmerlich schrie. Ohne sich lange zu bedenken, hob er es auf und nahm es mit sich auf den Wagen. Zu Hause erzählte er seiner Frau, was ihm begegnet war, und reichte ihr das Kind, das etwa zwei Jahre zählen konnte. Die Frau war sehr erfreut darüber, da sie selbst keine Kinder hatte; sie gab ihm zu essen und legte es dann zu Bett. Es schlief auch sogleich ein. Auch die Bauersleute begaben sich zur Ruhe.

In der Nacht erwachte der Bauer und sprang aus dem Bette; denn die Stube war hell erleuchtet. Auch die Bäuerin wachte auf. Da sahen sie, wie auf einem Stuhl neben dem Tische ein Zwerg mit langem, weißem Barte stand, auf den Tisch sprang und zu tanzen begann; und hinter den Fenstern draußen ertönte eine leise Musik. Nach kurzer Zeit hörte die Musik zu spielen auf; der Zwerg machte eine Verbeugung und sagte: „Ich bin der Skrzat.“ Darauf hüpfte er vom Tische herab und eilte hinaus. Dort hörte man ein Jubelgeschrei, als wenn der Skrzat von den Musikanten begrüßt würde. Als der Bauer aber in das Bett schaute, da war das Kind verschwunden.

Am nächsten Morgen fand die Bäuerin in dem Bett 20 Taler. Das Geld hatte der Bauer einige Tage vorher verloren, und der gutmütige Skrzat hatte es ihnen wiedergebracht.

165. Der Teufel in der Mühle.

Zu Wierzenica im Kreise Posen-Ost stand früher eine Windmühle. Man ließ dort das ungemahlene Korn ruhig übernacht stehen, da man keine Diebe zu befürchten brauchte. Als der Müller aber eines Morgens in die Mühle kam, da brach er vor Schrecken fast zusammen; denn alles Getreide, das in den Säcken gewesen war, war zu einem Haufen aufgetürmt. Das wiederholte sich auch in den nächsten Nächten. Der Müller war sehr aufgebracht darüber und versprach demjenigen, der es wagen würde, dem Übeltäter entgegenzutreten, eine große Summe Geldes. Aber nur ein Mann erbot sich dazu, der Vogt des Dorfes. Dieser ging am Abend mit einem dicken, knorrigen Knüppel bewaffnet in die Mühle und wartete auf den bösen Geist; denn daß es nur ein solcher sein könne, davon waren alle überzeugt. Um Mitternacht trat denn der Teufel auch in die Mühle ein und begann seine Beschäftigung. Doch diesmal sollte er seine Arbeit nicht beenden; denn plötzlich stürzte der Vogt aus seinem Schlupfwinkel hervor und begann ihn mit seinem Knüppel derartig zu bearbeiten, daß er vor Schmerz ächzte und stöhnte. Aber der Vogt ließ nicht eher nach, als bis er ihm alle Knochen gebrochen hatte. Nun hatte der Teufel nur noch Zeit, einen Sack zu ergreifen, seine Knochen da hineinzutun und davon-

zurennen. Von jetzt ab hatte die Mühle Ruhe, und kein Geist besuchte sie wieder. Der arme Vogt aber wurde ein reicher Mann.

166. Der Teufel und der Geigenspieler.

Nach kujawischem Volksglauben kann man den Teufel prügeln, so daß er die Schläge fühlt. Das muß aber mit einem Lindenstocke geschehen.

Ein Müllergeselle in Kujawien wollte das Geigenspiel lernen; allein er machte trotz aller Mühe nur geringe Fortschritte. Eines Tages, als er wieder auf seiner Geige übte, kam ein fein gekleideter Herr zu ihm und sagte: „Bruder, du quälst dich zu sehr ab; du hast zu steife Finger. Ich werde sie dir im Schraubstock befestigen und gerade richten, dann wirst du gleich ganz anders spielen können.“ Der Müllergeselle war gern dazu bereit und ließ seine Finger in den Schraubstock klemmen. Als er so festsaß, forderte der Fremde von ihm, er solle sich ihm verschreiben; dann wolle er ihn das Geigenspiel lehren. Der Geselle mußte gehorchen und versprach dem Teufel — denn das war der Fremde — seine Seele. Nun löste ihm der Teufel die Finger, nahm dann die Geige und spielte dem Gesellen etwas vor. Dieser aber hielt dem Teufel vor, daß er auch steife Finger habe, die im Schraubstock gerade gerichtet werden müßten; und sogleich hielt ihm der Teufel seine Klauen hin, die der Geselle im Schraubstock befestigte. Dann holte dieser sich einen Lindenstock und prügelte damit auf den Teufel los. Der Teufel schrie wie toll, konnte aber, da er im Schraubstock festsaß, nichts machen. Endlich riß er die Schraube los und lief von dannen, und seit der Zeit ist er nicht wieder zu dem Gesellen gekommen.

167. Der Teufel sucht einen Baum zum Erhängen aus.

Auf einem Gute bei Hohensalza diente eine arme Witwe. Sie hatte ihren Sohn bei sich, einen achtzehnjährigen jungen Menschen. Diesen hielt sie zwar zur Arbeit an, doch der Junge war faul und wollte nichts tun. Er mußte aber halt gehorchen, sonst gab's Prügel. Zuletzt wurde ihm das zu viel, und er nahm sich vor, sich zu erhängen. Einmal schickte ihn der Gutsbesitzer nach der Stadt. Bei dieser Gelegenheit wollte er nun seinen Entschluß ausführen. Er kaufte sich in der

Stadt einen Strick und machte sich dann auf den Heimweg. Plötzlich erschien vor ihm ein Mann in einem kurzen Anzuge, der ging vor ihm her und spielte auf einer Geige. Als der Junge dicht bei ihm war, trat der Mann zu einer Pappel am Wege, bog sie um und sagte zu dem Jungen: „Hier kannst du dich erhängen; der Baum ist vorzüglich dazu geeignet.“ Aber der Junge hatte es nicht so eilig mit dem Tode; auch graute ihm vor dem Fremden, und er sagte deshalb, er wolle erst weiter probieren. Der Fremde ließ den Baum los und ging weiter, indem er sich alle Bäume am Wege anschaute. Endlich hatte er wieder einen passenden Baum gefunden; er bog ihn herab und forderte den Jungen abermals auf, sich daran zu erhängen. Allein auch jetzt konnte der Junge keinen Entschluß fassen. So gingen sie weiter und kamen in die Nähe des Gutes. Hier forderte der Fremde den Jungen zum drittenmal auf, sich zu erhängen. Aber dieser machte sich aus dem Staube; er lief, was er laufen konnte, und erreichte mit Mühe die herrschaftliche Küche, die er geöffnet fand. Er stürzte hinein und brach dann ohnmächtig zusammen. Mit Krachen fiel die Tür von selbst ins Schloß, so daß das ganze Haus erzitterte, und um ein Haar hätte sie dem am Boden liegenden Jungen die Füße abgeschlagen. Die Dienstboten eilten herbei. Nur mit Mühe wurde der Junge aus seiner Ohnmacht erweckt, und er erzählte dann den Anwesenden, wie ihn der Teufel habe bereden wollen, sich zu erhängen. Seit der Zeit wurde aus dem Faulpelz ein fleißiger Mensch, ja er wurde bald der fleißigste auf dem ganzen Gute.

168. Der Teufel holt eine Tänzerin.

In einem Dorfe bei Kruschwitz stand vor Jahren ein Gasthaus, in dem tagtäglich getanzt wurde. Aus der ganzen Umgegend kamen die jungen Leute dort zusammen, um zu tanzen, und auch an den Sonn- und Feiertagen hörte man mit dem Tanzen nicht auf. So gab dieses Gasthaus großes Ärgernis. Unter den Tanzenden aber war niemand so eifrig wie eine Magd aus dem Nachbardorfe. Sobald die Musik im Gasthause erscholl, ließ sie die Arbeit liegen und eilte auf den Tanzboden.

Einmal war sie schon die Nacht hindurch und den ganzen folgenden Tag auf dem Tanzboden gewesen. Da kam am Abend

ein feiner Herr in das Gasthaus und beteiligte sich am Tanz. Immer wieder tanzte er mit der Magd; er kaufte ihr auch verschiedene Leckereien und Bier. Als es schon spät geworden war, sagte er zu ihr: „Du bist sehr schwitzig geworden. Lüfte etwas das Mieder!" Sie tat es. Beim Aufknöpfen des Kleides fiel ihr das Skapulier heraus, das sie an einer Schnur am Halse trug. Rasch ergriff es der Fremde, riß es von der Schnur los und schleuderte es zur Seite. Dann erfaßte er die Magd am Arm und erhob sich mit ihr unter Sturmesgebraus in die Luft. Jetzt erst merkte man, daß der Fremde der Teufel gewesen war.

Der Teufel trug die Magd hoch in die Luft empor und ließ sie dann fallen. Am nächsten Morgen fand man sie tot auf einer Wiese liegend; ihre Kleider waren zerrissen, und ihr Mund war ganz voll Schmutz. Ihre Seele aber hatte der Teufel mit sich genommen.

169. Der Rappe von Scheringen.

Am 22. August, dem Feste der Maria Magdalena, findet in der Kirche zu Scheringen eine feierliche Messe statt, die mit einem Ablasse verbunden ist. Einst vor Jahren haben mehrere Knechte, anstatt an diesem Tage in die Kirche zu gehen, ihre Pferde auf die Weide geführt. Hier haben sie verschiedene Reitkünste probiert, und besonders prahlte einer, daß er imstande sei, jedes Pferd zu besteigen. Kaum hatte er diese Worte ausgesprochen, als ein kohlschwarzer Rappe vorübergelaufen kam. Der übermütige Knecht bestieg den Rappen und zwar gerade in dem Augenblick, in welchem in der Kirche Brot und Wein in Leib und Blut Christi verwandelt wurde. Kaum war er oben, da bäumte sich das Pferd und stürzte in wildem Galopp davon, den Sümpfen zu, den Knecht mit sich forttragend. Dieser wurde nach mehreren Tagen in einem Sumpfe tot aufgefunden.

Der Rappe war, so erzählt man, der Teufel, der die Gestalt eines Pferdes angenommen hatte, um sich der Seele des gottlosen Knechtes zu bemächtigen.

170. Eins dem Teufel.

In dem Dorfe Grudna bei Rogasen, wo früher, ehe das benachbarte Kaziopole erbaut wurde, mehrere Bauern wohn-

ten. wurde einmal ein großes Fest gefeiert. Dabei wurde, wie immer bei solchen ländlichen Festen, dem Branntwein tüchtig zugesprochen, und als die Nacht kam, war auch nicht mehr ein Tropfen übrig. Der nächste Ort, in dem es welchen gab, war Welna; aber es wagte niemand, dorthin zu gehen, weil auf dem Wege der Teufel sein Wesen trieb und jeden, der zur Nachtzeit dort ging, tötete. Da versprachen einige reiche Bauern demjenigen, der neuen Branntwein herbeischaffte, viel Geld. Jetzt meldeten sich drei junge Leute und erklärten sich bereit, nach Welna zu gehen. Mit dicken Stöcken bewaffnet machten sie sich auf den Weg. Anfangs geschah ihnen nichts; als sie aber zu einer hohen Fichte gekommen waren, sahen sie plötzlich den Teufel auf einem Schimmel durch die Luft heranreiten und sich vor ihnen auf den Weg stellen. Die drei Jünglinge erhoben ihre Stöcke und schlugen den Teufel auf die Schultern, indem sie dabei sagten: „Eins dem Teufel!" Dieser rief ihnen zu, sie sollten doch sagen: „Drei dem Teufel!" Aber sie ließen sich nicht dazu verleiten. Als nun der Teufel so eine Weile tüchtige Prügel bekommen hatte, sah er ein, daß er den jungen Männern nichts anhaben konnte, und verschwand wieder durch die Luft.

Hätten die Jünglinge so getan, wie der Teufel wollte, so wären ihm noch zwei Teufel zu Hilfe gekommen, und gegen die drei hätten sie nichts ausrichten können.

171. Wie der Teufel überlistet wurde.

Das Dorf Rudki bei Tremessen war vor vielen Jahren rings von Wald umgeben. In dem Dorfe wohnte damals ein reicher polnischer Graf; aber er führte ein sehr verschwenderisches Leben, und so kam es, daß er bald in Schulden geriet. Als er nun von seinen Gläubigern immer mehr bedrängt wurde und sie drohten, sein Gut zu verkaufen, da ging er eines Tages in den Wald und dachte darüber nach, wie er sich aus der Verlegenheit helfen könne. So viel er aber auch nachdachte, es wollte ihm nichts einfallen, und so ging er betrübt nach Hause zurück.

Unterwegs begegnete ihm der Teufel und fragte ihn, warum er denn so traurig sei. Der Graf klagte ihm sein Leid und bat ihn um Hilfe. Der Teufel war sofort dazu bereit und forderte ihn auf, am nächsten Tage mit einem Wagen und

einem Scheffelmaß zu der Stelle zu kommen. Der Graf kam. Der Teufel war schon da und hatte eine ungeheure Menge Gold mitgebracht. Nun begannen sie beide zu verhandeln, und es wurde bestimmt: der Graf solle von dem Teufel das Scheffelmaß hochgehäuft mit Gold erhalten und es in einem Jahre wieder zurückgeben, aber nicht gehäuft, sondern nur gestrichen; könne er das nicht, so sei seine Seele dem Teufel verfallen. Der Graf war mit dem Vertrage zufrieden und ließ das Scheffelmaß so hoch wie möglich vollhäufen. Als das geschehen war, strich er das über den Rand des Maßes ragende Gold in einen Sack und gab das gestrichene Maß dem Teufel wieder, indem er spöttisch sagte, sie seien nun beide quitt.

Der Teufel merkte jetzt, daß er betrogen war, und wütend eilte er davon; der Graf aber fuhr mit seinem Sack voll Gold vergnügt nach Hause, bezahlte seine Schulden und behielt noch genug übrig, um in Zukunft ohne Sorgen leben zu können.

172. Der Kaufmann und der Teufel.

In der katholischen Kirche zu Schroda, deren Inneres vor wenig Jahren völlig ausbrannte, befindet sich im Fußboden eine Steinplatte, die etwa 2 Meter breit und mehr als 3 Meter lang ist. Der Stein soll vom Teufel in die Kirche geworfen worden sein. Das ist, wie nur wenige wissen, in folgender Weise geschehen:

Ein reicher Kaufmann kehrte mit seinen Wagen, die alle mit Waren voll beladen waren, nach Hause zurück. Sein Weg führte durch einen großen Wald; und da es Frühjahr war, war der Weg aufgeweicht, so daß er nur langsam von der Stelle kam. Plötzlich bemerkte er an den am Wege stehenden Bäumen, daß die Wagen immer auf demselben Fleck blieben, obwohl die Pferde gleichmäßig weiterzogen. Er sprang vom Wagen herab und begann kräftig zu fluchen. Da stand mit einem Male ein feingekleideter Herr vor ihm. Der Kaufmann erkannte in ihm sofort den Teufel, da er statt der Füße Pferdehufe hatte. Der Teufel versprach, ihm aus seiner schlimmen Lage herauszuhelfen, wenn er ihm das verschreiben wolle, was ihm bei seiner Ankunft zu Hause zuerst entgegenkommen werde. Da der Kaufmann dachte, das werde, wie gewöhnlich, sein Jagdhund sein, so war er damit einverstanden und unterschrieb mit seinem eigenen Blute den Kontrakt, der nach zwanzig Jahren eingelöst werden sollte. Darauf verschwand der Teufel, und der Kaufmann gelangte glücklich in die Stadt, wo er wohnte.

Als er nun vor seinem Hause ankam, da eilte ihm seine Frau mit einem während seiner Abwesenheit gebornen Söhnchen entgegen. Darüber war der Mann sehr betrübt, und alle Heiterkeit wich von ihm. Der Knabe wuchs heran, lernte gut und widmete sich dem geistlichen Stande. An dem Tage aber, wo er zum Priester geweiht werden und seine erste Messe lesen sollte, wollte der Teufel kommen und sich seine Seele holen. Jetzt war der Tag da. Als der Sohn seines Vaters große Traurigkeit bemerkte, fragte er ihn nach dem Grunde derselben, und der Vater erzählte ihm nun die Begebenheit im Walde. Doch der Sohn fand einen Ausweg und tröstete den Vater.

Da eilte auch schon der Teufel herbei, um die Seele des jungen Geistlichen zu fordern. Allein dieser sagte ihm, daß er durchaus nicht geneigt sei, ihm so ohne weiteres seine Seele zu geben; wenn er sie haben wolle, müsse er ihm erst eine Wette abgewinnen. Und da er den Teufel mit Weihwasser zu besprengen drohte, so fügte sich dieser, und es wurde folgender Vertrag geschlossen: der Teufel solle, während der Geistliche seine Messe lese, zum Meere eilen, dort von der tiefsten Stelle einen Felsen herausheben und in die Kirche bringen; wer eher fertig werde, solle der Sieger sein. Der Teufel war damit einverstanden, und als der junge Geistliche seine Messe begann, eilte er zum Meere. Jenem halfen zwei ältere Amtsbrüder diejenigen Teile der Messe, die er nicht selbst zu lesen brauchte, zu lesen und zu singen.

Inzwischen war der Teufel ans Meer gelangt. Dort tauchte er an der tiefsten Stelle unter, hob einen gewaltigen Felsblock auf und kam wieder nach oben. Schon wollte er damit zur Kirche eilen, da erschien am Himmel Petrus mit einer Schar von Engeln, die begannen den Teufel zu ärgern, so daß er in seiner Wut den Felsblock immer wieder ins Meer fallen ließ. Dadurch wurde er eine geraume Zeit aufgehalten. Dem jungen Geistlichen aber war es mit Hilfe der beiden älteren Amtsbrüder gelungen, die Messe zu beendigen. Dann bestieg er die Kanzel und verlas das Evan-

gelium. Soeben wollte er mit der Predigt beginnen, als sich plötzlich ein großer Sturm erhob. Ein mächtiges Krachen wurde hörbar, und mit lautem Getöse fiel durch das Dach ein gewaltiger Stein mitten in die Kirche. Bald zeigte sich auch der Teufel und sagte: „Wenn mich der Petrus mit seinen Engeln nicht aufgehalten hätte, so wärest du jetzt mein!" Dann verschwand er; der junge Geistliche aber war gerettet.

Der Stein ist später in den Fußboden der Kirche eingelassen worden.

173. Die Hechte im Pfaffensee zu Buchen.

In der Nähe von Lobsens, bei Buchen (Luchowo), befinden sich zwei Seen, die nur durch eine schmale Hügelkette voneinander getrennt sind. Der größere von ihnen heißt der Pfaffensee. Einmal pachtete ein armer Fischer diese beiden Seen. Er befand sich oft in großer Geldnot, und da er gehört hatte, daß der Teufel schon vielen aus der Klemme geholfen, so beschloß auch er, sich mit ihm in Verbindung zu setzen und ihn um Geld bitten. Doch wollte er sein Seelenheil nicht verlieren, indem er sich dem Teufel zu eigen verschrieb, und er versuchte deshalb, den Bösen zu prellen. Er wußte, daß der Teufel über die Hechte keine Macht habe, da sie das Kreuzeszeichen im Kopf tragen, und darauf baute er seinen Plan.

Er rief also den Teufel herbei. Der kam auch, und nun wurde zwischen beiden folgender Vertrag geschlossen: der Teufel solle in einer Nacht alle Fische aus dem Pfaffensee in den kleineren See hineintreiben und ihm außerdem eine bestimmte Geldsumme herbeischaffen; dafür wolle ihm der Fischer seine Seele geben. Bekomme aber der Teufel die Fische nicht aus dem Pfaffensee in den andern hineingetrieben, so müsse er dem Fischer das Geld doch geben, dieser aber brauche seine Seele nicht dem Teufel zu überlassen.

Der Teufel überlegte es sich nicht, daß in dem See auch Hechte sind, sondern nahm den ihm vom Fischer vorgelegten Vertrag ohne weiteres an. Schon in der nächsten Nacht sollte er das Werk vollbringen. Aber kaum hatte er begonnen, da merkte er, daß er der Betrogene war: alle Fische brachte er hinein, aber die Hechte wollten ihm nicht gehorchen. Der

Fischer bekam sein Geld und brauchte seine Seele nicht dem Teufel zu geben.

So kommt es, daß der Pfaffensee fast ausschließlich Hechte enthält, während sie in dem kleineren fast gänzlich fehlen.

174. Der schwarze Mann im Brudzyner Walde.

In dem bei Janowitz gelegenen Wäldchen, das zum Gute Brudzyn gehört, treibt sich ein schwarzer Mann von mächtiger Gestalt herum. Viele wollen ihn gesehen haben. So hat er öfters Wilddiebe davongejagt, und auch der Förster erzählt, daß er, wenn es im Walde dunkelte, jenen schwarzen Mann habe durch den Wald schreiten sehen. Nach dem Glauben der Leute soll es der Teufel sein, der sich auch auf dem Gutshofe von Brudzyn als lahmer Hase zeigt.

Das erwähnte Wäldchen stößt im Osten an die Felder des Gutes Wloschanowo. Hierin geht das Wild, das sich sonst im Walde aufhält, grasen. Vor einigen Jahren kam immer ein stattlicher Rehbock heraus. Der Gärtner bekam den Auftrag, ihn zu schießen. Er nahm seine Flinte und einen kleinen Schemel mit sich, um auf dem Anstand zu sitzen. Am Waldesrande suchte er sich eine günstige Stelle aus. Ein Steinhaufen, der noch jetzt daliegt, verdeckte ihn. Da es noch sehr zeitig war, setzte sich der Gärtner auf seinen Schemel, stellte die Flinte zwischen die Knie, rauchte sich seine Pfeife an und wartete der Dinge, die da kommen sollten. Am Waldesrande führt von Brudzyn nach Janowitz ein Steig, den die Leute öfters benutzen. So beachtete der Gärtner auch einen schwarzgekleideten Mann nicht weiter, der auf dem Steige gegangen kam, bis er dicht vor ihm stand. Den Gärtner überlief es jetzt eiskalt; denn einen mächtigeren Kerl hatte er noch nie gesehen. Der Mann fragte ihn: „Hast du deine Pfeife schon ausgeraucht?" Dann setzte er seinen Mund an den Lauf der Flinte und pfiff hinein, daß sich die Bäume im Walde nur so bogen. Vor Schreck stieß der Gärtner mit dem Fuß an den gespannten Hahn der Flinte; diese ging los, und der ganze Schuß ging dem Fremden in den Mund. Der aber spuckte die ganze Schrotladung auf den Gärtner und stand grinsend vor ihm. Da ergriff der Gärtner Pfeife und Flinte und lief, den Schemel zurücklassend, von dannen. Und seit der Zeit war er nicht mehr zu bewegen, auf die Jagd zu gehen.

Der Schloßturm zu Samter.

175. Die Hölle bei Neufeld.

Das Dorf Neufeld im Kreise Neutomischel ist eine von denjenigen Ansiedlungen, deren weit voneinander entfernt liegende Gehöfte nur wenig an ein Dorf erinnern. Diese Gehöfte erheben sich meistens auf einem von den zahlreichen kahlen Hügeln, die im Sommer dem Auge des Wanderers nur niedrige, dürre Roggensaat bieten. Zwischen diesen Hügeln bilden hier und da mit Wasser gefüllte Gräben die Grenze der einzelnen Bauerschaften. Von diesen Tälern fällt eines durch seine Breite und Tiefe auf; es ist das Höllental oder auch der Höllengraben, die Hölle, an die sich folgende Sage anknüpft:

In Neufeld lebte einst ein durch seinen Reichtum und sein lasterhaftes Leben weithin bekannter Graf mit Namen Wladyslawski. Er war ein angesehener Kämpfer; aber wenn er sich nicht im Kriege befand, dann hielt er auf seiner Burg ganze Wochen lang große Festgelage ab, zu denen er zahlreiche Ritter aus der Umgegend geladen hatte. Bei solchen Festen ging es gar wild her. Der Graf, dessen Gemahlin schon längst gestorben war und ihm Söhne und Töchter hinterlassen hatte, war noch immer ein großer Frauenverehrer und Frauenverfolger. Wenn sich nun die ganze Gesellschaft an feurigem Honigwein erlabt hatte, dann ging es auf die Mädchenjagd. Es waren ja nur Bauermädchen, und wehe der Armen, die sich dem begehrlichen Willen des Grafen und seiner Gäste widersetzt hätte! Sie mußte unter schrecklichen Qualen Hungers sterben. Die Leute fanden keine Hilfe; denn wie hier ein Wladyslawski sein Wesen trieb, so tat es anderwärts ein anderer, und der König wohnte weit und war gegen diese kleinen Könige machtlos. Endlich wandte man sich fromm an Gott und bat ihn um Bestrafung des lasterhaften Grafen.

Und das Flehen der Leute wurde erhört. Einst glückte es dem Grafen nach einem festlichen Gelage, ein Mädchen von seltener Schönheit aufzufangen. Er führte es auf sein Zimmer, das im zweiten Stockwerk lag, und begann mit ihm zu scherzen und zu schäkern; und das Mädchen widerstrebte ihm nicht, sondern preßte sich sogar fest an ihn und drückte seine heißen Lippen auf die des Grafen. Zwar verspürte dieser einen gewissen Schauer bei den glühenden Küssen und den festen Umarmungen des Mädchens, aber er war von ihrer Schönheit so geblendet, daß er darauf nicht achtete. Nach einer Weile ging er zu seinen Gästen in den großen Saal hinab, um ihnen von der bezaubernden Schönheit des Mädchens zu erzählen und sie dann nach oben zu führen, damit auch sie sie bewunderten. Die Tür des Zimmers hatte er sorgfältig verschlossen. Aber als er mit seinen Freunden dorthin kam, war das seltsame Wesen verschwunden. Ein offenes Fenster, ein Band, das daran hängen geblieben war, zeigten den Weg, den das Mädchen genommen hatte. Vom Wein erhitzt und von wilder Leidenschaft für die Schöne gepackt, stürmte der Graf mit seinen Genossen hinaus in die dunkle Nacht, um den Flüchtling wieder einzufangen, der Graf allen voran. Schon glaubte er sie zu sehen, schon streckte er die Hände nach ihr aus; immer wieder entglitt sie ihm wie ein Schatten und lockte ihn immer weiter fort von den Genossen, auf die sich zwischen den Gräben und Hügeln schlängelnden Pfade. Da bleibt plötzlich das Weib stehen. Es scheint auf ihn zu warten. Mit der größten Leidenschaftlichkeit stürzt er sich in ihre Arme, preßt er seine Lippen fest auf die ihrigen. Da — ein gellender, markerschütternder Schrei! Ihm folgt ein zweiter und ein dritter, und dann hört man ein Heulen und ein Winseln. Die Freunde eilen zur Hilfe herbei.

Ein furchtbares Schauspiel bietet sich ihren Augen. Der Leib des Grafen ist zerfetzt; Knochenstücke und blutende Fleischfetzen werden mit Hast und Begierde von einem schrecklich aussehenden Ungeheuer heruntergeschluckt. Es ist ein schwarzglänzender Riesenhund, dessen Zunge mit Stacheln besetzt ist, dessen Rachen Feuer sprüht, welches den grellen Glanz seiner Farbe noch erhöht. Grausen erfaßt bei diesem Anblick die Freunde des Grafen. Sie wollen fliehen, aber ihre Knie wanken; sie können nicht von der Stelle, sie sind festgebannt. Nachdem der Hund seine Arbeit an dem Grafen vollbracht, stürzt er sich wütend auf den nächsten, um ihn aufzufressen. Kaum ist das geschehen, da, o Wunder, steht der zuerst Aufgefressene, der Graf, lebendig wieder da, und unter den schrecklichsten Schmerzen sieht er schaudernd, wie seine Freunde einer nach dem andern von dem Höllenhunde aufgefressen werden, sieht er, wie jedesmal, wenn einer gefressen ist, der vorher Gefressene wieder lebendig dasteht, und so

wartet er, bis die Reihe zum zweiten Male an ihn kommt. Und dann fängt es von neuem an, und so wird es fortgehen bis in die Ewigkeit. Das ist die Hölle von Neufeld.

176. Der Teufel als weinendes Kind.

Zu Witoslaw bei Wirsitz befindet sich ein Park, in dem es in der Nacht während der Geisterstunde spuken soll, und zwar hört jeder, der zu dieser Zeit dort vorübergeht, das Weinen eines Kindes, das aus einer Dornenhecke am Wege herausklingt. Eine alte Frau, die an keine Geister glaubte, und die den Grund des Weinens erfahren wollte, ging einmal in der Nacht zu der Hecke. Es war zwischen 12 und 1 Uhr. Da erblickte sie in dem Gesträuch ein Knäblein, das bei ihrem Anblick noch lauter weinte. Nichts Böses ahnend und von Mitleid angetrieben, wollte sie das Knäblein aus der Hecke herausnehmen, verlor aber beim Vorwärtsbücken das Gleichgewicht und stürzte kopfüber in die Hecke, die in demselben Augenblick zu wachsen anfing. Die Dornen drangen ihr in den Körper, so daß sie sich weder rücken noch rühren konnte. Am nächsten Morgen fanden die Leute sie tot vor. Nun zog es auch den Mann zu derselben Stunde hin. Auch er hörte das Weinen, und indem er sich ebenfalls in die Hecke zwängte, wurde auch er festgehalten und fand seinen Tod. Seit der Zeit wagt sich niemand des Nachts in die Nähe der Hecke; denn nun hört man außer dem Weinen des Kindes auch noch die Stimme eines Mannes, der „Theresia!" ruft. Dies war der Name der Frau gewesen. Besonders laut und klagend soll die Stimme am 15. Oktober ertönen.

Andre Leute wollen statt des Knäbleins auch einen kleinen Teufel in der Hecke gesehen haben.

177. Der Teufel im Kuhstall.

Ein Bauer in dem Dorfe Lechlin merkte, daß seine Kuh seit einiger Zeit früh am Morgen fast gar keine Milch gab. Sein erster Gedanke war, daß jemand sie in der Nacht melke. Als das nun nicht aufhörte, versteckte er sich eines Abends im Stalle, um dem Dieb aufzupassen. Um Mitternacht sah er plötzlich, wie ein Ziegenbock, der aus der Erde hervorgewachsen zu sein schien, sich daran machte, der Kuh die Milch auszusaugen. Mit einem starken Knüppel sprang er auf den

Ziegenbock los und erschlug ihn; den Leichnam warf er auf den Heuboden. Als er aber am nächsten Morgen dem Ziegenbock das Fell abziehen wollte, da war er verschwunden; und als er vom Boden herunterstieg, hörte er ein höhnisches Lachen hinter sich. Jetzt merkte er, daß der Ziegenbock der Teufel gewesen war.

178. Der Teufel und der Förster.

Ein alter Förster von Sierniki ging vor langen Jahren einmal in den Wald, um zum Geburtstage des Gutsherrn einen Rehbock zu schießen. Er brauchte nicht lange zu warten, denn schon nach kurzer Zeit kam ihm ein schöner und stattlicher Bock zu Gesicht. Er legte an. Aber wer beschreibt sein Erstaunen, als er sah, wie der Bock plötzlich unter der Erde verschwand! Angst ergriff ihn, und er eilte davon, um möglichst schnell nach Hause zu kommen. Ein höhnisches Lachen erscholl hinter ihm her. Da drehte er sich um und sah den Teufel in Menschengestalt vor sich stehen. Er erkannte ihn sofort an dem langen Schwanz und dem Hahnenfuß. Der Teufel erzählte ihm nun, daß er als Rehbock auf der Welt umherspuken müsse zur Strafe dafür, daß er einst einen Höllenkandidaten in der Hölle nicht genügend bewacht, sondern ihm so viel Zeit gelassen habe, daß er sich bekehrte. Nun müsse er für den einen zehn andre stellen. Acht habe er schon gestellt, und der neunte solle der Förster sein. Als er das gesagt hatte, wollte er sich an den Förster heranmachen; doch dieser verlor den Kopf nicht, sondern machte das Kreuzeszeichen, und der Teufel verschwand mit einem kräftigen Fluch. Nur der sich plötzlich verbreitende Schwefelgeruch erinnerte den Förster daran, daß der Teufel eben noch neben ihm gestanden hatte.

Der Förster begab sich nach Hause, froh darüber, daß er dem Teufel entgangen war. Am folgenden Tage ging er wieder aus; aber er kam nicht mehr zurück. Nach einigen Tagen fanden ihn die Leute an einem Baum hängen, und man erzählte nun, daß der Teufel an ihm seine Rache gekühlt habe. Er wurde im Walde begraben, und noch heute kann man sein Grab sehen. Die Leute aber meiden diesen Ort, besonders zur Nachtzeit; denn es soll dort heute noch spuken. Einmal hat ein Handwerksbursche, der, ohne es zu wissen, in der Nähe des Grabes übernachtete, gegen Mitternacht ein

helles Feuer auf dem Grabe brennen und den Leichnam des Försters an dem Baum hängen gesehen, und um den Baum und den Leichnam herum tanzten zehn Teufel mit lautem Heulen.

179. Der Teufel und das Weihwasser.

In Sierniki lebte vor vielen Jahren ein Bauer, der war so arm, daß er nichts mehr zu beißen und zu brechen hatte, und der Hungertod drohte ihm und seiner Familie. Eines Tages ging er in den Wald, um sich etwas Holz zu holen. Da begegnete ihm ein Mann, mit dem er ein Gespräch anknüpfte. Der Bauer erzählte ihm von seiner trostlosen Lage, und der Fremde gab ihm beim Weggange zehn Gulden und forderte ihn auf, gegen Mitternacht bei seiner Scheune auf ihn zu warten, da er ihm noch etwas zu sagen habe. Der Bauer stellte sich zur rechten Zeit ein, und er brauchte auch nicht lange auf den Fremden zu warten. Dieser kam und erklärte ihm ohne lange Umschweife, daß er ein Abgesandter der Hölle sei, und er sei gekommen, um ihm für Geld seine Seele abzukaufen. Lange konnte sich der Bauer nicht dazu entschließen; zuletzt aber unterlag er der Versuchung doch und unterzeichnete das dargebotene Stück Papier mit seinem Blute, jedoch mit der Bedingung, daß er dem Teufel, wenn er komme, um ihn zu holen, eine schwierige Aufgabe stelle. Könne er die nicht lösen, so müsse er ihn freilassen. Der Teufel ging darauf ein.

Nach zehn Jahren kam er, um den Bauer zur Hölle zu holen. Der war auch bereit mitzugehen, stellte aber dem Vertrage gemäß vorher die Aufgabe: der Teufel solle sich eine Viertelstunde lang in Weihwasser baden, ohne auch nur ein einzigesmal aufzuschreien oder das Gesicht zu verziehen. Das konnte der Teufel nicht, und so mußte er den Bauer freigeben. Dieser lebte darnach noch lange Jahre und hatte keine Not mehr.

180. Der Twardowski'sche Damm.

Hinter dem Dorfe Nekla-Hauland, von dem früheren Gasthause Wygodda an bis nach dem Gute Iwno an der Chaussee von Posen nach Wreschen, führt durch Wiese, Sumpf und Wasser ein haushoher Damm, welcher oben nur Platz für

einen Wagen hat. Dieser Damm führt den Namen Twardowski'scher Damm, und es wird von ihm folgende Sage erzählt: Twardowski, der polnische Faust, der seine Seele dem Teufel verschrieben hatte, fuhr einst von Posen nach Gnesen. In dem Gasthause Wygodda sagte ihm der Kutscher, daß es unmöglich sei weiterzufahren, da vor ihnen nur Sumpf und Moor sei. Twardowski bestand aber darauf, die Reise fortzusetzen, ging hinaus und pfiff. Sofort kamen Tausende von Teufeln und schütteten durch den Sumpf einen Damm auf, so daß Twardowski weiterfahren konnte.

Der Damm, der ohne Zweifel von Menschenhänden hergestellt ist, hat eine Länge von über 10 Kilometer. Das Gasthaus Wygodda steht heute nicht mehr; es galt früher als Räuber- und Diebeshöhle.

181. Boruta als Wilddieb.

In den Forsten von Walden im Kreise Wirsitz betrieben vor Jahren die Bewohner der Umgegend sehr stark die Wilddieberei. Tag und Nacht mußte der Förster im Walde zubringen, um den Dieben aufzulauern, und mancher Kugel entging er fast nur durch ein Wunder.

Als er sich eines Tages wieder im Revier befand, hörte er gar nicht weit von sich entfernt einen Schuß fallen. Mit geladener Büchse ging er nach der Richtung hin, aus welcher der Schall gekommen war, in der Hoffnung, den Dieb zu fangen. Und wirklich stieß er schon nach wenig Minuten auf den Wilddieb, der damit beschäftigt war, einen prächtigen Rehbock auszuweiden. Er stellte sich hinter einen Baum, und mit angelegter Büchse rief er den Dieb an. Dieser sprang auf und wollte nach seiner Büchse greifen; aber der Förster hatte sie schon an sich genommen, ohne daß es der Dieb bemerkt hatte. Als dieser nun sah, daß er verloren war, bat er den Förster um Gnade und erzählte ihm, daß er kein gewöhnlicher Wilddieb sei, sondern der Skrzat Boruta. Der Förster wollte das nicht glauben und forderte deshalb ein Zeichen von ihm. Darauf sagte Boruta, er wolle sich in ein Tier verwandeln; aber der Förster müsse ihm dann das Leben schenken. Damit war der Förster einverstanden, und ehe er sich's versah, hatte Boruta sich in ein Eichhörnchen verwandelt und verschwand in den Gipfeln der Bäume.

XV. Die Hexen.

182. Hexen als Taufpaten.

Was die Taufpaten dem Kinde bei der Taufe wünschen, das geht in Erfüllung. Bei einem Bauer sollte Kindtaufe sein; die beiden Paten aber, die der Bauer gewählt hatte, waren Hexen, ohne daß der Mann es wußte. Man fuhr nach der Kirche. Unterwegs fragte die eine Hexe die andre: „Du, was soll das Kind werden, eine Hexe oder ein Alp?“ Die eine wollte dies, die andre das, und so stritten sie lange herum. Der Kutscher aber, der ihr Gespräch belauscht hatte, kehrte sofort um und fuhr nach Hause, um seinem Herrn zu berichten, was er gehört hatte. Die Hexen wurden nun aus dem Hause gejagt, und der Bauer wählte für sein Kind andre Paten.

183. Die Hexe als Kröte.

Ein Kutscher wurde Tag und Nacht von einer Kröte verfolgt. Trotzdem er sie schon mehrmals vertrieben hatte, folgte sie ihm doch immer wieder. Schließlich wußte er sich keinen andern Rat, als daß er sie mit dem Spaten, den er gerade zur Hand hatte, so lange schlug, bis er glaubte, daß sie tot sei. Seit der Zeit konnte er ruhig seine Arbeit tun. Als er aber am Abend in das Gutshaus kam, erfuhr er zu seinem Schrecken, daß die Wirtin, die stark in ihn verliebt war, zu derselben Stunde, wo er die Kröte geschlagen hatte, plötzlich krank geworden war und wie gelähmt dalag. Die Leute glaubten nun, daß die Wirtin sich in jene Kröte verwandelt habe und ihm gefolgt sei, um ihn immer vor Augen zu haben; denn in ihrer wirklichen Gestalt durfte sie ihm nicht vor Augen kommen, weil er sie haßte.

184. Die Hexen bei Schönlanke.

Auf dem weißen Sandberge im Schönlanker Walde haben früher in der Johannisnacht die Hexen ihre Versammlungen abgehalten. Hörte ein Mensch dabei zu und wurde er von den Hexen erwischt, so mußte er im nächsten Jahre sterben, oder er mußte auch eine Hexe werden und an den Versammlungen teilnehmen. War die Versammlung geschlossen, so

fuhren die Hexen auf einem Rade, ähnlich einem Siebe, nach allen Himmelsrichtungen davon.

Eine Bauerfrau, deren Grundstück nicht fern von diesem Berge lag, kam einst spät von der Stadt nach Hause und sah, daß viele Gestalten auf dem Berge versammelt waren. Sie ging auch hin und wurde von den Hexen erfaßt. Diese stellten ihr frei, entweder eine Hexe zu werden oder zu sterben. Die Frau zog es vor, eine Hexe zu werden; und nun wurde sie mit dem Hexenbann belegt, und man sagte ihr, daß sie in jeder Johannisnacht zu den Versammlungen erscheinen müsse. Komme sie zur Mitternachtsstunde nicht, so erhalte sie eine schwere Strafe. Lange Zeit hatte der Bauer von dem Treiben seiner Frau nichts gemerkt; aber dann hörte er davon, und in der nächsten Johannisnacht band er um das Bett, in dem die Frau schlief, Stricke und wartete die Mitternachtsstunde ab. Um 12 Uhr lösten sich die Stricke von selbst, und die Frau stand auf und eilte zur Hexenversammlung. Der Mann ging ihr nach und sah sie wirklich nach dem Berge gehen, wo die Hexen schon versammelt waren. Er sagte aber nichts, sondern wartete die nächste Johannisnacht ab; und als die Frau wieder gehen wollte, nahm er einen Knüppel und prügelte sie, bis sie ihm schwor, sie werde nicht mehr hingehen. Die von den Hexen angekündigte Strafe aber blieb nicht aus, denn die Frau starb im nächsten Jahr.

185. Ein Kind wird in eine Katze verwandelt.

In Hohenwalde im Kreise Wongrowitz wohnte vor einer Reihe von Jahren eine Hexe. An einem Abend, als ihre Nachbarin nach Wongrowitz gegangen war und auch der Nachbar fort war, ging sie in die Wohnung der Nachbarsleute hinein, nahm das kleine Kind, das allein und ohne Aufsicht zurückgelassen war, auf den Arm, machte über ihm verschiedene Zeichen und sprach dazu einige geheimnisvolle Worte. Dann legte sie es wieder in die Wiege und ging fort. Bald darauf kehrte der Nachbar nach Hause zurück. Als er die Tür aufmachte, sprang eine Katze aus der Wiege heraus und warf sich auf ihn. Wütend darüber, ergriff er die Katze an den Hinterfüßen, zerschmetterte ihr den Kopf an der Wand und warf sie dann durch das Fenster hinaus. Während er noch auf die Katze fluchte, öffnete seine Frau die Tür und

trat in die Stube. Er erzählte ihr, was geschehen war. Sie eilte sogleich zur Wiege, fand sie aber zu ihrem Schrecken leer. Dann lief sie nach draußen, um ihr Kind zu suchen, und sie fand es auch: es lag mit zerschmettertem Kopfe vor dem Fenster, durch das der Mann die Katze geworfen hatte. Dem Manne wurde es nun klar, daß er sein eignes Kind getötet hatte, das die Nachbarin in eine Katze verwünscht hatte; und obwohl er unschuldig war, nahm er sich doch aus Kummer darüber das Leben. Seit jener Zeit wollen die Leute in dem Hause einen Lärm gehört haben, der einer Katzenmusik ähnlich war.

186. Die tanzende Hexe.

Ein Schäfer in Kujawien hütete auf dem Felde am Wege von Groß-Slawsk nach Bożejewice seine Schafe. Es war ein heißer Tag kurz vor der Ernte, und müde, wie er war, schlief er ein. Schon begann es zu dunkeln, als er durch ein Geräusch geweckt wurde. Er stand auf und sah um sich. Da bemerkte er auf dem nahen Hügel viele Frauen, und unter ihnen erkannte er auch einige aus seinem Dorfe. Sie sangen:

Kissom kissom, ner ner ner,

und nach der Melodie dieser ihm fremden Worte tanzten sie. Der Schäfer sah sofort, daß es Hexen waren; denn das Volk erzählte sich schon seit langer Zeit, daß der Hügel eine Lysa góra, ein Hexenberg, sei. Kurze Zeit darauf war Ernte. Wieder hütete der Schäfer auf demselben Felde seine Herde. Des Weges kamen Schnitter aus Groß-Slawsk mit ihren Frauen, um in Bożejewice Getreide zu mähen. Unter den Frauen befand sich auch eine von den Hexen. Als diese bei dem Schäfer vorbeigehen wollte, begann er zu singen:

Kissom kissom, ner ner ner.

Da nahm die Hexe ihre Kleider empor, und dann mußte sie tanzen, solange der Schäfer diese Worte sang. Sie bat ihn aber, mit dem Singen aufzuhören; und erst, als er den Gesang abgebrochen hatte, konnte sie weitergehen.

187. Die Fahrt zum Hexenberge.

Eine Bauersfrau zu Gora im Kreise Birnbaum war eine Hexe. In der Nacht, wo die Hexen ihre Versammlungen abhielten, warf sie ihrem Manne Zügel um und ritt auf ihm

zu der Lysa góra, dem Hexenberge. Dort band sie ihm ein rotes Tuch um den Kopf, damit er nicht sehen konnte, was vorging. Wenn die Versammlung zu Ende war, dann ritt sie ebenso wieder nach Hause, nahm ihm die Zügel ab und versteckte sie sorgfältig, damit sie nicht entdeckt würden.

Überhaupt haben in jener Gegend die Hexen Zügel, und alle reiten auf ihren Männern zur Lysa góra.

188. Der Hexentanzplatz am Wilatower See.

Auf dem westlichen Ufer des Wilatower Sees liegt ein kleiner Bergkegel, der infolge seiner Unfruchtbarkeit immer unbebaut ist. Auf diesem Hügel sollen beim Vollmonde die Hexen ihre Tänze aufführen.

In einer Vollmondsnacht ging einst ein Mann aus dem Dorfe Wilatowen in betrunkenem Zustande nach Hause und kam an dem Hügel vorüber. Dort konnte er nicht weiter; er legte sich hin und schlief ein. Um Mitternacht wurde er durch ein Geräusch geweckt. Als er aufsah, erblickte er eine Menge von Hexen, die um ihn herum einen Tanz aufführten. Nach einiger Zeit kam eine der Hexen auf ihn zu und befahl ihm, ihr zu folgen. Beide gingen nach der entgegengesetzten Seite des Hügels. Dort tat sich eine Tür vor ihnen auf, durch die sie in das Innere des Berges eintraten. Sie kamen durch große Kellerräume und gelangten schließlich in einen Raum, der häuslich eingerichtet war. Die Hexe sagte ihm nun, daß er jetzt in ihrer Gewalt sei und deshalb die Nacht in diesem Zimmer zubringen müsse; könne er sich des Spukes erwehren, der zu ihm kommen werde, so sei er frei, und sie werde ihn dafür belohnen. Darauf verschwand sie.

Der Mann, der nun nüchtern geworden war, setzte sich an den Tisch und wartete. Bald ertönte im Kamin der Ruf: „Ich falle!“ Sogleich fiel eine große schwarze Katze mit langen Krallen in das Zimmer, und dann noch eine zweite. Er lud beide ein, sich zu ihm an den Tisch zu setzen und mit ihm Karten zu spielen. Sie taten es. Als sie eine Weile gespielt hatten, sagte er zu den Katzen, daß er mit ihnen nicht weiterspielen werde, wenn sie sich von ihm nicht die langen Krallen abschneiden ließen. Beide Katzen erklärten sich dazu bereit, und nun schraubte der Mann sie in den Schraubstock, der im Zimmer stand, so daß sie machtlos waren. Dann nahm

er seinen Stock und begann sie tüchtig zu prügeln. Auf ihr Geschrei kam die Hexe herbeigelaufen und befreite sie. Sofort waren die Katzen verschwunden. Die Hexe erklärte nun dem Manne, daß er seine Probe bestanden habe und jetzt frei sei; aber bevor er gehe, solle er die ihm versprochene Belohnung erhalten. Dann gab sie ihm eine Flasche mit einer Flüssigkeit, die, wie sie ihm sagte, gegen alle menschlichen Krankheiten wirksam war. Ferner überreichte sie ihm eine Rute, mit der er jedes Tier, das er damit berühre, wieder gesund machen könne, und endlich einen Becher, der die Eigenschaft haben sollte, daß sich hineingefülltes Wasser in jedes von ihm gewünschte Getränk verwandle.

Erfreut eilte der Mann nach Hause. Dort fand er seine Frau und sein Kind schwer krank vor. Sogleich wollte er die Wirksamkeit der Arznei erproben und gab der Frau und dem Kinde davon zu trinken. Doch nach kurzer Zeit starben beide, und enttäuscht nahm er die Flasche und vergrub sie. Bald darauf brach unter seinem Vieh eine Seuche aus. Er nahm die Rute und bestrich die Tiere damit. Doch diese genasen nicht, sondern es blieb ein Stück nach dem andern tot. Voll Kummer darüber füllte er jetzt den Becher mit Wasser und wünschte sich sein liebstes Getränk, um im Trunke sein Unglück zu vergessen. Doch kaum hatte er davon genossen, da fiel er um und war tot.

XVI. Allerhand Zauber.

189. Der Werwolf.

Vor vielen Jahren diente bei einem Bauer in Kujawien ein Knecht, der war so schlank wie eine Tanne und so stark wie eine Eiche. Alle Mägde im Dorf hatten ihn gern und schauten ihm nach, wenn er die Straße entlangging; und jede hätte ihn gern zum Manne gehabt, am meisten die schwarze Kathrin, die mit ihm bei demselben Bauer diente. Doch diese gerade mochte er nicht leiden; denn sie war eine Hexe, und er wußte es und sagte es ihr auch. Das hätte er nicht tun sollen; denn nun wurde sie ihm gram, ja noch mehr, sie wollte ihn verderben. Und die Macht dazu hatte sie auch; denn sie war wirklich eine Hexe.

Die schwarze Kathrin aber konnte ihre bösen Gedanken gut verbergen. Man merkte ihr gar nichts an. Auch gegen den Knecht war sie freundlich wie zuvor.

An einem Sonntagmorgen gingen beide zur Kirche. Die Sonne schien so hell, als ob sie lachen wollte, und die taubenetzten Kräuter am Wege glänzten, als ob sie mit Edelsteinen besetzt wären. Da konnten auch die Menschen nicht traurig sein, sondern sie lachten und schwatzten, jeder nach seiner Art. Auch der Knecht tat es, und die Magd tat ihm Bescheid. Da löste sich ihm das seidne Tüchlein am Halse. Die Magd sprang sogleich hinzu, um es ihm festzubinden. Als sie damit fertig war, sagte sie ein Sprüchlein, und der Knecht war verschwunden; an seiner Stelle stand auf der Straße ein Wolf.

Als der Knecht so plötzlich seine Menschengestalt verloren hatte, wußte er nicht gleich, wie ihm war. Er wollte die Vorübergehenden um Hilfe anrufen und ihnen sagen, wer er sei; aber er vermochte kein Wort zu sagen, und nur ein Geheul entquoll seinem Munde. Da liefen die Kirchgänger herbei und waren erstaunt, so nahe bei dem Dorf einen Wolf zu erblicken. „Ein Wolf, ein Wolf," schrie einer dem andern zu und lockte dadurch auch die übrigen herbei. Mit Stöcken drangen sie auf den Armen ein, und er mußte davoneilen und sich im Walde ein Versteck suchen.

Im Walde führte er als Wolf ein unstetes Leben. Wenn er Hunger hatte, jagte er Hasen und Rehe und würgte sie. Zwar ekelte es ihm vor dem rohen Fleisch, da er sich ganz als Mensch fühlte; aber der Hunger tut weh, und mit der Zeit gewöhnte er sich daran.

Oft kreuzten Menschen seinen Weg, und dann hätte er sie gern angesprochen; aber er konnte es nicht und mußte traurig davonschleichen. Die ihm Begegnenden wunderten sich wiederum über den Wolf, der mit einem seidnen Tüchlein am Halse umherlief; denn das war ihm aus der früheren Zeit geblieben.

Sommer und Herbst vergingen, und es kam der Winter. Der Frost machte die Erde hart, und der Schnee bedeckte sie wie mit einem weißen Tuche. Alle Tiere verkrochen sich im Dickicht, und der arme Wolf litt nun große Not. Sie zwang ihn auch, sich den andern Wölfen anzuschließen, und

mit ihnen durchstreifte er Wälder und Felder. Des Nachts besuchten sie die Dörfer und machten Jagd auf die Hofhunde, oder sie suchten in die Schafställe einzudringen. Oft lungerten sie ganze Nächte hindurch auf den Landstraßen und kämpften um jeden Bissen miteinander, und war es auch nur ein Nagel, der aus einem Schlitten gefallen war.

So durchlebte er dreizehn lange Jahre, im Sommer allein und im Winter in Gemeinschaft mit den andern Wölfen. Einmal war er mit andern in einen Schafstall eingedrungen. Sie wurden aber von dem Schäfer überrascht und mußten das Weite suchen. Die andern waren in der Gegend bekannt und fanden bald ein Versteck; er dagegen war ganz fremd und wußte nicht, wohin er sich wenden sollte. Daher setzten ihm die Hunde arg zu. Um ihnen zu entgehen, lief er kurz entschlossen in einen Dornenbusch. Hierhin konnten sie ihm nicht folgen; er wurde aber von den Dornen arg zugerichtet, und dabei wurde auch das seidne Tüchlein von seinem Halse gerissen. Und das war ein Glück für ihn; denn in demselben Augenblick erhielt er seine Menschengestalt wieder.

Er wartete nun, bis es finster wurde; denn er war ganz nackt. Dann kroch er aus dem Busch hervor und schaute sich in der Gegend um, und siehe da, es war in der Nähe des Dorfes, in dem er zuletzt bei dem Bauer gedient hatte. Diesen suchte er auf und erzählte ihm seine Leidensgeschichte. Der Bauer war erstaunt, als er seinen alten Knecht wieder vor sich sah; glaubte er doch, ihn längst zu den Toten rechnen zu müssen. Er versah ihn mit Kleidern und befahl ihm dann, durch das Schlüsselloch in die Küche zu schauen, wo die Magd — es war noch die schwarze Kathrin — am Herde stand. Dieser mußte er ins Gesicht sehen, und nun konnte sie ihm nicht mehr schaden. Der Bauer ging darauf in die Küche und fragte die Magd, ob sie sich noch des Knechtes erinnere, der vor dreizehn Jahren plötzlich so spurlos verschwunden gewesen sei. Sie bejahte es. Da trat auch schon der Knecht in die Küche zum größten Schrecken der Magd. „Dein Glück", rief sie ihm zu, „daß du mich zuerst angeschaut hast; sonst hättest du dein Lebenlang in Wolfsgestalt umherlaufen müssen." Mit diesen Worten eilte sie hinaus und verschwand; man hat sie auch nie wiedergesehen. Der Knecht aber lebte noch lange Jahre auf dem Hofe glücklich und zufrieden.

190. Der Freimaurer.

Bei Gnesen lebte in einem Dorfe ein Freimaurer. Von diesem kaufte einst ein Fleischer aus Gnesen einen Ochsen. Als der Fleischer nun nach Hause fuhr und an die Grenze des Feldes kam, das dem Freimaurer gehörte, da wollten die Pferde nicht weiter. Aber der Mann wußte Rat. Er stieg vom Wagen und ergriff einen daliegenden Stein und warf ihn mit aller Kraft gegen das Deichselende; und sogleich zogen die Pferde wieder an. Nach dem Tode des Freimaurers sah man jede Nacht eine schwarze, mit Rappen bespannte Kutsche von seinem Grabe fortfahren.

191. Der Schäfer von Ostrowo.

Vor der Kirche zu Ostrowo am Goplosee standen eines Sonntags vor der Messe die Bauern aus der Umgegend und sprachen miteinander. Da trieb ein Schäferjunge seine Schafe bei der Kirche vorbei. Hinter ihm kam ein Wanderer daher. Als dieser an die Schafe herangekommen war, pfiff er. Da liefen die Schafe wie wild auseinander, das eine hierhin, das andre dorthin. Der Knabe schrie und heulte und konnte seiner Tiere nicht Herr werden. Durch das Schreien wurde der alte Schäfer herbeigelockt. Als dieser die Verwirrung sah, zog er seinen Pelz aus, legte ihn mit den Haaren nach oben auf die Erde und bearbeitete ihn mit seinem Stock. Da kam auf einmal der Fremde, der gepfiffen hatte, herbeigelaufen und bat den Schäfer, doch nicht mehr auf den Pelz zu hauen, weil ihm das weh tue. Der Schäfer hielt nun auch mit dem Prügeln an und befahl dem Fremden, die Schafe wieder zusammenzubringen. Da pfiff dieser zum zweiten Male, und die Schafe fanden sich gleich wieder zusammen.

192. Verdorbene Milch.

Auf den zu Kaziopole gehörenden Wiesen an der Flinta befindet sich eine sumpfige Stelle, an der soll vor vielen Jahren eine Mühle gestanden haben. Da der Müller die Leute betrog, verschwand die Mühle zur Strafe dafür im Erdboden. Die Leute erzählen nun, daß die Kühe keine

Milch geben, wenn sie auf den herumliegenden Wiesen geweidet werden.

193. Das Zigeunerlager bei Kirchen-Popowo.

Vor einer ganzen Reihe von Jahren sollen sich in einem Wäldchen bei Kirchen-Popowo im Kreise Wongrowitz Zigeuner mit ihren 50 Wagen niedergelassen haben. Die Stelle gefiel ihnen, und sie blieben gegen zwei Monate daselbst. Da die Bewohner des Dorfes nun täglich von der Bande belästigt und bestohlen wurden und zuletzt nicht mehr wußten, wie sie sich schützen sollten, fuhr der Dorfschulze zum Bezirkskommissar nach Wongrowitz und fragte ihn, was man tun solle. Dieser riet ihm, die Bewohner sollten sich, so gut sie könnten, bewaffnen und die Zigeuner vertreiben. Die Leute folgten dem Rat und bewaffneten sich mit Heugabeln, Dreschflegeln und Stöcken und zogen unter Leitung des Schulzen zum Wäldchen. Als die Zigeuner sahen, daß sie einem so gut bewaffneten Haufen nicht lange Widerstand leisten könnten, zogen sie unter Verwünschungen und Flüchen ab. Von dieser Zeit an soll jener Platz verwünscht sein. Die Leute erzählen, daß einem Bauer, der von jener Stelle Sand zum Bau eines Schweinestalles nahm, alle Schweine krepierten. Einem andern sollen die Pferde gefallen sein, weil er aus dem Wäldchen trockenes Laub geholt und den Pferden untergestreut hatte.

194. Der in einen Fisch verwandelte Bischof.

In dem See von Powidz fischte einmal der Fischer, wie gewöhnlich, mit einem Netz. Er wollte das Netz herausziehen; doch es war ziemlich schwer, so daß er sich schon auf einen guten Fang freute. Aber zu früh; denn als er das Netz ans Ufer gebracht hatte, fand er nur wenig Fische darin, aber unter ihnen einen, der war von ganz eigentümlicher Art. Es war eine Gestalt in Menschengröße, halb Mensch und halb Fisch. Der Fischer glaubte zuerst, wie er nur das Gesicht sah, es wäre ein Ertrunkener; doch die Gestalt hatte eine Inful auf dem Kopfe und war auch sonst wie ein Bischof gekleidet. Sie begann sogar zu reden. Aber der Fischer verstand sie nicht, denn sie redete lateinisch. Da ergriff den Mann eine ungeheure Angst, und er lief davon.

Am nächsten Morgen gingen andre für ihn zum Fischen. Es passierte dasselbe. So ging es mehrere Wochen hindurch, und der Fischer war, da er keine Fische fangen konnte, ohne Erwerb.

Schließlich erfuhr der Bischof davon, der zu jener Zeit der nächste Geistliche an Powidz war. Dieser ging mit den Leuten an den See und ließ sie das Netz auswerfen. Der seltsame Fisch erschien wieder. Der Bischof unterredete sich nun mit ihm, und so erfuhr er, daß der Fisch auch ein Bischof gewesen sei, ein Vorgänger von ihm, und daß er schon 200 Jahre in diesem See wäre; er sei in denselben verwiesen worden, weil er in seinem Leben zuviel Wein getrunken habe, und so lange müsse er noch in dem See bleiben, bis die Glocke der Kirche, in der er seine erste Messe gehalten, zu läuten aufhöre. Doch müßten es mindestens noch 300 Jahre sein. In dieser Zeit dürften die Fischer nicht in dem See fischen, um ihn nicht in seinem Bußwerke zu stören.

195. Die verwünschten Fische.

Bei dem Dorfe Stare im Kreise Wongrowitz liegt ein großer See, in dem noch heute viele und sehr große Fische vorhanden sind. Diese Fische hat einstmals jemand verwünscht, und man konnte nun lange Zeit keine großen Fische mehr aus dem See herausziehen; denn wenn die Fische verwünscht sind, liegen sie wie tot auf dem Grunde des Wassers. Der Mann, der sie verwünscht hatte, war ein Fremdling gewesen, der an einem heißen Sonntage durch das Dorf gekommen war und eine Frau um Wasser zum Trinken gebeten hatte. Sie hatte es ihm verweigert, und darum hatte er den See und die Fische verwünscht.

Als die Leute von Stare nun nichts mehr fingen und doch nicht wußten, auf welche Weise die Fische verschwunden waren, holten sie einen Absager (odmówca) herbei, damit er ihnen helfe. Der Absager ließ sich auf den Grund des Sees herunter. Als er aber dort die ungeheuer großen Fische erblickte, erschrak er so, daß er kaum sprechen konnte, und gab den Leuten, die ihn hinabgelassen hatten, das Zeichen, daß sie ihn wieder heraufziehen sollten, da er fürchtete, von den Fischen verschlungen zu werden.

Das Schloß von Rożbitek.

Am nächsten Tage befahl er den Leuten, sie sollten aus mehreren Balken eine einem Flaschenzuge ähnliche Maschine verfertigen, um damit einen von den großen Fischen herauszuziehen. Die Leute taten es, und der Absager wurde wieder in den See herabgelassen, um die Verwünschung „abzusagen" und einen von den großen Fischen an die auf den Grund des Wassers gelassene Kette festzubinden; denn um die Verwünschung aufzuheben, so sagte er, müsse man einen von den großen Fischen aus dem Wasser herausziehen. Glücklich hatte er einen Fisch festgelegt. Dann ließ er sich schnell nach oben ziehen; und das war auch sein Glück, denn sonst wäre er verloren gewesen.

Die Leute begannen nun die Kette hochzuziehen; aber alle Mühe war vergebens. Sie wußten nicht, daß alle verwünschten Fische zusammenhingen, und daß sie, um den einen Fisch emporzuheben, zugleich alle emporheben mußten. Da sagte der schon erzürnte Absager die Worte: „Daß doch die Teufel solche Arbeit holen möchten!" Sogleich ging die Maschine entzwei und stürzte in den See.

Jetzt sahen die Leute, wie der See von sehr großen Fischen wimmelte; denn alle großen Fische kamen nach oben, fielen aber bald wieder auf den Grund des Sees zurück, und da sollen sie noch heute liegen. Das Fluchwort des Absagers soll bewirkt haben, daß die Fische lebendig wurden und an die Oberfläche kamen; die Verwünschung selbst aber hat er nicht aufheben können.

196. Der bestrafte Müllergeselle.

Einst hatte ein Mühlenbesitzer in der Nähe von Rogasen — genannt wird der Besitzer der Jaratsch-Mühle an der Welna oder der Smolarz-Mühle an der Flinta — einen Gehilfen, der ein rechter Taugenichts war und dementsprechend auch von seinen Meistern behandelt wurde. Um sich für die schlechte Behandlung zu rächen, verwünschte er an einem Abend seinem Herrn die Mühlsteine und lief davon. Der Müller sah, wie der Gehilfe fortlief und wie sich gleichzeitig die Mühlsteine in die Höhe hoben, und er merkte sogleich, was geschehen war. Aber er wußte sich zu helfen. Schnell ergriff er eine Axt und eilte nach dem Schweinestall. Dort fing er an, mit der Axt auf den Trog zu schlagen, aus dem

die Schweine ihr Futter bekamen. Das half, denn die Steine kehrten wieder auf ihre alte Stelle zurück.

Bald darauf hörte der Müller den Gesellen, der noch nicht weit gelaufen war, laut schreien und jammern. Er verstand nämlich die Hexenkunst und wußte, daß man in dem Augenblick, wo jemand etwas verwünscht hat, mit einer Axt auf den Schweinetrog schlagen müsse. Spricht man dann noch einige Worte dazu — man muß aber wissen, welche, und dazu muß man die Hexenkunst verstehen —, so wird nicht nur der Trog getroffen, sondern zugleich auch der Verwünschende, und das war hier auch geschehen: der Gehilfe hatte jeden Schlag mit der Axt gefühlt, als ob er selbst geschlagen würde.

197. Die Hasen im Teich.

Am Wege von Groß-Slawsk nach Königsbrunn in Kujawien befindet sich auf dem Felde ein ziemlich großer Teich, der vom Volke Przeclaw genannt wird. Einmal gingen dort zwei Männer vorbei. Sie waren zum Ablaß nach Hochkirch gewesen und hatten sich erst spät auf den Heimweg nach Groß-Slawsk gemacht. Als sie in die Nähe des Teiches kamen, bemerkten sie, daß das Wasser im Teich hoch angeschwollen war. In dem Wasser aber wimmelte es von Hasen. Um den Teich herum ging ein Förster in Begleitung einer unzähligen Menge von großen schwarzen Hunden, die alle keine Ohren hatten. Auf den Bäumen am Wege aber brannte ein Feuer und fiel zur Erde; es sah aus, als ob die Bäume mit brennendem Erbsstroh umwickelt wären. Die beiden Männer getrauten sich nicht weiterzugehen und blieben stehen. Als der Jäger das sah, pfiff er seinen Hunden und ging mit ihnen über das Feld, wo er verschwand. Nun kamen auch die Hasen aus dem Teich heraus und liefen hinter dem Jäger her. Nach wenig Sekunden war von ihnen nichts mehr zu sehen. Das Feuer auf den Bäumen brannte noch einige Minuten; dann war es ebenfalls verschwunden.

198. Die Frau auf der Brücke bei Kruschwitz.

Zu der Zeit, als die Chaussee von Hohensalza nach Kruschwitz noch nicht da war, bestand die jetzt gemauerte Brücke bei Kruschwitz aus Holz und war in einem so schlechten Zu-

stande, daß man befürchten mußte einzubrechen, wenn man darüberging. Auf dieser Brücke soll es gespukt haben. Als in einer Nacht ein Mann dorthin kam, stand plötzlich eine Frau neben ihm. Diese packte ihn am Arm und band ihn mit einem Stück Lappen an dem Geländer der Brücke fest. Hierauf ging sie einige Schritte weiter und blieb dann stehen, über die Anstrengungen des Mannes, der sich loszumachen suchte, lachend. So mußte der Mann bis zum Morgen stehen. Als in Kobelnik der erste Hahnenschrei erscholl, waren plötzlich Frau und Lappen verschwunden, und er konnte jetzt seinen Weg fortsetzen.

XVII. Schätze.

199. Popiels Untergang und seine Schätze.

Mit Abbildung.

Die Erinnerung an den grausamen König Popiel lebt in der Umgegend des Goplosees noch heute fort. Kujawische Bauern erzählen folgendes: Vor vielen, vielen Jahren wohnte in dem Schlosse zu Kruschwitz, von dem nur noch der Mäuseturm übrig ist, ein polnischer König, der hieß Popiel. Um das Volk kümmerte er sich wenig, um so mehr aber sprach er einer wohlbesetzten Tafel zu, an der er stets seine zahlreichen Freunde versammelte. Dies verschwenderische Leben gefiel am wenigsten dem Volke, dessen Geldbeutel besonders herhalten mußte. Auch die Verwandten Popiels waren mit seiner Regierung unzufrieden und machten ihm oft über seine Verschwendung Vorwürfe. Das verdroß den König sehr, und er beschloß, die unbequemen Mahner aus dem Wege zu schaffen. Er stellte sich krank und beschied sie an sein Bett, um von ihnen, wie er vorgab, Abschied zu nehmen. Hier erhielten sie vergifteten Wein und starben. Ihre Leichen wurden in den Goplosee geworfen.

Da traf ihn Gottes Strafgericht. Aus den Leichen wurden Mäuse, die in ungeheurer Menge in das Gemach Popiels kamen. Nirgends war er vor ihnen sicher, da sie selbst die eisernen Türen zernagten. Zuletzt flüchtete er sich in einen Kahn und wollte nach der nahen Goploinsel rudern, wo er einen großen Turm hatte. Aber auch im Wasser schwammen ihm die Tiere nach. Teilte er eine Maus mit dem Schwerte,

so wurde aus jedem Stück ein neues Tier. Da ergriff ihn Verzweiflung. Schon war er der Insel nahe, da sprang er ins Wasser. Auf dem Grunde des Sees verzehrten ihn die Mäuse. Die Stelle, wo Popiel sein Ende fand, will man noch jetzt bei ruhigem See erkennen. Ein großes Kreuz ist im Wasser zu bemerken, ohne jede Pflanze, während ringsherum Wasserpflanzen in Hülle und Fülle sich finden. Das Kreuz aber rührt davon her, daß Popiel mit seitwärts ausgestreckten Armen den Tod erwartete.

Die ungeheuren Schätze, die sich im Kellergewölbe des Schlosses vorfanden, wurden jetzt ein Gegenstand des allgemeinen Schreckens; denn sie wurden vom Geiste Popiels bewacht. Die Diener sahen einen großen schwarzen Hund mit feurigen Augen, so groß wie Wagenräder, auf den Schätzen liegen. Da ließen sie durch einen Priester den Geist bannen und warfen alsdann die Schätze in den Goplosee.

Hier ruhten sie lange Jahre. Bei ruhigem See sah man sie auf dem Grunde liegen, allein stets bewacht. Entweder war es derselbe greuliche Hund, der schon im Schlosse als Wächter der Schätze gesehen wurde, oder es war ein ungeheurer Hecht, der ganz mit Moos bewachsen war. Er lag über den Schätzen, die in einer eisernen Krippe verwahrt waren. Das wäre nun alles gut gewesen, wenn die Fischer vor dem Geist Ruhe gehabt hätten. Aber dieser erzeugte stets Stürme, wenn viele Menschen auf dem See waren, so daß viele ertranken. In ihrer Not wandten sich die Fischer an den Bischof von Kujawien, der damals in Kruschwitz wohnte. Dieser beschloß, die Schätze zu heben. In einer feierlichen Prozession kam er an den See. Seinen Worten fügte sich der Geist und kam an die Oberfläche des Wassers; aber die Schätze wollte er nicht herausgeben. Nach langem Bannen gelang es dem Bischof, den Geist zu bestimmen, daß er die Schätze herausgeben wolle unter der Bedingung, daß in einer Prozession alle beweglichen Kirchengeräte an den See gebracht würden. Diese Bedingung schien gering zu sein, und doch vergaß man beim ersten Mal die Meßkännchen, beim zweiten das Räucherschiffchen und beim dritten die Osterkerze. Jedesmal kam der Hund an die Oberfläche und sagte, was vergessen war. Nur beim dritten Mal war er nicht mehr zu erblicken; denn infolge der Vergeßlichkeit der Leute versanken die Schätze immer tiefer,

so daß sie jetzt nicht mehr zu heben sind. Am Sonnabend nur, dem Tage, welcher der Ehre der Jungfrau Maria geweiht ist, sollen sie sich an der Oberfläche zeigen, wie die Fischer bezeugen wollen.

200. Der Schatzberg bei Prusiec.

Auf der Feldmark von Prusiec im Kreise Wongrowitz befindet sich eine kleine Erhebung, auf der fast gar nichts wächst. Diesen kleinen Berg sollen die Schweden aufgeworfen haben. Ein größerer schwedischer Truppenteil wurde nämlich bei seinem Rückzuge nach Norden von den Polen heftig bedrängt und geriet in große Not; denn die Soldaten schleppten große Schätze mit sich, die sie aus den Schlössern und Kirchen geraubt hatten. Bei jedem Gefecht nun, das die Schweden mit ihren Verfolgern hatten, mußten sie einen Teil ihrer Truppen zur Bewachung der Schätze zurücklassen. Um die Polen durch eine entscheidende Schlacht für immer unschädlich zu machen, beschlossen sie, die Schätze zu vergraben und dann mit ihrer ganzen Macht den Feinden entgegenzutreten. Unter jenem Hügel wurden die Schätze verborgen. Aber die Schweden wurden aufs Haupt geschlagen, und bei ihrer wilden Flucht vergaßen sie, die Schätze mitzunehmen. Die Polen wußten aber von den Schätzen nichts, sondern glaubten, die Schweden hätten den Hügel aufgeworfen, um dort ihre Geschütze aufzustellen. So ruhen denn die Schätze noch heute dort. Häufig sieht man auf dem Berge Flammen aufspringen, wie wenn im Innern des Berges ein Feuer brenne, und die Leute glauben, das rühre von dem vergrabenen Golde her.

201. Der Schatz im Walde von Sierniki.

Vor vielen Jahren lebte zu Sierniki im Kreise Wongrowitz ein Bauer, der in der ganzen Umgegend wegen seines Geizes bekannt war. Die Leute erzählten, er sei sehr reich, wußten aber nicht, woher er das Geld hatte; und da der Mann nur für sein Geld lebte, kümmerte man sich wenig um ihn. Das jedoch behauptete man steif und fest, daß er seine Seele dem Teufel für Geld verkauft habe; der komme jede Woche einmal um Mitternacht in der Gestalt eines Ziegenbockes zu ihm und bringe ihm einen Beutel voll. Beim ersten Hahnenschrei aber müsse er immer wieder fort.

Wie das Leben des Mannes war, so war auch sein Tod. Man fand ihn eines Tages tot auf seinem Geldsack liegen. Die Leute begruben ihn im Walde, und da sie mit dem Teufelsgelde nichts zu tun haben wollten, so legten sie es zu ihm ins Grab. Seit der Zeit sieht man auf der Stelle, wo sich das Grab befindet, einen riesigen Hund auf einem Geldsack sitzen. Niemand darf sich dann der Stelle nähern; denn er kehrt nicht mehr zu den Lebenden zurück. Einst machte sich ein junger Knecht, der von seinen Freunden gern für mutig gehalten werden wollte, kurz vor Mitternacht zu dem Grabe auf, um den Schatz zu heben. Am folgenden Tage fand man ihn dort tot mit zerrissenen Kleidern liegen. Seit jener Zeit meiden die Leute den Ort mit scheuer Angst.

Man erzählt auch noch, daß der Hund bis an das Ende der Welt dort auf dem Geldsack wird sitzen müssen, ohne daß er von jemand erlöst werden kann.

202. Die Schätze im See von Iwno.

Bei dem Dorfe Iwno in der Nähe von Kostschin liegt ein See, der ringsum von Hügeln umgeben ist und eine bedeutende Tiefe hat. Auf seinem Grunde sollen große Schätze liegen. Davon erzählt man: Zur Zeit des ersten schwedischen Krieges kam ein schwedischer Offizier in diese Gegend. Er faßte eine leidenschaftliche Liebe zu der schönen Besitzerin des Gutes Iwno; doch die Dame konnte den Schweden, den Feind ihres Volkes, nicht leiden. Da er sie nun beständig mit seinen Anträgen verfolgte, beschloß sie, zu entfliehen und alle ihre Kostbarkeiten und Kleinodien mitzunehmen. Der Schwede merkte ihre Flucht bald und verfolgte sie. Es war zur Winterszeit. Als die Gräfin ihren Verfolger hinter sich erkannte und die Unmöglichkeit, ihm zu entkommen, einsah, da befahl sie dem Kutscher, den Schlitten, in dem sie fuhr, nach dem See zu lenken. Der See war aber nur mit einer dünnen Eisschicht bedeckt. Schon befand sie sich ein ganzes Stück auf dem See, und der Offizier war schon dicht hinter ihr, da brach plötzlich das Eis unter ihnen, und alle versanken in den Fluten.

Seitdem hat man viele Jahre hindurch an den Ufern des Sees eine weibliche Gestalt herumirren gesehen, die unabläßig von einem Manne verfolgt wurde. Aber er konnte

sie nicht erhaschen, und so eilten die Gestalten am See entlang, bis zuletzt das gehetzte Weib in den Fluten verschwand, und zwar an jener Stelle, wo einst die Iwnoer Gräfin und der schwedische Offizier gemeinsam ihren Tod gefunden hatten. Die Schätze der Gräfin aber liegen noch heut auf dem Grunde des Sees.

205. Die Schätze zu Venetia.

Mit Abbildung.

Wenn man von dem Flecken Gonsawa nach der Kreisstadt Znin geht, erblickt man links von der Chaussee in nebelhafter Ferne die im Dorfe Venetia liegenden Ruinen eines Jagdschlosses, das einst dem polnischen Fürsten Leszek dem Weißen gehört hat. Von demselben sind noch Gewölbe und unterirdische Gänge wohl erhalten. An diese Überreste vergangener Zeiten knüpft sich folgende Sage: Vor vielen, vielen Jahren lebte auf diesem Schlosse ein mächtiger Ritter, der sich zur Lebensaufgabe gestellt hatte, möglichst viele Reichtümer zusammenzuscharren. Er war in seinen Mitteln nicht wählerisch; manche Witwe, manche Waise hatte er auf seinem Gewissen. Eines Tages fand man ihn tot in seiner Kammer, doch von den Schätzen fand sich keine Spur. Seine Verwandten durchsuchten alle Räume nach Geld, aber vergebens. Nach seinem Begräbnis wollte auch niemand im Schlosse wohnen; denn jede Nacht hörte man ein Heulen, Stöhnen und Kettenrasseln in der ganzen Burg, daß einem die Haare zu Berge standen. So blieb die Feste völlig verlassen.

Einige Zeit darnach wohnte unweit der verfallenen Burg ein reicher Starost, der einem armen, aber tugendhaften Mädchen nachstellte. In ihrer Angst floh die verfolgte Waise in einer finstern Nacht, um den Nachstellungen des gottlosen Mannes zu entgehen. Sie suchte Zuflucht in der verlassenen Burg, in der Hoffnung, ihr Verfolger werde sich zu dieser Zeit nicht in die Nähe des Schlosses wagen. Plötzlich erblickte sie ein Licht, und sie begab sich in den betreffenden Raum, wo sie ein menschliches Wesen zu finden glaubte. Als sie das Zimmer betrat, fand sie ein altes, dürres Männchen, das ihr ein Zeichen gab, ihm zu folgen. Ohne Furcht kam sie der Aufforderung nach, und nun ging es treppauf, treppab bis in die untersten Räume. Dort führte das Gespenst sie an eine

kleine verborgene, mit großen Nägeln beschlagene Pforte. Auf einen dieser Nägel drückte der Mann; die Pforte ging auf, und dem erstaunten Auge des armen Mädchens zeigten sich drei große Kisten, die bis an den Rand mit Gold und Juwelen angefüllt waren. Hierauf sagte der Mann: „Du gutes Kind, dir habe ich meine Erlösung zu verdanken; denn so lange sollte ich die Schätze hier bewachen, bis eine Waise, deren ich viele in meinem Leben verfolgt habe, sich hierher flüchtete. Das ist heute geschehen, und zum Dank dafür gehört dir der Schatz, doch unter der Bedingung, daß du die eine Kiste unter die armen Witwen und Waisen verteilst und die andre an das nächste Kloster abgibst." Das Mädchen tat, wie ihm befohlen war, und verließ dann mit ihrem Schatze, der in der dritten Kiste enthalten war, die Gegend.

204. Der Schatz auf der Eduardsinsel.

In dem See von Santomischel liegt die schöne und romantische Eduardsinsel. Mitten auf der Insel steht zwischen den gewaltigen Eichenriesen ein altes Blockhaus, der ehemalige Sommeraufenthalt des Grafen Eduard Raczyński, in dem dieser auch seinem Leben ein Ende machte. In stillen, sternklaren Sommernächten sieht man zu gewisser Zeit in der Nähe des Blockhauses eine meterhohe Flamme aus der Erde herausschlagen. Von dieser Erscheinung erzählt man folgendes: In den stürmischen Zeiten des Schwedenkrieges flüchteten die Grafen der umliegenden Dörfer mit ihren Schätzen nach der Insel. Doch die Schweden erfuhren ihren Aufenthalt und zogen ihnen nach. Da nun täglich eine Einnahme der Insel durch die Schweden bevorstand, vergruben die geängsteten Flüchtlinge ihre Schätze des Nachts mitten auf der Insel und schwuren dann über dem Versteck, daß sie im Falle ihrer Rettung das Geld zu einem Kirchenbau verwenden wollten. Das Gefürchtete geschah. Die Schweden eroberten die Insel, und die Grafen büßten ihren Widerstand mit dem Leben. Nur ein einziger entkam.

Als die Gefahr vorüber war, machte dieser von seiner Kenntnis Gebrauch. Er hob den Schatz, der durch mitternächtlichen Schwur zu einem frommen Zwecke bestimmt war, um ihn für sich zu verwenden. Er lud ihn in einen Kahn, um ihn darin auf das Festland herüberzubringen. Da aber

ereilte den Wortbrüchigen das rächende Geschick. Das Boot schlug um, und der See nahm den Grafen samt den Schätzen auf — um zu schweigen, denn bis heute ist von dem Gelde und den Kostbarkeiten noch nichts gefunden worden. Aber jährlich an dem Todestage des verräterischen Grafen sieht man auf der Insel die rätselhafte blaue Flamme.

205. Die begrabene polnische Königskrone.

Am See von Garstedt (Jaroszewo), in dem eine Kirche versunken ist, liegen wasserreiche Wiesen, die rings von hohen Bergen umgeben sind. Dort soll die polnische Königskrone begraben sein. Es wird erzählt, daß der König einige Männer ausgewählt hatte, welche die Krone dort begraben sollten. In der Stille der Nacht gingen sie hin und vergruben die Krone an einer von dem König genau bestimmten Stelle. Um jedoch zu verhüten, daß der Schatz seinen Feinden verraten werde, schickte der König andre Leute aus, die jeden, der aus der Gegend des Sees kam, töten sollten, und so wurden die Zurückkehrenden alle erschlagen. Noch jetzt hört man, wenn Windstille herrscht, deutlich das Klirren der Schwerter und das Stöhnen der Verwundeten, und an dem Jahrestage des Todes der meuchlings Gefallenen sollen die Glocken im See läuten.

206. Der schwarze Schwede.

Bei Tremessen ist ein See gelegen, der Schwente d. i. heiliger See genannt wird. In demselben sollen die Schweden eine Kriegskasse versteckt haben. Jeder, der mittags oder in der Nacht um 12 Uhr dort vorbeigeht, sieht auf dem See einen schwarzen Schwimmer, der die Schätze bewacht. Wenn jemand in dem See ertrinkt, so heißt es, der schwarze Schwede habe ihn in die Tiefe gezogen.

207. Der Schatz zu Frauengarten.

Zu Frauengarten — früher Panigrodz — im Kreise Wongrowitz sollen die Franzosen auf ihrer Flucht aus Rußland eine Kriegskasse verscharrt haben. In den Akten hinterließen sie eine Beschreibung des Ortes; als Erkennungszeichen sollte nämlich der fünfeckige Turm der Kirche dienen. Einen fünfeckigen Kirchturm gab es damals nur noch an einem zwei-

ten Orte der Provinz, aber der lag tief im Süden. Wie die Leute erzählen, kam in den sechziger Jahren des vorigen Jahrhunderts ein französischer Beamter nach Panigrodz und ließ dort eine ganze Woche hindurch Nachgrabungen veranstalten; ob er aber den Schatz gefunden und mit sich genommen hat, hat man nicht erfahren. Die Sage blieb jedoch unter dem Volke lebendig und wurde noch dadurch genährt, daß man des Abends an einer Stelle häufig Geld brennen sah. Man hat dort auch nachgegraben, aber nichts gefunden.

Erst in neuerer Zeit verwirklichte sich die Volksüberlieferung. Beim Graben in seinem Garten fand ein Mann einen Topf mit französischen Goldmünzen und einigen goldenen Schmucksachen. Es scheint das das Eigentum eines Offiziers gewesen zu sein, das er vielleicht in der Nähe der Kriegskasse verscharrte; und so hofft man auch immer noch, die Kriegskasse selbst zu finden.

XVIII. Gewässer.

208. Die Marienquelle bei Rechta.

Nicht weit von dem Gute Rechta in Kujawien befindet sich eine Kapelle, in der hin und wieder von dem Propste aus Hochkirch Messe gelesen wird. Sie ist von einem Kirchhof umgeben. Auf diesem ist eine Quelle, die wie ein kleiner Brunnen eingefriedigt ist. Ihr Wasser soll früher heilkräftig gewesen sein. Blinde, die sich ihre Augen mit dem Wasser wuschen, wurden wieder sehend. Einmal kam auch ein Jude mit seinem blinden Gaul dorthin und wusch ihm die Augen mit dem heilkräftigen Wasser. Der Gaul wurde zwar sehend, aber das Wasser hatte seine Heilkraft verloren.

Neben der Quelle liegt ein Stein mit einem deutlichen Fußabdruck. Dieses Zeichen auf dem Stein soll die Mutter Gottes hinterlassen haben, als sie auf die Erde herabgekommen war, um das Wasser der Quelle heilkräftig zu machen.

209. Die Quelle bei Rzadkwin.

Links vom Wege von Rzadkwin nach Pakosch befindet sich gleich hinter Rzadkwin ein Wall, der in der Mitte einen mächtigen Quell birgt. Auf diesem Wall soll früher eine

Kirche gestanden haben; sie ist aber versunken, und an ihrer Stelle befindet sich der Quell. Vor einigen Jahren warf das Wasser noch einen mächtigen Balken heraus, der von der untergegangenen Kirche gewesen sein soll. Bei dieser Quelle wird oft frühmorgens ein grau gekleideter Mann gesehen. Jedesmal kommt er nach dem Wege hin. Hier löst er sich in Wind auf und verschwindet alsdann.

210. Der Quell am Kreuzberge bei Wreschen.

Wenn man von Wreschen nach Przyborki geht, kommt man am Kreuzberge vorbei, an dessen Fuß sich in vielen Windungen die Wreschnia hinschlängelt. Den Gipfel des bewaldeten Berges schmückt eine kleine, ganz aus Holz erbaute Kirche. An seinem Fuße, nicht weit vom Ufer der Wreschnia entfernt, erhebt sich ein kleiner Turm. Im Innern dieses Gemäuers befindet sich eine alte Quelle, über der ein Heiligenbild hängt. Auf dem Kreuzberge soll einst eine Kirche gestanden haben, die versunken ist. Der Quell brach hervor, nachdem in geheimnisvoller Nacht die Tiefe den Glocken ein stilles Grab bereitet hatte. Noch heute will man hier und da aus dem dunkeln Schoß der Erde dumpfen Glockenklang vernehmen.

211. Die heilkräftige Quelle bei Lenartowice.

Auf der Feldmark von Lenartowice bei Pleschen steht eine Kapelle, neben der sich ein Quell befindet. An der Stelle soll vorzeiten eine Kirche gestanden haben, die aber verschwunden ist. Die Quelle soll früher bei Augenleiden sehr wirksam gewesen sein. Einst weidete ein Mädchen Kühe auf der in der Nähe liegenden Wiese. Da sie Durst hatte, ging sie zu der Quelle, um Wasser zu schöpfen. Sie hatte aber kein Gefäß. Als sie sich nun niederbückte, um zu trinken, fielen ihre Zöpfe ins Wasser, und an dieselben hängte sich ein Kreuz an. Während sie damit spielte, kam ein Mann vorüber, der nahm ihr das Kreuz weg und trug es nach der Kirche, wo es sich noch jetzt befindet. Ein Schäfer, der ebenfalls auf dem Felde weidete, soll seinen Hund, der blind war, in die Quelle hineingeworfen haben, und seit der Zeit hat das Wasser seine Heilkraft verloren.

Die Kapelle wird am ersten und zweiten Pfingsttage von Ablaßgängern besucht, die auch jetzt noch von dem Wasser mitnehmen.

212. Der wandernde Teich bei Brudzyn.

Von dem Gute Brudzyn bei Janowitz führt ein schmaler Fußweg nach Wybranowo. Links von ihm befindet sich ein kleiner kesselförmiger Teich, der dem Gute Brudzyn sonst zum Waschen der Schafe vor der Schur dient. Dieser Teich soll die Eigenschaft besitzen, daß er in manchen Nächten den Leuten den Weg verlegt. Dabei dehnt er sich so aus, daß er die Größe eines Sees bekommt. Der Wanderer kann dann nicht durchkommen, auch wenn er die Felder passieren wollte, denn der gespenstische Teich versperrt ihm den Weg immer weiter. So wird erzählt, daß schon viele Leute stundenlang in der Nacht umhergingen, ohne einen Durchgang zu erblicken. Zu einer bestimmten Stunde, drei Uhr nach Mitternacht, verschwindet das Wasser auf einmal, und man findet den Teich wieder an seiner alten Stelle.

213. Der wandernde Teich in Kujawien.

Im Norden des Fleckens Blütenau liegt ein zum Orte gehöriger Abbau. Ein von Blütenau führender Weg verbindet ihn mit dem Flecken. Von diesem Wege etwa 1000 Schritte entfernt befindet sich auf dem Felde ein Teich. Das Volk glaubt, daß darin eine alte heidnische Ortschaft versunken sei; denn zu bestimmten Zeiten treten aus demselben Wohnungen an das Ufer und bilden so eine ganze Ortschaft. Man trifft dort in einer solchen Nacht Wohnungen an, die man noch nie gesehen hat.

Der Teich soll aber auch die Fähigkeit besitzen herumzuwandern. Oft soll er von Wanderern mitten auf dem Wege gesehen worden sein, so daß sie in der Nacht lange umherirren mußten, ohne weiter zu kommen. So ging vor mehreren Jahren eine Frau aus Blütenau diesen Weg, um nach dem Dorfe Bytow zu gelangen. Sie war in der Gegend wohlbekannt und ging ziemlich schnell, da zu Hause ihr Kind krank lag. Auf einmal erblickte sie rechts und links erleuchtete Wohnungen, und dann sah sie mitten im Wege den sonst abseits liegenden Teich. Die Nacht war nicht besonders dunkel, und

so konnte sie die Wellen auf dem Teich erkennen, und sie hörte auch das Schäumen des Wassers. Vor Schrecken und in dem Glauben, sich auf einem falschen Wege zu befinden, kehrte sie um und ging zurück; aber bald erkannte sie, daß es der richtige Weg war. Zum zweiten Male ging sie vorwärts, kam aber wieder an den Teich. Da ging sie an eine der Wohnungen. Die niedrigen Fenster gestatteten ihr den Einblick in die hell erleuchtete Stube. Aber die sonderbare Einrichtung und die wildfremden Menschen darin machten sie erschrecken, und sie ging wieder bis an den Teich. Noch hörte sie das Rauschen der Wellen, obgleich gar kein Wind war. Dann wurde es auf einmal still, und der Weg lag frei vor ihr. Wohnungen und Teich waren plötzlich verschwunden.

214. Der rote Brunnen.

In dem Dorfe Deutscheck im Kreise Schroda (früher Trzek) war auf der Wiese des Wirtes Olszewski ein Brunnen, dessen Wasser eine rötliche Färbung hatte. Über den Ursprung dieser Färbung erzählen die Leute folgendes: Früher wohnten in Deutscheck zwei Brüder, die sich beide in dasselbe Bauermädchen verliebt hatten. Der ältere Bruder hatte mehr Aussichten, das Mädchen zu bekommen, da er das väterliche Gut erben sollte. Nun begab sich der jüngere Bruder zu den Schweden, die damals Kostschin belagerten, und verleumdete seinen Bruder als Spion. Die Schweden nahmen den Bruder gefangen und töteten ihn. Der jüngere Bruder wollte nun den Getöteten heimlich vergraben und machte zu diesem Zweck ein Loch in die Erde. Auf einmal stieß er auf einen großen Stein, und als er diesen ausgraben wollte, da stürzte so viel Wasser hervor, daß der Verleumder ertrank. Aus der Wunde des Getöteten aber, der neben der Grube lag, quoll noch Blut hervor, und dieses färbte das Wasser rot. Und Gott ließ auch in Zukunft das Wasser rot gefärbt sein, damit die Leute den Vorfall immer vor Augen hätten und sähen, wie schrecklich es ist, den Bruder zu töten.

Andre erzählen, daß der Brunnen, in dem die Brüder untergingen, sich nicht in Deutscheck, sondern in Czerlejno (jetzt Scheringen) auf dem Hofe eines Wirtes befindet. Tatsache ist, daß beim Vertiefen des Brunnens mehrere Menschenschädel gefunden wurden.

XIX. Städte, Schlösser, Kirchen und andre Bauwerke.

215. Die Gründung von Strelno.

Die heutigen Wälder um das Städtchen Strelno hatten früher, als noch keine Spur von der Stadt vorhanden war, eine viel größere Ausdehnung als jetzt. Sümpfe und Moräste wechselten mit Waldstrecken ab und bildeten einen vorzüglichen Aufenthalt für alle möglichen Sumpfvögel. Besonders wurde einer der Sümpfe von den Jägern viel besucht; denn stets trugen sie reiche Beute heim. Unter den Jagdliebhabern befanden sich auch zwei Brüder. Als diese eines Tages an dem Sumpf auf Vögel lauerten, wurde der eine von ihnen müde. Er ging nach dem nahen Hügel und verfiel dort nach kurzer Zeit in einen tiefen Schlaf. Wunderbare Träume weckten ihn daraus empor, und da er schwärmerisch veranlagt war, sah er sie als ein Zeichen vom Himmel an und erbaute auf dem Hügel ein Kloster und daneben eine Kirche, die noch heute zu sehen ist. Nach und nach bauten sich Ansiedler um das Kloster an, und da der Sumpf sich ebenfalls ganz nahe bei dem Kloster befand, so entstand bald rings um denselben eine Häuserreihe. Da der Ort auch einen Namen haben mußte, so nannte man ihn nach dem vielen Schießen Strzelisko, woraus erst später Strzelno und dann Strelno wurde. Als dann aus dem Dorfe eine Stadt wurde und man eines Marktplatzes bedurfte, fällte man in der ganzen Umgegend Bäume und versenkte sie in den Sumpf, bis von diesem nichts mehr übrig blieb. Das Bild des Gründers aber soll noch heute in der Strelnoer Kirche zu sehen sein.

216. Die Gründung der Stadt Rogasen.

Vor einer Reihe von Jahren, als Rogasen noch keine Eisenbahn hatte, ritt einmal ein Mann von Rogasen nach Posen. Es war Mitternacht, als er die Stelle passierte, wo sich jetzt die Anlagen hinter dem evangelischen Kirchhof (der Weisepark) befinden. Da hörte er plötzlich ein Plätschern im nahen See, und bald darauf sprang ein ungewöhnlich großer Hund hervor. Dieser holte das Pferd bald ein und lief dann

immer neben ihm her. Er war nur wenig kleiner als das Pferd; seine Augen glänzten in der Dunkelheit, und Feuer sprühte ihm aus dem Maul. Als das Pferd den Hund sah, da schnarchte es auf und ging mit dem Manne durch. Der Hund lief zuerst noch eine Strecke neben dem Pferde her, dann überholte er es und stellte sich ihm in den Weg. Da blieb es stehen, und der Hund blies ihm die Luft, die er ausatmete, ins Maul. Pferd und Reiter stürzten wie tot zu Boden.

Wie man damals erzählte, hatte diese Erscheinung folgenden Grund: Vor Jahrhunderten, als hier in der Gegend die Leute noch Heiden waren, lebte zu Rogasen ein mächtiger Ritter. Er war ein großer Christenfeind und verfolgte die Christen, wo er nur konnte. Er hatte drei Söhne. Als er erfuhr, daß sein jüngster Sohn in geheimer Verbindung mit den Christen stand, ließ er ihn ermorden. Der Ritter hatte auch eine Feste und ein Heer. Die Feste stand dort, wo auch das alte Schloß von Rogasen einst gestanden hat. Sie war stark befestigt und durch den See und die Welnasümpfe hinreichend geschützt. Nach der Ermordung des jungen Ritters nun vereinigten sich mehrere christliche Edelleute, um den alten Heiden zu bekämpfen. Sie zogen mit einem großen Heer vor seine Festung und nahmen sie nach erbittertem Kampfe ein. Die Heiden hatten sich so lange tapfer verteidigt, bis keiner mehr von ihnen am Leben war.

Die Christen freuten sich ihres Sieges und steckten die Feste in Brand. Sie meinten, daß auch der heidnische Ritter, der so tapfer gekämpft hatte, unter den Gefallenen sei. Doch fanden sie ihn nicht unter den Leichen und suchten ihn deshalb überall. Erst am vierten Tage fand ihn sein ältester Sohn, der auch ein Christ war, zwischen den Binsen und dem Schilf im See liegen. Er war zum Tode ermattet. Der Sohn fragte ihn, was für Hilfe ihm jetzt wohl am heilsamsten sei; und der alte Ritter sagte, er habe jetzt die Macht des Christengottes erkannt und wolle auch ein Christ werden. Der Sohn freute sich darüber sehr, und sofort holte er, da der Vater schon sehr schwach war, einen christlichen Priester zur Stelle. Der alte Ritter erhielt die Taufe und verschied dann gleich darauf mitten zwischen den Binsen. Der Sohn aber gründete aus Freude darüber, daß sein Vater ein Christ geworden war, bei der alten Feste eine Stadt, die er von den

Binsen, zwischen denen er den Vater gefunden hatte, Rogożno nannte.

Der zweite Sohn des alten Ritters blieb Heide und großer Christenfeind. Er kam später in dem See um, und seit der Zeit soll alle zehn Jahre an einem bestimmten Tage ein großer schwarzer Hund aus dem See herauskommen und die Vorübergehenden erschrecken.

217. Der Schloßberg zu Posen.

Mit Abbildung.

Es war wahrscheinlich der großpolnische Herzog Przemyslaus, der im 13. Jahrhundert auf dem linken Ufer der Warthe auf einem ziemlich bedeutenden Hügel ein Schloß erbaute. Dieser Hügel hat nach der Volkssage folgenden Ursprung: Als nach dem Tode Mieczyslaus des Trägen die im Christentum noch nicht recht befestigten Bewohner Posens zum Heidentum zurückzukehren begannen, geriet Gott darüber in Zorn und befahl dem Luzifer, dem Obersten der Teufel, sie für ihren Abfall zu bestrafen. Dieser gebot seinen Teufeln, einen Berg aus Schlesien zu holen, in das Bett der Warthe zu werfen und dadurch das Wasser des Flusses einzudämmen, damit es über die Ufer trete und die in Schlaf versunkenen Einwohner der Stadt verderbe. So sehr sich auch die Teufel beeilten, den Berg aus Schlesien nach Posen zu bringen, so verspäteten sie sich doch ein wenig; denn als sie nur noch wenig Schritte von der Warthe entfernt waren, begann der Hahn zu krähen. Sofort ließen sie den Berg niederfallen und kehrten unverrichteter Sache zur Hölle zurück. Am andern Morgen wunderten sich die Posener nicht wenig, als sie an der Stelle einen Hügel erblickten, wo am Tage vorher noch eine weite Fläche gewesen war.

Andre erzählen wieder: Zur Zeit des Königs Kasimir des Großen habe ein gottloser Woiwode von Posen mit dem Teufel ein Bündnis geschlossen, daß er ihm alles verschaffe, was er wünsche; dafür solle er nach seinem Tode seine Seele haben. Er habe aber den Teufel betrogen, so daß er ohne seine Seele abziehen mußte. Aus Rache habe der Teufel aus der Gegend von Schwerin an der Warthe einen großen Berg geholt, um ihn in die Warthe zu werfen und die Stadt zu

Der Stein von Jedlec.

überschwemmen, sei aber durch das Krähen des Hahnes daran gehindert worden.

Weiter wird dann noch berichtet: Der König ließ bald darauf auf diesem Hügel ein Gebäude errichten, und in einem unterirdischen Gefängnis wurde der gottlose Woiwode eingesperrt. Hier endigte er sein Leben durch Hunger. Erst später wurde auf dem Schloßberge das Königsschloß erbaut.

218. Das Schloß zu Bromberg.

Mit Abbildung.

In der Nähe von Bromberg, fast unmittelbar hinter der Stadt, erhob sich einst ein altes Schloß, dessen spärliche Ruinen erst in der neuesten Zeit beseitigt wurden. Niemand weiß heutzutage anzugeben, wer es gebaut, wer darin gewohnt hat, wie es in Verfall geraten ist; aber die Volkssage umrankte die alten Ruinen, indem sie folgendes erzählt:

Lange Jahre hindurch stand auf einer Bodenerhebung in der Nähe des Braheflusses das Schloß Bydgoszcz. Dort wohnte ein junger Ritter mit seiner Schwester. Eines Tages erschien vor den Toren der Burg ein Ritter mit verdecktem Visier und bat um gastliche Aufnahme; doch war er nicht zu bewegen, das Visier zu öffnen und sich zu erkennen zu geben. Trotzdem wurde er aufgenommen. Als er aber schlief, glaubten der junge Schloßherr und seine Schwester in ihm denjenigen aufgenommen zu haben, der ihnen den Bruder ermordet hatte. Ohne sich die Folgen ihrer Tat zu überlegen und um ihre Rache zu befriedigen, erdolchten sie ihn. Nicht lange darauf meldete sich ein zweiter Ritter vor dem Schloßtor an, und als man ihn hineingelassen hatte, erkannten die Geschwister in ihm zu ihrem Staunen und Schrecken den totgeglaubten Bruder. Dieser klärte sie darüber auf, daß die Nachricht von seiner Ermordung falsch gewesen; er sei zwar angefallen, aber von seinem Freunde, der wohl schon auf der Burg angelangt sein müsse, gerettet worden. Als der Angekommene jedoch erfuhr, was sich auf der Burg ereignet hatte, verließ er sie auf der Stelle, indem er sich von seinen Geschwistern lossagte.

Seitdem lastete auf dem Orte, wo sich die schreckliche Tat zugetragen hatte, ein Fluch, den erst die Enkel der Missetäter durch Wohltaten sühnten. Aber noch jetzt — wenigstens

so lange die alte Ruine stand — erscheint jährlich am Tage der Untat, am 13. November, jedem, der in der Nacht zwischen 11 und 1 Uhr den Weg bei der einstigen Burg geht, eine Katze von gewaltiger Größe, die unruhig immer wieder und wieder durch das zerfallene und verwitterte Gemäuer eilt.

219. Die Benediktinermönche zu Gnesen.

Dort, wo jetzt die Stadt Gnesen liegt, war früher ein großer Wald mit gewaltigen Eichen, voll von Gestrüpp und von Sümpfen. Gerade diese Gegend suchten sich die Benediktinermönche aus, als der polnische König Boleslaus Chrobry sie in sein Land gerufen hatte, um ein Kloster und eine Kirche zu bauen. Zu diesem Zwecke reinigten sie die Gegend von dem Gestrüpp und hauten die Eichen nieder. Am Abend nach der angestrengten Arbeit ließen sie sich dann auf die Baumstümpfe nieder und beteten. Sie aßen nur einmal am Tage, und zwar nährten sie sich nur von trockenem Brot und Brunnenwasser.

Eines Tages kam eine Fischerin zu ihnen und bot ihnen, da sie Mitleid mit ihnen hatte, Fische an; doch die Mönche wollten sie nicht annehmen. Als sie dennoch nicht mit Bitten nachließ, da entschloß sich der Prior endlich, einen Fisch zu behalten. Die Fischerfrau ging ihres Weges, und die Mönche teilten den Fisch unter sich. Den Kopf warfen sie nach der Mahlzeit in einen nahen Brunnen, aus dem sie täglich Wasser schöpften. Als nun am nächsten Morgen einer von den Brüdern aus dem Brunnen Wasser holte, da befand sich zu seinem nicht geringen Erstaunen ein großer Fisch in dem Eimer. Der Bruder erzählte es den andern, und sie sahen das alle als ein gutes Zeichen an. Beim Mittag aß dann jeder ein Stück Brot mit Fisch und trank Brunnenwasser dazu. Und jeden Tag holten sie aus dem Brunnen ihren Fisch, der für alle ausreichte.

So bauten sie die Kirche immer weiter, und schon stellten sie das Gerüst auf. Da kam eines Tages der König in ein nahes Dorf und hörte auch von dem Bau der Kirche. Am nächsten Tage ließ er den Prior zu sich kommen und fragte ihn, welche Mittel denn die Mönche zum Bau der Kirche hätten. Der Prior erwiderte, sie hätten keine und wollten auch keine haben. Darauf bot ihm der König eine große Geld-

summe an, aber der Prior wollte sie nicht annehmen; schließlich jedoch, als der König weiter in ihn drang, nahm er das Geld und ging fort.

Das hatten die Diener des Königs in Erfahrung gebracht, und sie beratschlagten, wie sie sich des Geldes bemächtigen könnten. Endlich beschlossen sie, des Nachts die Benediktiner zu überfallen und ihnen das Geld abzunehmen.

Es war gegen Mittag, als der Prior mit dem Gelde zurückgekehrt war. Da erzählten ihm die andern Brüder, der Fisch, den sie täglich aus dem Brunnen holten, sei ausgeblieben. Das schien dem Prior nichts Gutes zu bedeuten, und auch die Brüder waren unwillig darüber, daß er das Geld von dem König angenommen hatte. Man beschloß daher, es abseits von der Kirche zu vergraben. Als nun in der Nacht die Brüder in tiefem Schlafe lagen, kamen die Räuber, um ihnen das Geld zu nehmen. Sie ermordeten einen Bruder nach dem andern, und nur den Prior ließen sie leben, weil sie bei diesem das Geld vorzufinden hofften. Doch als sie erfuhren, daß das Geld vergraben sei, und daß sie es nicht würden finden können, da entschlossen sie sich, nachdem ihnen der Prior ihre Freveltat vor Augen gehalten hatte, ihr Verbrechen dadurch zu sühnen, daß sie in das Benediktinerkloster eintraten. Sie lebten denn auch mit dem Prior fromm und glücklich und bauten das Kloster und die Kirche zu Ende.

220. Die schwarze Prinzessin zu Samter.

Mit Abbildung.

In Samter befindet sich ein hoher Turm, die Bastei genannt. An ihn knüpft sich folgende Sage: Ein reicher Graf hatte eine sehr schöne Tochter, die er gern an einen reichen und mächtigen Fürsten verheiraten wollte. Doch die Tochter sträubte sich dagegen und gab schließlich vor, sie wolle überhaupt nicht heiraten. Im geheimen aber war sie in einen schönen Jüngling aus gräflichem Geschlechte verliebt. Sie wußte, daß der Vater eine Heirat mit diesem nicht zugeben würde, und da ihre Liebe von dem jungen Grafen erwidert wurde, so beschlossen die Liebenden, zu fliehen und sich in einem fernen Lande eine neue Heimat zu gründen. Doch das Verschwinden der Tochter wurde bald gemerkt, und nun sandte der Vater nach allen Richtungen Leute aus, die die Entflohenen ver-

folgen und zurückbringen sollten. Es gelang den Leuten auch, die Flüchtlinge zu ergreifen, und die Tochter wurde zu ihrem Vater zurückgeführt. Dieser war ein grausamer Mann, und erbarmungslos schlug er sein Kind. Aber dadurch war sein Zorn noch nicht besänftigt, sondern er ließ noch in Samter einen festen Turm bauen und die Tochter dort hineinsperren. Darin hat die Gräfin ihr ganzes Leben zugebracht, und kein Mensch hat sie mehr gesehen. Man erzählt sich aber, daß sie in der Gefangenschaft ganz schwarz geworden sei, und so nannte man sie dann die schwarze Prinzessin.

221. Die Glocken der Kirche zu Gembitz.

Die Kirche zu Gembitz soll nach einigen von den Engeln, nach andern von den Kreuzfahrern erbaut worden sein. Zu dem letzten Glauben scheint der Umstand Veranlassung gegeben zu haben, daß das Dach der Kirche mit einem Kreuz geziert ist. Diese Kirche soll früher einen ungewöhnlich hohen Turm gehabt haben. In demselben hingen drei Glocken, von denen die eine besonders groß war. Als die Schweden im Lande hausten, gelüstete es sie, die Glocken mitzunehmen; doch wollte es ihnen auf keine Weise gelingen, sie herunterzubringen. Da schossen sie mit Kanonen nach dem Turm. Der fiel auch um und erreichte mit seiner Spitze die etwa 100 Schritte entfernte Netze. Dabei zersprang die große Glocke in Stücke, und alles fiel in den Fluß. Nur ein Stück der großen Glocke fiel abseits in eine Torfgrube. Es wurde später aufgefunden, und aus ihm sollen die jetzt noch in der Kirche befindlichen Glocken gegossen worden sein.

222. Die Kirche zu Kruschwitz.

Zu Kruschwitz steht am Ufer des Goplosees die katholische Kirche. Sie ist aus Quadersteinen erbaut. Den Bau sollen Heilige begonnen haben. Es gab nämlich in Kruschwitz schon zu heidnischer Zeit viele Christen, aber noch kein Gotteshaus. Da kamen die Heiligen vom Himmel herunter und begannen die Kirche zu bauen. Einige setzten die Steine aufeinander, andre brachten Mörtel herbei, noch andre bearbeiteten das Holz. Die Rohmaterialien aber bewegten sich von selbst herbei. Sie kamen an den Goplosee, und das Wasser beförderte sie bis an die Stelle, wo die Kirche gebaut wurde.

So ging der Bau schnell vonstatten, und nur eine Nacht war noch nötig, um die Kirche ganz fertigzustellen. Nun wohnte am Ufer des Sees eine alte Frau. Das Gerassel der schwimmenden Steine und das Brausen des Sees erweckte sie aus dem Schlafe. Sie stand auf, ging vor das Haus und fluchte dem Werke. Da wurde alles still. Die Steine und Balken fielen in den See, und die Heiligen mußten weinend das fast vollendete Werk verlassen.

Zum Andenken daran hat man später die Gestalten der Heiligen aus Goldblech verfertigt und am Hauptaltare in der Kirche aufgestellt. Als aber die Schweden ins Land kamen, nahmen sie dieselben mit. Infolge des Fluches der Frau hat man lange, lange Jahre auf die Vollendung der Kirche warten müssen.

Die Kirche zu Kruschwitz soll auch die Fähigkeit haben, sich auszudehnen. Namentlich findet dies statt zur Zeit des Ablasses, wenn viele Menschen den Gottesdienst besuchen. Anfangs wollte man nicht daran glauben. Da ließ ein Graf die Kirche mit einer starken Kette umspannen. Zur Zeit des Ablasses aber sprang die Kette und fiel in den Goplosee.

225. Die Kirche zu Pakosch.

In der Kirche zu Pakosch befindet sich ein kleines Teilchen des heiligen Kreuzes, das soll von einem polnischen Fürsten auf folgende Weise erworben worden sein: Der Fürst war nach Rom gereist in der Absicht, einen Teil dieser Reliquie für seine Stadt zu erwerben. Er bat den Papst, er möchte ihm doch seinen Wunsch erfüllen; aber trotz alles Bittens verweigerte der Papst es ihm. Als der Fürst nun sah, daß er auf gütlichem Wege nichts ausrichten könne, beschloß er, sein Vorhaben durch List auszuführen. Er bat um die Erlaubnis, das heilige Kreuz wenigstens küssen zu dürfen. Das wurde ihm gestattet. Da ihm der Papst aber doch mißtraute und dachte, er möchte einen Teil des heiligen Kreuzes stehlen, so stellte er eine Wache bei der Reliquie auf. Der Fürst küßte nun das Holz und biß dabei einen kleinen Teil ab. Er kehrte glücklich nach Pakosch zurück und ließ die Reliquie in eine goldne Kapsel einfassen, und diese ruht der Sage nach noch heute in dem großen Kreuz in der Kirche.

224. Die zerschnittene Ochsenhaut.

Von der Jesuitenkirche in Posen erzählt man folgende Sage: Als am Ende des achtzehnten Jahrhunderts die Klosterkirche der Jesuiten die Gläubigen nicht mehr fassen konnte, sahen die Jesuiten sich genötigt, eine andre, geräumigere Kirche zu bauen. Hierzu hatten sie aber die Genehmigung des preußischen Königs nötig. Sie richteten deshalb ein Bittgesuch an den damaligen preußischen Herrscher. Dieser willfahrte ihrer Bitte, doch unter der Bedingung, daß der Raum der neuen Kirche nur den eines Ochsenfelles einnehmen solle. Als die Jesuiten das hörten, wurden sie sehr traurig, und zugleich waren sie verwundert darüber, wie nur der König von ihnen verlangen könne, eine so kleine Kirche zu bauen. Da verfiel einer von ihnen auf das Beispiel der Königin Dido von Karthago, und sofort teilte er seinen Plan den Brüdern mit. Diese erachteten ihn für gut, und man zerschnitt nun ein Ochsenfell in ganz schmale lange Streifen und heftete diese zusammen, so daß sie eine ganz beträchtliche Länge bekamen. Dann umlegte man mit diesem Streifen einen großen Platz und baute darauf eine Kirche, die heutige Jesuiten- oder Pfarrkirche, aber genau so groß, daß die Streifen sie auf allen Seiten umgaben. Zum Andenken daran gaben die Jesuiten der Seite, auf der sich der Hochaltar befindet, das Gepräge eines Ochsenkopfes.

225. Die Mütze in der Kirche zu Goluchow.

In der Kirche zu Goluchow bei Pleschen befindet sich eine Mütze, die einst rot gewesen, im Laufe der Zeit aber ganz schwarz geworden ist. Von dieser Mütze hat sich folgende Sage erhalten: Einst kehrte der Fürst Sapieha, ein gottloser und willkürlicher Herr, von seinen Streifzügen nach seinem Sitz in Goluchow zurück. In seinem Übermut ging er in die Kirche hinein, ohne die Mütze vom Kopf zu nehmen. Da soll sich die Mütze von selbst vom Kopfe erhoben und in der Luft geschwebt haben. Jetzt ist sie an einer eisernen Kette aufgehängt.

226. Die Bożemenke bei Grocholin.

An dem Wege von Exin nach Grocholin steht ein alter Heiligenstock, von dem die Leute folgende Sage erzählen: Vor vielen Jahren, als es in der Exiner Gegend noch mehr

Wälder gab als jetzt, hatte ein polnischer Edelmann, dem damals das Dorf Grocholin gehörte, eine große Treibjagd veranstaltet. Als diese schon einige Zeit ohne Erfolg gedauert hatte, entfernte sich der Edelmann ohne Begleitung von seinen Jagdgenossen, um sein Glück allein zu versuchen. Plötzlich wurde er von einem mächtigen Eber angefallen. In seiner Not nahm er sein Jagdhorn, um seine Genossen herbeizurufen. Aber der Eber wurde durch den Ton des Hornes noch mehr gereizt und rannte so heftig gegen den Edelmann an, daß er zu Boden stürzte. Und er wäre auch sicherlich getötet worden, wenn ihm nicht in dieser bedrängten Lage von einigen Jägern, die den Ruf des Hornes gehört hatten, Hilfe gebracht worden wäre. Der gerettete Graf beschloß nun, Gott zu Ehren für die Errettung ein Denkmal zu errichten, und so baute er an der Stelle jene Bożemenke, die noch heute steht.

227. Die Säulen bei Welna.

Nicht weit von dem Gutshofe Welna stehen, etwa 200 Meter voneinander entfernt, zwei hohe Säulen, auf denen sich früher Heiligenbilder befunden haben. Hier sollen sich einst zwei polnische Edelleute mit Büchsen duelliert haben. Sie erschossen sich gleichzeitig, und an den Stellen, wo sie gefallen waren, wurden die beiden Säulen errichtet.

228. Der Obelisk im Parke zu Bomblin.

Im Parke zu Bomblin im Kreise Obornik steht ein aus Steinen hergestellter Obelisk, der zum Andenken an einen früheren Besitzer des Gutes gesetzt worden ist. Kasimir Duszycki war Major und kämpfte tapfer in den Reihen der Aufständischen. In einer blutigen Schlacht wurde seine Abteilung aufs Haupt geschlagen; er mußte fliehen. Auf der Warthebrücke in Obornik holten ihn die Feinde ein und erschossen ihn. Den Leichnam warfen sie in die Warthe. Die Fluten brachten ihn bis nach Bomblin, wo er herausgefischt und in dem dortigen Parke begraben wurde. Über seinem Grabe steht der Obelisk. In manchen stürmischen Nächten wollen ihn die Leute dort herumwandeln gesehen haben. Auch soll er sich im Schlosse gezeigt haben, so oft das Gut an einen neuen Besitzer überging.

229. Die Türme des Schlosses von Rożbitek.

Mit Abbildung.

In der Nähe der Försterei Berg im Kreise Birnbaum liegt, von Wald umgeben, eine sumpfige Vertiefung, die polnisch pieklo d. i. Hölle genannt wird. Diesen Ort meiden die Bewohner der Umgegend; denn man erzählt, dort habe sich einst ein Graf aus Rożbitek erschossen, und es sei darum an der Stelle nicht geheuer. Leute, die in der Nacht nach dem Dorfe Schrimm gehen wollten, hörten, als sie dort vorbeigingen, ein seltsames Geräusch, das bald einem Klirren von Schwertern und Ketten, bald einem Schusse ähnlich war. Sie wollten davonlaufen; doch mit einem Male kam auf weißem Rosse ein Geist geritten, der mehr in der Luft als auf der Erde sich zu befinden schien. Sie konnten nicht eher von der Stelle, als bis der Reiter verschwunden war. Der Geist soll jener Graf gewesen sein. Man erzählt auch, daß der Grund zu seinem Selbstmord der Umstand gewesen sei, daß er auf seinem Schlosse zu Rożbitek nicht hundert Türme aufbauen konnte; denn der hundertste Turm fiel jedesmal, wenn er fast fertig war, wieder ein und richtete großen Schaden an. Die Leute versuchten früher, Steine in das pieklo zu werfen, damit der Graf nicht mehr herauskomme; aber das half nichts.

Andre erzählen die Geschichte von den Türmen anders. Als nämlich den polnischen Truppen im Dom von Gnesen das Ende Polens angekündigt worden war, sammelten sich einige Trümmer des Heeres im Schlosse Rożbitek und bauten auf demselben hundert Türme, um die hundert Gefangenen, die sie mit sich gebracht hatten, dort einzeln gefangen zu halten. Der hundertste Turm aber fiel bei jedem Aufbau um. Sie ließen nun den hundertsten Gefangenen, der in diesen Turm kommen sollte, los. Der ging zu seinem Heere und erzählte seinen Kameraden und seinem Feldherrn alles. Dieser eroberte darauf das Schloß und befreite die Seinigen. Das Schloß zählt jetzt nur noch 53 Türme.

230. Der Grabhügel bei Bienenwerder.

Im Kreise Schubin liegt das Vorwerk Bienenwerder. Zwischen diesem und dem Städtchen Labischin befindet sich nicht weit von der Landstraße ein merkwürdiger Grabhügel: er besteht hauptsächlich aus Steinen, Baumästen und kleinen

Zweigen. Abergläubische Leute meiden diesen Ort, namentlich zur Nachtzeit; man will dort bald einen kopflosen Fußgänger, bald einen mächtigen schwarzen Hund gesehen haben. Auch einen verwegenen Reiter sah man auf einem feurigen Rappen dahinjagen. Alte Leute erzählen über den Grabhügel folgendes: Zu Anfang des vorigen Jahrhunderts lebten in jener Gegend zwei Brüder, die Schäfer waren. Beide waren einem und demselben Mädchen zugetan und wollten es heiraten, und jeder trachtete darnach, sich seines Nebenbuhlers zu entledigen. Nun führte in der damaligen Zeit jeder Schäfer zum Schutz gegen die Wölfe eine Pistole bei sich. Eines Abends trafen sich die beiden Brüder im Walde, und von finsteren Gedanken beseelt griffen sie nach der Pistole. Fast gleichzeitig knallten zwei Schüsse, und beide Brüder blieben zu Tode getroffen auf dem Platze. Als man am nächsten Morgen die Leichen fand, begrub man sie an derselben Stelle, wo sie gefunden waren. Jeder Vorübergehende aber warf einen Stein oder einen Zweig auf die Gräber, und so ist jener Grabhügel entstanden.

XX. Steine.

231. Der Stein bei Chelmno.

An der Chaussee, die von Pinne nach Chelmno führt, steht in der Nähe des Dorfes Chelmno ein Christuskreuz, das mit einem Gitter eingefaßt ist. Am Fuße des Kreuzes liegt ein platter Stein, in dem sich ein Fußabdruck befindet. Die Leute erzählen, daß Christus in dieser Gegend gewesen sei und den Stein betreten habe. Daher soll der Abdruck stammen.

232. Der Stein bei der Kirche zu Blazejewo.

Am Eingange der Kirche zu Blazejewo bei Dolzig liegt an der rechten Seite der Pforte ein mächtiger Stein von quadratischer Form, von dem folgendes erzählt wird: Einst gedachte der Teufel den Bewohnern des Dorfes einen bösen Streich zu spielen. Er suchte sich diesen mächtigen Stein aus, um die Kirche zu vernichten. Schon war er damit in die Nähe des Kirchleins gekommen, als in der Morgenfrühe ein Hahn krähte. Zwar warf er in seinem Zorn den Stein nach der Kirche, aber der Stein erreichte sie nicht, sondern fiel

dicht bei der Kirche nieder. Nach vielen Jahren versuchte man, den Stein von der Stelle zu entfernen, aber vergebens; trotzdem man zwölf Pferde vorspannte, gelang es nicht, ihn fortzubewegen. Und so liegt er denn noch an seiner alten Stelle.

233. Der Stein bei Lutom.

An der Straße von Lutom nach Garstedt liegt ein großer Stein, von dem die Leute folgende Sage erzählen: Ein armer Bauer rief einmal den Teufel und bat ihn, er solle ihm Geld geben; dafür solle er nach 20 Jahren seine Seele haben. Der Teufel kam auch wirklich und gab dem Manne viel Geld. Der Bauer lebte nun glücklich und zufrieden mit seiner Familie. Als die Frist um war, erschien der Teufel und forderte die Seele des Mannes, ließ ihm aber vor seinem Tode noch einen Wunsch. Der Bauer wünschte nun, daß der Teufel eine Brücke über den Lutomer See baue, und zwar in einer Zeit von drei Stunden, von 11 bis 2 Uhr in der Nacht. Der Teufel baute sehr eifrig an dem Werke. Bald hatte er es vollendet; nur einen großen Stein, der ziemlich weit vom See entfernt auf einem Felde lag, mußte er noch herbeischaffen. Als nun der Teufel weggeflogen war, störte der Mann den Hahn auf, der gleich darauf krähte. Der Teufel, der schon wieder zurückkam, ließ sofort, als er das Krähen hörte, den Stein fallen und flog davon; denn länger als bis zum Hahnenschrei darf der Teufel nicht auf der Erde bleiben. So hatte der Bauer seiner Seele die Freiheit verschafft.

Der Stein ist ein Granitblock und viereckig. Alte Leute erzählen, daß er immer tiefer in die Erde sinkt.

234. Der Stein von Jedlec.

Mit Abbildung.

Im Walde von Jedlec im Kreise Pleschen befindet sich nicht weit von der russischen Grenze entfernt, umgeben von hohen Tannen, ein ungeheurer Stein von etwa 5 Meter Höhe und 20 bis 25 Meter Umfang. Er ist vielleicht der größte erratische Block in der Provinz. Von ihm geht die Sage, daß er von dem Teufel an jener Stelle liegen gelassen wurde. Der Satan hatte nämlich die Absicht, die Kirche von Kotlow mit dem Stein zu zertrümmern; aber noch ehe das geschah, krähte der Hahn, und der Teufel mußte die Erde

verlassen. Auf dem Stein sind Vertiefungen zu sehen, die sollen von den Händen des Teufels herrühren.

Auch jetzt soll der Teufel noch bei dem Stein sein Wesen treiben. Eine alte Frau hat ihn dort in der Gestalt eines greisen Mannes gesehen, wie er gerade damit beschäftigt war, ein Feuer anzuzünden.

235. Die Steine bei Hammer.

Bei dem Dorfe Hammer im Kreise Czarnikau liegen an einer Stelle ziemlich große Steine, die im Quadrat beieinander gelegt sind. Das sollen die Überreste eines Gasthauses sein. In diesem Gasthause war an einem Sonnabendabend ein großes Tanzvergnügen. Die Leute tanzten die ganze Nacht hindurch bis in den Sonntag hinein, während die andern schon zur Kirche gingen. Da erschien plötzlich ein kleiner Zwerg im Saale und ermahnte die Tanzenden, aufzuhören und in die Kirche zu gehen. Aber sie verlachten ihn und tanzten weiter. Da fiel das Haus mit lautem Krachen zusammen, und es ist jetzt nichts mehr davon zu sehen als jene Steine, die einst das Fundament des Hauses gebildet haben.

236. Das steinerne Pferd bei Jarotschin.

An der Chaussee, die von Jarotschin nach Lissa führt, sieht man einen großen Steinblock und bei ihm viele andre Steine. Von diesen Steinen erzählt man in der Umgegend folgendes: Ein Fürst Sapieha, der Besitzer vieler Güter bei Jarotschin, ritt einst am ersten Osterfeiertage mit einer zahlreichen Dienerschaft auf die Jagd. Er scheute sich nicht, an diesem hohen Feiertage eine Jagd zu veranstalten; aber Gott, der seiner nicht spotten läßt, bestrafte den Fürsten hart. Denn als er mit seinen Knappen im Walde dem Wild nachsetzte, verwandelte er ihn samt den Dienern in Steine. Der große Stein soll das Pferd des Fürsten sein, die übrigen sind der Fürst und seine Begleiter.

237. Der Stein bei Athanasienhof.

Mit Abbildung.

Westlich von Athanasienhof bei Samotschin liegt am Wege ein großer Stein, der etwa die Gestalt einer mit einem Pferde bespannten Kutsche hat. Er ist anderthalb Meter hoch

und gegen 2 Meter lang. Der vordere niedrige Teil des Steines wird für das Pferd, der höhere hintere Teil für die Kutsche gehalten. Die Leute erzählen, daß der Stein früher tatsächlich eine Kutsche gewesen sei und daß diese einem Besitzer in der Umgegend, einem Grafen, gehört habe, der wegen seines übermütigen und gottlosen Wesens überall gefürchtet war und von dem man die schlimmsten Dinge berichtete. Besonders pflegte er sich auch über Einrichtungen der Natur lustig zu machen. Eines Tages drohte ein Gewitter auszubrechen. Die Leute brachten alles in Sicherheit und banden das Vieh in den Ställen los. Als der Graf diese Zurichtungen sah, fing er an zu lachen und die Leute wegen ihrer Furcht zu verspotten; und um ihnen zu zeigen, daß er sich nicht fürchte, befahl er dem Kutscher, einen geschlossenen Kutschwagen anzuspannen. Als der Wagen vorgefahren war, stieg der Graf hinein, nachdem er noch dem vor Angst zitternden Kutscher zugerufen hatte, er solle nach dem Walde fahren. Hier stieg er aus und jagte eine Weile. Bald fing es zu regnen an, und er kehrte zum Wagen zurück. Um ihn herum tobte das Gewitter. Bei dem Wagen fand er den Kutscher nicht mehr vor, denn dieser war aus Furcht davongelaufen. So fuhr denn der Graf allein weiter. Als das Gewitter immer heftiger wurde, schoß er in seinem Übermut unter gräßlichem Fluchen in die Wolken. Da aber zuckte plötzlich ein Blitz auf die Kutsche herab, und im nächsten Augenblick war sie mit den Pferden und dem Grafen verschwunden. An ihrer Stelle lag am Wege jener Stein. Das Gewitter aber hatte plötzlich aufgehört.

In Vollmondnächten soll man nun noch jetzt den Stein blinken sehen, und die Leute behaupten, daß dieser Glanz von dem Geschirr der Pferde und den Klinken der Wagentüren herrühre. Bei herannahendem Gewitter wird der Stein gewöhnlich von den Leuten ängstlich gemieden. Sie sagen, es sei da nicht geheuer, und es soll auch in der Tat das Gewitter an der Stelle besonders heftig sein.

238. Der Stein bei Margonin.

Zwischen Margonin und dem Dorfe Prochnowo liegt unweit der Chaussee ein Stein, der fast die Größe und Gestalt eines kleinen Hauses hat. Deshalb behaupten die Leute auch,

dort habe ursprünglich ein Wirtshaus gestanden. Einst wurde, so erzählt man weiter, in demselben eine Hochzeit gefeiert. Plötzlich zog ein starkes Gewitter herauf. Die Leute aber kümmerten sich nicht darum; im Gegenteil: als es anfing, stärker zu donnern und zu blitzen, machten sie sich über das Gewitter lustig. Nur ein Mann nahm an dem allgemeinen Spotte keinen Anteil, sondern er verließ das Wirtshaus, um noch vor Ausbruch des Regens seine Wohnung zu erreichen. Kaum hatte er sich etwa hundert Schritte entfernt, da ertönte plötzlich ein lauter Krach hinter ihm. Da er glaubte, der Blitz habe in das Wirtshaus eingeschlagen, kehrte er um, um sich an der Rettung der Verletzten zu beteiligen; aber soviel er auch suchte, er konnte keinen Eingang finden und stieß überall nur auf Stein. Da sah er denn, welchem Schicksal er entronnen war. Das ganze Haus war in Stein verwandelt; aber im Innern hörte er die Leute noch weitertanzen. Sie waren in den Stein eingeschlossen, und auch jetzt noch erzählt man, daß man bei einem starken Gewitter die Hochzeitsleute in dem Stein tanzen hören kann.

239. Das verfluchte Gasthaus bei Riesenburg.

In der Nähe von Gollantsch liegt das Dorf Oleschno, jetzt Riesenburg. In demselben fand einst zur Fastnachtszeit ein Vergnügen statt, bei dem viel getanzt und getrunken wurde. Da geschah es, daß ein Mann, der bereits betrunken war, im Streit seinen Freund erstach. Dieser wurde nach Hause getragen, aber der Tanz dauerte trotzdem fort. In der Nacht um 12 Uhr kam ein unbekannter Mann und forderte die Leute auf, das Vergnügen zu beendigen; aber sie hörten nicht auf ihn, sondern warfen ihn hinaus. Nach einer Stunde kam der Mann wieder und bat die Leute aufzuhören; aber sie tanzten weiter, und der Mann entfernte sich. Nach wieder einer Stunde kam er zum dritten Mal und forderte die Leute auf, das Gasthaus zu verlassen. Da sie auch jetzt nicht auf ihn hörten, verfluchte er sie. In demselben Augenblick tat sich die Erde auf, und das Gasthaus mit allen Leuten, die darin waren, stürzte in die Tiefe. An der Stelle aber, wo es gestanden hatte, fand man am nächsten Morgen einen großen Stein, der noch heute dort liegt.

Die Leute erzählen auch, daß in der ersten Zeit Blut aus

dem Stein herauskam, wenn man mit einem scharfen Messer daraufschlug.

240. Der Stein bei Josephsruh.

In der Nähe von Josephsruh im Kreise Kolmar steht am Wege ein Stein, der unten schmal ist und dann allmählich breiter wird. In diesen Stein soll ein Wagen verwandelt worden sein, in dem ein Prinz und eine Prinzessin saßen, und die noch jetzt immer auf Erlösung harren.

241. Die Steine von Slupowo.

An der Grenze des Dorfes Slupowo im Kreise Schubin stehen zwei große Steine, die etwa zur Hälfte aus der Erde hervorragen und einige Gestalt mit Menschen haben mögen. Das sollen zwei Eheleute sein, die ein unglückliches Leben miteinander führten und sich gegenseitig fortwährend verwünschten. Als sie eines Tages dort auf dem Felde arbeiteten, gerieten sie wieder in Streit und riefen sich einander zu: „Ich wollte, daß du zu Stein würdest!" Und ihr Wunsch erfüllte sich sogleich: sie wurden beide in Stein verwandelt.

XXI. Die Tiere.

242. Warum das Pferd dem Menschen gehorcht.

Das Pferd ist viel größer und stärker als der Mensch, und doch gehorcht es ihm. Die Leute wissen auch zu erzählen, woher das kommt. Im Auge des Pferdes erscheint nämlich der Mensch zehnmal größer, als er in Wirklichkeit ist. Deshalb empfindet das Pferd Furcht vor ihm und fügt sich willig seinem Befehl.

243. Tiere reden in der Weihnachtsnacht.

Es ist ein weitverbreiteter Glaube, daß den Haustieren (Rind und Pferd) die Gabe verliehen sei, in der Weihnachtsnacht die Zukunft vorauszusehen und ihre Gedanken auch in Worten auszudrücken. Ein Bauer, der die Wahrheit dieses Glaubens bezweifelte, versteckte sich einmal in der Weihnachtsnacht im Kuhstall. Bis 12 Uhr wartete er vergebens; nach Mitternacht aber begannen die Tiere miteinander zu reden. Da hörte er denn, wie eine Kuh zu der andern sagte, daß der Bauer in drei Tagen werde begraben werden, und sein Sohn werde am Begräbnistage in den Brunnen fallen. Zuerst erschrak er sehr darüber, dann aber faßte er sich so weit, daß er ins Haus gehen und seiner Frau alles erzählen und ihr noch einschärfen konnte, am dritten Tage auf den Sohn acht zu geben und ihn ja nicht an den Brunnen gehen zu lassen. Darauf legte er sich zu Bett. Als seine Frau ihn am Morgen wecken wollte, fand sie ihn tot im Bette liegen. Eingedenk der Mahnungen ihres Mannes verschloß sie von jetzt ab den Brunnen und beauftragte am Begräbnistage ihres Mannes eine Person, dem Knaben auf Schritt und Tritt zu folgen und ihn vor dem Brunnen zu hüten. Der Knabe wollte aber durchaus zum Brunnen, und nur mit Gewalt konnte er von demselben ferngehalten werden. Da er so immer gehindert wurde, starb er noch an demselben Abend.

244. Warum die Ziege einen kurzen Schwanz hat.

Der Teufel erschuf die Ziege, indem er sie aus Lehm formte und ihr seinen Geist gab. Sie wollte aber nicht aufstehen. Da sagte der Teufel: „Steh auf! Es ist dies mein Wille." Doch die Ziege stand nicht auf. Da erfaßte der Teufel sie am Schwanz und rief erzürnt aus: „So steh denn in Gottes Willen auf!" Nun sprang die Ziege schnell auf. Weil sie aber vom Teufel am Schwanze festgehalten wurde, so riß derselbe. Daher kommt es, daß die Ziege noch heute nur einen kurzen Schwanz hat.

245. Der Bär.

Der Bär soll Übernatürliches wittern; er soll daher solche Stellen, an denen es nicht richtig ist, nicht betreten. Einem Wirte in Mühlgrund (Kr. Strelno) wollte das Vieh nicht recht gedeihen, und nur die Pferde waren gut im Stande. Der Mann versuchte alle Mittel, doch keins wollte helfen. Eines Tages kam ein Bärenführer mit seinem Bären in das Dorf und bat den Wirt um Nachtquartier. Der Wirt nahm ihn auch auf, und den Bären ließ er in einen Verschlag im Kuhstall führen. Allein der Bär wollte nicht über die Schwelle treten. Man wunderte sich darüber; aber der Bärenführer sagte dem Wirte, daß in dem Stalle etwas nicht richtig sein müsse. Es wurde nun der ganze Stall durchgegraben. Endlich fand man unter dem Dung einen Pferdekopf in der Erde ver-

steckt. Diesen fuhr man aufs Feld und grub ihn dort ein, und seit der Zeit ging es; das Vieh gedieh, und der Wirt hatte wieder Glück.

246. Der Wolfshund.

Die Leute erzählen, daß die Wölfin bei jedem Wurf einen Hund, den Wolfshund, zur Welt bringt. Da sie aber weiß, daß dieser einst ihr ärgster Feind sein wird, so tötet sie ihn. Um ihn unter den Jungen herauszufinden, trägt sie alle ans Wasser und läßt sie trinken. Der Wolf soll nämlich trinken wie das Vieh, schlürfend, während der Hund leckt. Daran erkennt sie den dem Tode Geweihten. In früheren Zeiten haben die Jäger der Wölfin sofort, nachdem sie geworfen, die Jungen fortgenommen, und so ist es ihnen gelungen, den Wolfshund aufzuziehen.

247. Fuchs und Katze.

Fuchs und Katze gingen einmal zusammen auf die Jagd. Der Fuchs, der sich für sehr gescheit hielt, sah mit Verachtung auf die Katze herab. Um sie zu ärgern, fragte er sie: „Wie viel Verstande hast denn du?" „Nur einen," antwortete die Katze. „Phi," pfiff da der Fuchs und dachte ein wenig nach. Und da er einmal gehört hatte, daß ein Schlachtzitz neunundneunzig Verstande habe, so wollte er diese seine Kenntnis verwerten und sagte: „Sieh mich nur einmal an! Ich habe deren neunundneunzig Stück." Auf einmal ist ihnen der Jäger auf den Fersen. Die Katze mit dem einen Verstand, die nicht gesprochen, dafür aber gut gelauscht hatte, kletterte schnell auf einen Baum; den Fuchs fingen die Hunde. Der Jäger band ihm die Füße zusammen, hängte ihn auf seinen Stock, nahm diesen über die Schulter und ging weiter. Als die Katze das sah, rief sie dem Fuchs voll Staunen zu: „Füchslein, Füchslein, wir haben doch Verstand!" Ächzend erwiderte darauf der Fuchs: „Allerdings haben wir ihn, aber wir können mit den Füßen den Boden nicht erreichen."

248. Der Fuchs und seine Jungen.

Viele Tiere leben längere Zeit mit ihren Jungen zusammen. Anders soll dies beim Fuchs sein. Wie ein alter Jäger erzählte, führt der alte Fuchs seine Jungen, sobald sie laufen können, vor den Bau, zeigt ihnen mit der Pfote die

Der Stein bei Athanasienhof.

runde, weite Welt und sagt: „Du gehst rechts, und du gehst links; mein Gang ist in der Mitte. Beim Kürschner treffen wir uns wieder.“ Und alsbald laufen sie auseinander.

249. Der Geier.

Als Christus noch auf Erden wandelte und das Volk lehrte, kam er eines Tages auch zu einer Frau, um seinen Durst zu stillen. Die Frau war gerade sehr beschäftigt und sagte deshalb zu dem Herrn: „Für Landstreicher gibt es in meinem Hause kein Wasser!“ Noch einmal bat Christus um einen Trunk Wassers; aber da wurde das Weib wütend wie eine Wespe und schalt wiederum: „Öffne deinen Mund; vielleicht wird dir etwas Regen hineinfallen.“ Zur Strafe für diese Worte verwandelte der Herr die Frau in einen Geier, der kein andres als nur Regenwasser trinken darf; und das auch nicht, wenn es sich irgendwo angesammelt hat, sondern wenn es regnet, muß er es mit seinem Schnabel auffangen. Daher sagt man auch jetzt noch im Polnischen: Pragnie jak kania deszczu d. i. sie begehrt etwas wie der Geier das Regenwasser.

250. Die Siebenpfeifer.

Wenn man von Kurnatowice nach Kwiltsch geht, bemerkt man eine öde Heide, darin sollen Vögel leben, die einen pfeifenden Ton ausstoßen. Dieser Ton bedeutet für die Menschen, die ihn hören, Unglück. Der Zauber wird erst in drei Tagen gebrochen. Während dieser Zeit geht kein Mann, der den Ton gehört hat, zur Arbeit, weil ihm dabei leicht etwas Böses zustoßen könnte. Man nennt jene Vögel die Siebenpfeifer.

251. Der Hecht.

Wie die Hechte zu dem „Leiden des Herrn“ kamen, darüber berichtet eine Legende, die von den Dorfbewohnern gern erzählt wird, wenn sie zum Mittag Hechte essen, folgendes: Als der Heiland eines Tages mit dem heiligen Petrus auf dem See fuhr, erzählte er ihm, daß er für die Sünden der Menschen viel werde leiden müssen, und daß er werde gekreuzigt werden. Petrus wollte das nicht glauben und sagte: „Wie ist es möglich, daß Gott von den Menschen gekreuzigt

wird?" Der Heiland antwortete ihm: „Wirf das Netz aus und fange einen Fisch! Wird im Kopf desselben ein Kreuz sein, so werde ich gekreuzigt werden; ist aber kein Kreuz darin, so habe ich nicht die Wahrheit gesprochen." Petrus tat, wie ihm der Heiland befohlen hatte, und zog mit dem Netze einen Hecht heraus. Er schnitt den Kopf des Hechtes durch und fand darin das ganze „Leiden des Herrn", die Nägel, den Hammer, das Kreuz, den Spieß. Als er nun sah, daß der Heiland die Wahrheit gesagt hatte, da fiel er ihm zu den Füßen und sagte: „Herr, du hast die Wahrheit gesprochen." Seit der Zeit haben die Hechte das „Leiden des Herrn" im Kopfe. Vorher hatten sie es nicht, sondern der Herr erschuf es erst in dem Augenblick, als er mit Petrus sprach.

252. Die Frösche von Obra.

Rings um das Dorf Obra bei Wollstein gibt es viele Wiesen und Gewässer, in denen eine Unmenge von Fröschen wohnt; aber trotzdem läßt sich, wie man sagt, kein einziger Frosch hören. Das soll folgenden Grund haben: Auf dem Gute lebte einst ein Graf, der war im Frühling eines Jahres schwer erkrankt. Das Quaken der zahlreichen Frösche in den Gewässern aber ließ ihn keine Ruhe finden und keinen Schlaf, der zu seiner Genesung notwendig war. So schien denn sein Tod nahe bevorzustehen. Da kam eines Tages ein armer Mann, der um eine Gabe bat. Als dieser vernommen hatte, daß das Quaken der Frösche den Gutsherrn nicht zum Schlaf kommen ließ, erbot er sich, die Frösche zum Schweigen zu bringen. Er ging in einem großen Kreise dreimal um das Gut herum und sprach dabei seine Zauberformeln. Sogleich verstummte der Lärm der Frösche, und der Gutsherr genas wieder. Dem Bettelmann wurde dafür eine große Belohnung gereicht. Die Frösche von Obra aber sind auch heute noch stumm, denn die zweihundert Jahre der Verzauberung sind noch nicht zu Ende.

253. Die Sterbeläuse.

Nach einem weit verbreiteten polnischen Volksglauben haben die Läuse im Kreuz des Menschen ihren Wohnsitz, und dort werden sie auch ausgebrütet. Nach und nach kommen sie einzeln heraus und setzen sich in den Kleidern fest. Deshalb

muß man immer wieder frische Wäsche anziehen. Bei manchen Menschen kriechen sie bei Lebzeiten nicht aus dem Kreuz; deshalb müssen sie bei dem Tode des Menschen aus dem Leibe heraus. Sie treten alsdann entweder kurz vor dem Tode auf oder erst nach demselben, und zwar in Unmenge; doch gehen sie nach dem Tode wieder in das Kreuz zurück und sterben ebenfalls. Diese Läuse haben eine weiße Farbe und heißen Sterbeläuse (śmiertelne wszy).

Wenn die Sterbeläuse sich schon bei Lebzeiten zeigen, so tritt für den Menschen der Tod ein, wenn die letzte Laus aus dem Rückgrat heraus ist. Eine Gräfin verspürte ein Krabbeln am Halse. Die Dienerin suchte nach und fand eine weiße Laus dort sitzen. Diese ließ die Gräfin nicht töten, sondern sie meinte, dies wäre die letzte Laus, und sie müsse nun selbst bald sterben. Und nach einigen Tagen starb sie wirklich.

254. Die Ameise.

Vor mehreren Jahren kam eines Tages eine Zigeunerin zu einer polnischen Bäuerin in Kaziopole bei Rogasen und bettelte. Die Frau wollte ihr nichts geben, und deshalb begann die Zigeunerin auf sie zu schimpfen und sie zu verwünschen. Dabei spuckte sie in eine Ecke des Zimmers. Noch am Abend desselben Tages bemerkte die Hausfrau in dieser Ecke der Stube einen Haufen Ameisen, die vorher nicht dagewesen waren, und sie konnte sich seitdem nicht von der Plage befreien. Nach längerer Zeit sprach wieder eine Zigeunerin bei ihr vor. Diese beschenkte sie reichlich und bat sie dann, ihr doch zu sagen, was sie gegen die Ameisen tun solle. Die Zigeunerin fragte sie nun, ob vielleicht einmal eine Zigeunerin in die Ecke des Zimmers gespuckt habe, und die Frau erzählte ihr, was sie wußte. Da fing die Zigeunerin eine Ameise und nahm sie mit sich. Am folgenden Tage fand die Frau keine einzige Ameise mehr im Zimmer vor, und sie blieb auch später von der Plage befreit.

XXII. Die Pflanzen.

255. Die Eiche bei der Kirche zu Blazejewo.

Zu Blazejewo bei Dolzig befindet sich eine alte Holzkirche, die von alten Bäumen umgeben ist. Auf der Nordseite steht

eine mächtige Eiche, deren Stammumfang $6\frac{1}{2}$ Meter mißt. An sie knüpft sich folgende Sage: Einst zog während eines Gottesdienstes ein schweres Gewitter am Himmel herauf. Die zum frommen Gebet versammelte Gemeinde flehte die Mutter Maria um Hilfe an. Während des Gebetes traf ein furchtbarer Blitzschlag die Eiche zum Zeichen, daß Maria das Gebet erhört und den Blitzschlag abgewendet hatte. Von nun an galt die Eiche als ein heiliger Baum. Einst sollte sie gefällt werden. Kaum war jedoch die Säge angesetzt und die Rinde des Baumes verletzt worden, als aus der Wunde Blut floß. Seitdem hat man niemals wieder versucht, die Eiche zu fällen.

256. Die Eiche von Kirchen-Dombrówka.

Zu Kirchen-Dombrówka im Kreise Obornik befindet sich im Hauptaltar der Kirche ein Marienbild, dessen Wunder und Gnaden dem Volke weit bekannt sind und zu dem an den Ablaßtagen Tausende von Menschen zusammenströmen. Man erzählt von diesem Bilde folgendes: Einst weidete ein frommer Kuhhirt am Fuße einer alten Eiche, als er plötzlich bemerkte, daß die Rinder auf die Knie sanken, und daß zwei Pilger, die dort gerade vorübergingen, ebenfalls hinknieten und betend zur Eiche emporschauten. Unwillkürlich blickte er nach oben, und sofort sank auch er auf die Knie nieder. Er sah eine himmlische Erscheinung in den Zweigen der Eiche, die Jungfrau Maria. Auch zwei Mädchen, die vom Felde nach Hause gingen, sahen sie von weitem. Zum Andenken an dieses Wunder wurde ein Bild, das die Begebenheit darstellt, in der Kirche am Hauptaltar befestigt. Die Eiche aber wurde im Laufe der Zeit fast ganz zerstört; denn jeder wollte ein Stückchen davon haben. Alte Leute behaupten noch heute, sie hätten früher im Innern des Baumes — er war in der Mitte hohl — ein Feuer gesehen, und zwar soll das immer am Vorabend eines Marientages erschienen sein.

Noch jetzt sieht man am Wege nach Pawlowo einen mächtigen Eichenstamm stehen, der seiner Zweige ganz beraubt ist. An den Ablaßtagen kommen viele an den Baum heran und beißen mit den Zähnen hinein oder schneiden mit dem Messer ein Stückchen Holz ab, da sie der Meinung sind, daß dies ein gutes Heilmittel gegen Zahnschmerzen und sonstige Krankheiten sei.

257. Die Napoleonseiche bei Roschkow.

Bei Roschkow im Kreise Jarotschin befindet sich eine Eiche, bei der der Franzosenkaiser Napoleon sein Lager aufgeschlagen haben soll, als er nach dem Brande von Moskau bei seiner Flucht aus Rußland mit dem Reste seines Heeres die Nacht in jener Gegend verbrachte. Noch heute sieht man an jenem Baum deutlich den Buchstaben N und die Jahreszahl 1812, eine Inschrift, die auf Napoleon hindeuten soll.

258. Die Hexenbuche bei Slomowo.

An dem Wege, der die beiden Dörfer Parkowo und Slomowo verbindet, stand in früherer Zeit auf einer kleinen Anhöhe eine mächtige alte Buche. Sie war innen hohl, und man erzählte sich, daß von unten bis zur Krone herauf eine Treppe geführt habe. In der Krone des Baumes hielten die Hexen der Umgegend ihre Versammlungen ab. Wurden sie dabei von irgendwem gestört, so behexten sie ihn. Unten, auf der Anhöhe selbst, veranstalteten sie ihre Tänze. Als man die Buche gefällt hatte und dann die Anhöhe abtrug, fand man daselbst die Überreste der Hexen. Die beiden Dörfer aber und die Umgegend waren jetzt von Hexen frei.

259. Der blutende Baum.

Auf der Grenze der Feldmarken von Pripkowo und Grützendorf im Kreise Obornik befindet sich ein mit Schilf bestandener Platz, ein Überrest von der preußisch-polnischen Grenze aus dem Jahre 1772. Hier hat, wie man noch zu erzählen weiß, früher ein Galgen gestanden, und noch heute wird die kleine Erhebung Räubergrab genannt. Das Schilf, welches darauf wächst, läßt sich nicht ausrotten, da es mit dem Blute der dort Hingerichteten getränkt sein soll. An der Wegseite dieses Hügels befand sich früher eine Rotbuche, von der jetzt nur noch ein unscheinbarer Strauch übrig ist. Vorübergehende haben wiederholt bemerkt, daß der Stamm in der Neujahrsnacht blutet, und deshalb wird der Weg zu der Zeit von Fußgängern gemieden.

260. Die weinende Weide.

Unweit Welna im Kreise Obornik hat sich vor vielen Jahren eine Frau im Welnaflusse ertränkt. An jener Stelle

stand ganz nahe am Wasser eine alte Weide, und in diese wurde der Geist der Ertrunkenen gebannt. Die Tochter der Frau, ein zehnjähriges Mädchen, ging nun oftmals zu der Weide, um dort zu weinen und für das Seelenheil ihrer Mutter zu beten. Einst, am Tage vor dem Weihnachtsfeste, war sie am Abend wieder hinausgegangen; aber seit der Zeit war sie verschwunden, und man hörte nichts von ihr.

Vor mehreren Jahren hörte ein Mann, der spät am Abend über die an dem Flusse gelegene Wiese ging, jemand weinen. Es war wieder am Tage vor Weihnachten, und der Fluß war zugefroren. Um sich den Weg abzukürzen, schritt er über das Eis des Flusses. Auch jetzt hörte er das Weinen fortwährend, sah aber niemand. Erst als er zu der Weide kam, merkte er, daß die Weide weinte. Ein anderer Mann sah an demselben Tage, als er dort vorüberging, ein Mädchen in weißen Kleidern unter der Weide beten. Es war schon spät in der Nacht. Er ahnte aber nicht, daß das Mädchen ein Geist war, und so forderte er es auf, mit nach Hause zu gehen. Doch in dem Augenblick, wo er die Worte aussprach, verschwand das Mädchen im Flusse.

Es wurde seit der Zeit nicht wieder gesehen; einige Leute aber wollen auch nachher noch die Weide weinen gehört haben, und man erzählt, daß die Mutter durch das Weinen der Weide habe wollen zu erkennen geben, daß sie ihr verwaistes Kind habe zu sich nehmen müssen. Zum Andenken an dieses Ereignis hat man die Wiese Wierzbówka genannt.

261. Espe und Tanne.

Als die heilige Familie vor Herodes nach Ägypten fliehen mußte, kam sie unterwegs in eine Gegend, in der sich viele Räuber aufhielten. Von diesen wurde sie alsbald verfolgt, und in ihrer Not suchte sie sich unter den Bäumen, die dort wuchsen, zu verbergen. Ihre Wahl fiel zuerst auf eine Espe. Doch aus Furcht, der Heiland könnte unter ihren Zweigen von den Räubern gefunden werden, zitterte sie so sehr, daß es den Räubern gleich hätte auffallen müssen. Die heilige Familie verließ deshalb die Espe und ging zum nächsten Baum, einer Tanne. Freudig senkte diese ihre schützenden Zweige über die Verfolgten, so daß die Räuber gar nicht ahnen konnten, daß die Gesuchten sich unter diesem Baum be-

fanden. Seit der Zeit hat die Tanne die dichten, herabhängenden Zweige, während die Espe zur Strafe für ihre Furcht immer noch zittern muß.

262. Die blutende Pappel zu Samter.

Zu Samter steht im Vorhofe der katholischen Kirche eine uralte Pappel, die geschichtliche Bedeutung besitzt; denn unter ihr soll der tapfere Polenkönig Johann Sobieski einst eine Mahlzeit eingenommen haben. Sie ist nicht hoch, aber sehr dick. Da der Baum dort im Wege stand, wollte man ihn fällen; aber als man ihn ein bißchen angeschnitten hatte, lief Blut heraus, und so ließ man davon ab. Die angeschnittene Stelle ist noch jetzt zu sehen.

263. Weißdorn und Rotdorn.

Inmitten von Laub- und Nadelwäldern liegt bei Obersitzko friedlich und ruhig die Försterei Chraplewo. Nicht weit von derselben befindet sich ein kreisförmiger, von hohen Kiefern und Tannen umgebener leerer Platz. Mitten auf diesem Platz ist ein tiefes Loch, das stets mit Wasser gefüllt ist und dessen Tiefe, wie man sagt, noch niemand ausgemessen hat. Auf der einen Seite des Loches wächst ein Rotdorn, auf der andern ein Weißdorn. Wenn nun ein Krieg bevorsteht, so schießt der Rotdorn üppig empor, und an seinen Zweigen prangen unzählige blutrote Blüten; aus der Tiefe des Loches aber vernimmt man einen Ton, als ob in heißem Kampfe die Waffen aufeinanderschlügen. Ist dann nach heißem Kampfe ein glücklicher Friede geschlossen, so blüht im nächsten Jahre der Weißdorn, und seine schneeweißen Blüten leuchten wie funkelndes Gestein. Aus der Tiefe aber vernimmt man einen Ton wie das Gemurmel von Dankgebeten.

264. Bomster Schattenseite.

Bei den Städten Unruhstadt und Bomst wächst ein Wein, den kaum ein geborner Posener trinken kann, denn seine Wirkungen sollen — entsetzlich sein. Über diesen Wein erzählt man folgenden Scherz: Es war einmal zur Kriegszeit, da nahm ein General mit seinem Gefolge in Unruhstadt Quartier. Er wurde von dem Bürgermeister aufs köstlichste empfangen, mußte aber, nachdem er sich an dem Erzeugnisse der Stadt, an dem Wein, erfreut hatte, plötzlich den Ort ver-

lassen, da ihn militärische Angelegenheiten nach Bomst riefen. Hier wurde ihm eine eben so liebenswürdige Aufnahme zuteil wie in Unruhstadt, und auch hier mußte er sich an dem Safte des einheimischen Weinstocks erlaben. Als er am andern Morgen zum Vorschein kam, fragte ihn der Bürgermeister ehrerbietigst, wie er die Nacht geschlafen habe. Der General erwiderte kurz: „Erst war's die Unruhe, dann aber kam der Bomst!“ Und wenn nun der General wieder nach einer von diesen Städten kam, so durfte ihm kein Wein mehr vorgesetzt werden, der in Unruhstadt oder Bomst gewachsen war. Seit jener Zeit aber existiert der Spottvers:

Bomster Wein
Trinkt kein Schwein.
Wer ihn doch getrunken hat,
Kriegt ihn wohl für immer satt.

265. Der Tabak.

Der heilige Petrus soll den Schnupftabak auf die Erde gebracht haben, und hier hat er sich allmählich weiterverbreitet. Ein Holzhacker, den jemand fragte, warum er schnupfe, antwortete: der heilige Petrus habe selber viel geschnupft, und er habe auch eine herrliche Schnupftabaksdose gehabt.

Andre erzählen: Petrus hat den Schnupftabak für gute alte Leute gebracht, und deshalb ist auch nur alten Leuten die Freude vergönnt, Schnupftabak zu schnupfen. Wenn junge Leute schnupfen, so ist das nicht recht; gewöhnlich bekommen sie eine Krankheit davon. Den Rauchtabak dagegen hat der Teufel gebracht; der sucht die Menschen dadurch zu verderben. Der Rauchtabak ist also ein Bundesgenosse des Teufels. Das Rauchen benimmt dem Menschen die Sinne, und ein solcher Mensch ist dann fähig, die schlimmsten Handlungen zu begehen.

266. Das Schneeglöckchen und der Schnee.

Als der liebe Gott alles erschaffen hatte, Tiere und Kräuter, da sah er sich am Ende die Werke seiner Hand noch einmal genauer an. Die Tiere unterschieden sich schon durch ihre Gestalt und Größe; dagegen waren die Blumen wegen ihrer geringen Größe kaum voneinander zu unterscheiden. Da nahm der liebe Gott einen großen Farbenkasten mit vielen

Farben und bemalte alle Blumen der Reihe nach. So entstanden die verschiedenen Farben der Blumen.

In einer Ecke hockte der Schnee und schaute dem Hantieren des lieben Gottes zu. Ihm gefielen die Farben der vielen Blumen, und er begehrte von seinem Schöpfer ebenfalls ein Farbenkleid. Gott hatte aber alle Farben schon vergeben und wies deshalb den Schnee an, bei den einzelnen Blumen anzufragen, ob eine derselben ihm seine Farbe leihen wolle. Der Schnee ging zum Grase und bettelte es an um die grüne Farbe. Das Gras aber lachte ihn aus. Die Rose erzitterte schon bei seinem Nahen und konnte kein Wort hervorbringen; die Sonnenblume sah ihn erst gar nicht an. Da stand auch in einer Ecke ein einsames Schneeglöckchen. Bei diesem fragte der Schnee nicht erst wegen der Farbe an, um nicht abgewiesen zu werden. Gesenkten Hauptes stand er da und jammerte: „Wenn mir denn niemand seine Farbe gibt, so bin ich gleich dem Winde, der nur deshalb so böse ist, weil er keine Farbe erhalten hat." Diese Worte hörte das Schneeglöckchen. Es hatte Mitleid mit dem Schnee und bot ihm seine schlichte weiße Farbe an, und dankend nahm der Schnee sie an.

Seit der Zeit sind Schnee und Schneeglöckchen die besten Freunde. An seinem Busen sucht das Schneeglöckchen Schutz vor der grimmigen Kälte; alle andern Blumen dagegen, die so hartherzig waren, werden vom Schnee vernichtet.

267. Die Schlüsselblume.

Als Petrus einst im Himmel einer armen Menschenseele die Himmelspforte öffnen wollte, verlor er die Schlüssel. Sie durchbrachen die Himmelsdecke und fielen auf die Erde hernieder, wo sie einen Abdruck hinterließen. Dieser verwandelte sich in eine Blume, die Schlüsselblume, von der die vielen Blumen abstammen, die jedes Jahr den Frühling verkünden.

268. Die Kornrade.

Eine Kornrade soll man nicht im Hause aufbewahren. Diese Pflanze zieht die bösen Geister an. Deshalb soll man auch in der Fronleichnamsoktave keinen Kranz aus der Kornrade weihen lassen; denn der Blitz schlägt in das Haus ein, wenn sich in den wianki, den geweihten Kränzen, Kornrade vorfindet.

XXIII. Räubersagen.

269. Der Räuberberg bei Schrotthaus.

Rechts von dem Dorfe Schrotthaus, in der Richtung nach Radom hin, liegt ein Hügel, den die Leute den Räuberberg nennen. Auf diesem Hügel soll einst eine mächtige Steinplatte gelegen haben, unter welcher der Teufel seine Schatzkammer hatte. Viele Leute haben es versucht, die Steinplatte abzuheben und den Teufel seiner Schätze zu berauben.

Nun lebte zu Schrotthaus ein Schäfer, dem es sehr schlecht ging und der sich oft in großen Geldnöten befand. Daher beschloß er, seine Seele dem Teufel zu verschreiben, wenn er ihm dafür die Hälfte der in seiner Schatzkammer verborgenen Schätze gebe. In einer Nacht nun erschien der Teufel dem Schäfer und sagte ihm: wenn er ihm seine Seele verschreiben wolle, so solle er in der nächsten Nacht um 12 Uhr auf den Teufelsberg — so hieß der Berg früher — kommen. Der Schäfer erschien zur festgesetzten Stunde, und der Teufel ließ ihn mit seinem eigenen Blute einen Kontrakt unterschreiben. Dazu mußte er sich den Daumen ritzen. Das Geld aber gab ihm der Teufel noch nicht gleich, sondern er sagte ihm, er solle nach einer Woche wiederkommen und es sich dann holen.

Davon hatten aber einige Bauern des Dorfes gehört, und sie beneideten nun den Schäfer um das Geld, das er noch gar nicht hatte. Deshalb boten sie eine Räuberbande, die in der Nähe hauste, auf und veranlaßten sie, den Schäfer des Geldes zu berauben, wenn er es sich holte. Die Räuber waren dazu bereit, nahmen sich aber zugleich vor, dem Teufel alle seine Schätze zu nehmen, wenn er die Schatzkammer öffnete. Am festgesetzten Tage legten sie sich in der Nähe der Steinplatte in einen Hinterhalt. Als nun in der Nacht der Schäfer pünktlich zur Stelle war, da öffnete sich die Platte, und der Teufel wollte dem Schäfer seinen Anteil an dem Schatze übergeben. Aber da sprangen auch schon die Räuber aus ihrem Versteck hervor und stürzten sich in die Schatzkammer. Es entspann sich jetzt ein Kampf zwischen den Räubern und dem Teufel, in dem schließlich der Teufel unterlag. Die Räuber fingen nun an, sich den Schatz anzueignen. Der Schäfer wollte auch

seinen Teil davon haben, und da er nicht weichen wollte, wurde er von den Räubern ermordet. Sofort schloß sich der Hügel, und alle Räuber wurden in des Teufels Schatzkammer begraben. Die Steinplatte aber verschwand, und am andern Morgen sahen die Vorübergehenden nur den Hügel ohne den Stein.

Seit jener Zeit heißt der Hügel der Räuberberg.

270. Das Mädchen bei den Räubern.

In der Nähe von Polajewo war in früheren Zeiten ein großer Wald. In demselben hauste eine Räuberbande. Eines Tages ging ein Mädchen in den Wald, und da es sich zu tief hineingewagt hatte, verirrte es sich. Endlich kam sie zu einer Hütte. Dort traf sie eine Frau, die bat sie, sie bis zum nächsten Tage dort bleiben und übernachten zu lassen. Die Frau wollte es schon tun; aber in dem Augenblick kamen auch die Räuber, denen die Hütte gehörte, nach Hause. Die Räuber wollten das Mädchen zuerst töten; dann aber beschlossen sie, es bei sich zu behalten, damit es der alten Frau in der Hütte helfe. So blieb das Mädchen zehn Jahre bei den Räubern. Als die Frau gestorben war, wollte auch das Mädchen nicht mehr dableiben und lief fort. In der Richtung nach Polajewo hin hörte sie Hunde bellen und Hähne krähen und eilte nach dort hin. Bald kam sie nach Polajewo. Hier ging sie zum Propst, um zu beichten, erzählte ihm aber nichts von den Räubern, weil sie diesen schon früher hatte schwören müssen, nichts von ihnen anzugeben. Wohl aber sagte sie, daß sie ein Geheimnis wisse. Da drang der Propst so lange in sie, bis sie ihm alles erzählte. Man ließ nun Soldaten kommen, und die Räuber wurden alle gefangen genommen. Der Wald aber heißt noch jetzt der Räuberwald.

271. Das mutige Mädchen.

Bei einem Walde hatte einst ein Graf ein Schloß aus Eisen. Hier wohnte er mit seiner einzigen Tochter. Eines Tages fuhr er mit seiner Dienerschaft fort, und die Tochter blieb mit einer Magd allein zurück. Da kam eine Räuberbande zu dem Schlosse und versuchte, in dasselbe einzudringen. Doch es war vergeblich, da alles aus Eisen war. Da bemerkten die Räuber die hölzernen Türschwellen und versuchten

sich unter diesen einen Weg in das Schloß zu öffnen. Die Dienerin war außer sich vor Angst; doch die junge Gräfin befahl ihr, alles zu tun, was sie ihr befehlen werde. Darauf nahm sie ein Beil und stellte sich an die inzwischen von den Räubern unter der Tür gemachte Öffnung. Der Räuberhauptmann befahl nun dem jüngsten der Räuber, durch die Öffnung hindurchzukriechen. Als dieser den Kopf durchgesteckt hatte, hieb ihm die innenstehende Gräfin denselben ab, packte den Rumpf am Kragen und zog ihn in das Zimmer hinein. Die Magd begann nun laut zu rufen: „Ei, wie viel Geld ist hier zu finden!" Und dabei rannte sie in dem Zimmer hin und her. Als die Bande das draußen hörte, wollten alle so schnell als möglich hineinkommen; einer nach dem andern steckte den Kopf durch die Öffnung, und so wurden alle getötet. Zuletzt wollte auch der Hauptmann hinein. Doch die Gräfin schlug zu schnell zu, so daß sie ihm nur die Kopfhaut abschnitt. Rasch zog er den Kopf wieder zurück und lief davon.

Geraume Zeit später kam eines Tages ein mit sechs Pferden bespannter Wagen bei dem Schlosse vorgefahren. Ihm entstieg ein prächtig gekleideter Mann, der sich dem Grafen vorstellte und ihn nach einigen Tagen um die Hand seiner Tochter bat. Der Graf willigte ein, und ebenso die Tochter, die den schönen jungen Mann in der Zwischenzeit liebgewonnen hatte. Die Hochzeit wurde mit großer Pracht gefeiert, und dann begab das junge Paar sich auf die Hochzeitsreise. Wie sie nun durch einen großen Wald fuhren, zog der Herr plötzlich seine Perücke vom Kopf und fragte seine Frau, ob sie ihn wiedererkenne oder sich wenigstens denken könne, wen sie vor sich habe. Sie erkannte jetzt zu ihrem Schrecken, daß ihr Mann der gefürchtete Räuberhauptmann war. Bald kamen sie zu einem Häuschen tief im Walde, wo die ganze Räuberbande versammelt war. Die Gräfin mußte aussteigen und sich in eine Stube begeben. Hier fragte sie der Räuberhauptmann, worin sie gebraten werden wolle, in Öl oder in Harz. „In Harz," antwortete sie; denn sie wollte Zeit gewinnen. Der Räuberhauptmann ging nun mit den Räubern in den Wald, um Harz zu suchen. Die Gefangene ließ er unterdessen in der Obhut einer alten Frau zurück, die sie beständig an den Haaren festhielt. Die Gräfin bat die Frau, sie austreten zu lassen; aber die Alte sagte: „Ach

was, das kannst du auch zum Fenster hinaus machen." Und sie führte sie an das Fenster und öffnete es. Da zog nun die Gefangene schnell ein Messer hervor, schnitt damit der Alten die Hand durch, so daß sie sie loslassen mußte, und sprang dann durch das Fenster in den Wald.

Zwei Stunden war sie gelaufen, als sie einem Bauer begegnete, der einen Wagen mit Stroh fuhr. Diesem klagte sie ihr Leid und bat ihn, sie in dem Stroh zu verstecken. Der Bauer hatte Mitleid mit ihr, nahm eine große Garbe und band sie hinein. Nach kurzer Zeit kamen die Räuber herangesprengt und fragten den Bauer, ob er nicht eine fliehende Frau gesehen habe. Dieser verneinte es. Doch die Räuber nahmen eine Garbe nach der andern, warfen sie vom Wagen und durchbohrten sie. So wurde der versteckten Frau der Busen durchbohrt; aber sie gab keinen Laut von sich. Die Räuber eilten nun weiter; der Bauer aber lud sein Stroh wieder auf den Wagen und kam gegen Abend zu dem Schlosse des Grafen, der unter Tränen seine Tochter begrüßte.

272. Die kahle Stelle bei Neumühle.

Nicht weit von Czarnikau liegt das Dorf Neumühle. Wenn man zu dem Dorfe gelangen will, muß man durch einen ziemlich großen Wald gehen. In diesem Walde ist eine Stelle, die nur mit Sand bedeckt ist und auf der nichts wachsen will. An dieselbe knüpft sich folgende Sage: Eine Frau, die mit Leinwand handelte, ging einmal durch den Wald nach Neumühle, um dort ihre Leinwand zu verkaufen. Sie hatte viel Geld bei sich. Mitten im Walde wurde sie plötzlich von zwei Räubern überfallen, in den Wald hineingeschleppt und getötet. Als sie im Sterben lag, betete sie zu Gott, daß dieser die grausame Tat rächen möge. Darauf verschied sie. Die Räuber machten sich nun daran, die Beute zu teilen und alles einzupacken, was sie mitnehmen wollten. Dabei bemerkten sie nicht, wie sich der Himmel mit schwarzen Wolken bedeckte. Ein fürchterliches Gewitter war im Anzuge. Auf einmal fing es schrecklich zu regnen, zu donnern und zu blitzen an. Die Räuber suchten unter einem Baume Schutz. Da fuhr plötzlich ein Blitzstrahl hernieder, betäubte die Räuber und setzte den Baum und das trockene Gras am Boden in Brand, so daß die Räuber und die getötete Frau mitververbrannten. Das ist die Stelle, auf der nichts wachsen will. Die Leute erzählen auch noch, daß man an sehr heißen Sommertagen ein Schreien im Walde höre.

273. Der Fährmann an der Drage.

In Drage-Lukatz bei Filehne steht an der Drage in einem kleinen Wäldchen ein Häuschen, das jetzt schon halb verfallen ist. Dort wohnte vor mehr als einem halben Jahrhundert ein Fährmann, ein habgieriger Mensch. Wenn reiche Viehhändler oder auch andre Leute, bei denen er Geld vermutete, sich hatten über den Fluß setzen lassen, so lud er sie in sein Haus ein, machte sie betrunken und tötete sie. Dann beraubte er sie und warf die Leichen in den Keller, von wo aus ein Gang bis zum Flusse gegraben war. Einmal ging ein Mann dort vorbei, der hörte von unten eine Stimme, welche rief: „Erbarme dich meiner und befreie mich! Ich will dir dafür dankbar sein." Da der Fährmann an dem Tage gerade in der Stadt war, so holte der Mann einen Spaten und grub den Rufenden heraus. Wie erschrak er aber, als er seinen eigenen Bruder erblickte! Dieser erzählte schnell, was geschehen war, und dann eilten sie beide in die Stadt und zeigten den Fährmann an. Dieser erhielt seine gerechte Strafe. Seit jener Zeit nun soll er als ein großer Riese dort herumspuken. Im Munde hält er einen zur Hälfte aufgefressenen Menschen. Die Stelle wird deshalb von den Leuten gemieden.

Quellen, literarische Nachweise und Anmerkungen.

1 bis 3. Aus Rogasen; polnische Quellen.
4. 5. Aus Kujawien, polnische Quelle; mitgeteilt durch Lehrer A. Szulczewski in Brudzyn. Zu 5. vgl. Pos. Sagenbuch S. 23.
6. Aus Czarnikau, deutsche Quelle; mitg. vom Primaner F. Kowalinsky.
7. Aus Rogasen, poln. Quelle.
8. 9. Aus Czarnikau; deutsch. F. Kowalinsky.
10 bis 13. Polnische Quellen.
14. Aus Pinne, deutsche Quelle.
15. 16. Poln. Quelle.
17. Poln. Quelle aus dem Kreise Wongrowitz. Daß ein zerstückter Leichnam stückweise durch den Kamin fällt, ist ein mehrfach wiederkehrender polnischer Sagenzug; vgl. Pos. Sagenb. S. 200; Ostm. Sagen Nr. 67; Rog. Fambl. 10, 62; A. Szulczewski, Allerhand fahrendes Volk in Kujawien S. 25 (hier fällt der Teufel durch den Schornstein, während Twardowski sich ein Essen bereitet). S. auch Nr. 188.
18. 19. Poln. Quelle.
20. Deutsch aus Nawisk.
21. 22. Poln. Quelle aus Kruschwitz.
23. Poln. Quelle; durch A. Szulczewski.
24. 25. Aus der Zeitschrift der Hist. Gesellschaft f. d. Provinz Posen 9, 97 f.
26. Aus Kujawien, durch A. Szulczewski.
27. Deutsch; aus Czarnikau.
28. Aus Rogasen; poln. Quelle.
29 bis 31. Aus Kujawien, durch Szulczewski. Vgl. Volkst. aus der Tierwelt Nr. 35, 100, 463, 553, 554; Zeitschr. des Naturwissensch. Vereins 19 (Volkstümliches über die Haustiere); Pos. Sagenb. S. 169 f.
32. Aus Rogasen; poln. Quelle.
33. Aus Pinne, deutsche Quelle; mitg. vom Primaner J. Langenmayr.
34. Poln. Quelle.
35. Wie 33. Vgl. Posener Sagenb. S. 276: Wenn der Adalbertsstein bei Budziejewo versunken und von den Menschen vergessen sein wird, dann wird das Ende der Welt gekommen

sein. Über den Weltuntergang s. Hess. Blätter f. Vkde. 3, 129 f. und A. Szulczewski im Rog. Fambl. 10, 83. Vgl. auch Nr. 155.

36 bis 40. Poln. Quellen.

41. Poln. Quelle aus Rogasen. Zu dem schwarzen Kreuz vgl. Aus dem Pos. Lande 5, 392.

42. Poln. Quelle, mitg. vom Sekundaner Peche. Ähnlich wird die Sage auch von dem Schlosse zu Gollantsch erzählt, s. Hess. Blätter f. Vkde. 5, 90.

43. Poln. Quelle, mitg. vom Primaner v. Gozimirski.

44. Poln. Quelle, mitg. vom Sekundaner v. Rzewuski, in dessen Familie die Sage sehr bekannt ist.

45. Nach der Erzählung einer polnischen Frau in Rogasen. Die Sage von der weißen Frau ist eine poln. Wandersage, die mehrfach wiederkehrt; vgl. auch Aus d. Pos. Lande 3, 573. Zur weißen Dame von Reisen s. mein Pos. Sagenb. S. 195. Andre Sagen s. Hess. Bläter f. Vkde. 5, 89 ff. und Ostm. Sagen Nr. 10.

46. 47. Poln. Quelle aus Morzewo; mitg. vom Primaner St. Michallek.

48. Poln. Quelle aus Rogasen; Primaner F. Kowalinsky. Vgl. Ostmärk. Sagen Nr. 1.

49. Polnische Quelle aus Witoslaw.

50. Deutsche Mitteilung aus Czarnikau.

51. Poln. Quelle aus Ritschenwalde; beruht angeblich auf einer gedruckten poln. Quelle.

52 bis 54. Vgl. dazu Hist. Monatsbl. f. d. Prov. Posen 6, 155 ff. Zu Nr. 53 bemerkt A. Szulczewski: „Diese Sage ist in meiner weitverbreiteten Familie zu finden; soll doch dieser Mann mein Urgroßvater mütterlicherseits gewesen sein." — Das würde auf die Zeit um 1830 hinweisen.

55. Pos. Tageblatt vom 14. Dez. 1907.

56. Nach mündlicher Mitteilung aus Scharley vom Primaner Plucinski.

57. Poln. Quelle; A. Szulczewski.

58. Poln. Quelle; Lehrer Poliwoda in Dobieszewiec.

59. Pos. Heimatkunde 3, 88; mitg. von Fr. Rheinsberg in Schubin.

60. Poln. Quelle aus Kujawien; A. Szulczewski.

61 bis 63. Poln. Mitteilungen.

64. Deutsche Quelle aus Margonin.

65. Deutsch aus Kruszewo; Primaner Kowalinsky.

66. Aufgezeichnet von A. Szulczewski nach der Erzählung eines jungen polnischen Menschen in Brudzyn, der längere Zeit in deutscher Umgebung gelebt hatte. Es ist natürlich die Erzählung vom Schmied zu Jüterbogk.

67. Poln. Quelle.

68. Nach dem Hausfreund 1896 Nr. 23.

69. Deutsche Quelle.

70. Aufgezeichnet von Lehrer Müller in Kania.

71. Aus Kujawien durch A. Szulczewski; vgl. Hess. Blätter f. Vkde. 3. 16.0

72. Hist. Monatsblätter f. d. Prov. Posen 3, 74.
73. Deutsch aus Pinne; Primaner J. Langenmayr. Vgl. Aus dem Pos. Lande 7, 57 f.
74. 75. Deutsche Quelle aus Kolmar.
76. Deutsche Quelle; vgl. Pos. Sagenb. S. 257 f.
77. 78. Deutsch aus Czarnikau; vgl. Pos. Sagenb. S. 258 f. und J. Klemm, Heimatkunde des Kreises Czarnikau S. 35 f.
79. Deutsch aus Czarnikau; vgl. Hess. Blätter f. Vkde. 6, 73 ff.
80. Poln. Quelle aus Obornik; doch ist die Sage zweifellos deutsch.
81. Mündlich und Hausfreund 1896 Nr. 235; poln. Sage. Vgl. Pos. Sagenb. S. 298.
82. Poln. Quelle. Zum Verstehen der Vogelsprache s. Zeitschr. des Vereins f. Vkde. 1912 S. 94.
83. Nach dem Hausfreund 1896 Nr. 193; vgl. Pos. Sagenb. S. 260. Daß Untergehende sich in Blumen verwandeln, wird auch sonst erzählt. In meinen Papieren findet sich zum Sagenbuch S. 260 (Das Schloß von Montwy) die Notiz: Man erzählt auch, daß die von den Feinden verfolgten Soldaten in den Sümpfen versunken, aber in Blumen verwandelt worden seien.
84. 85. Poln. Quelle.
86 bis 89 sind deutsche, 90 bis 93 polnische Sagen. Zu den Sagen von der Mora s. auch Szulczewski, Allerhand fahrendes Volk S. 45 ff.
94 bis 96. Polnische, 97 bis 99 deutsche Quellen.
100. Mündlich aus Rogasen; poln. Quelle.
101 bis 105. Aus Kujawien durch A. Szulczewski. Der polnische Skrzat ist hier sehr deutlich mit dem deutschen Kobold identifiziert. Zum Teufel im Sichelgriff vgl. Strackerjan, Aberglaube und Sagen aus dem Herzogtum Oldenburg I S. 311 f.
106 bis 109. Deutsche Quelle in Rogasen.
110. 111. Poln. Quelle.
112. Lehrer Namysl in Ceradz; poln. Quelle.
113. Bei Deutschen und Polen verbreitete Erzählung.
114 bis 120. Deutsche Quellen. Vgl. Pos. Sagenb. S. 5 ff.
121. Nach dem Hausfreund 1896 Nr. 38 (Lehrer Müller in Kania).
122 bis 124. Aus Kujawien durch A. Szulczewski; erzählt von polnischen Leuten, die den Geist nocny polowy (nächtlicher Jäger), borowy (Förster) und zly borowy (böser Förster) nannten.
125. Poln. Quelle aus Rzegocin.
126. Aus Kujawien durch Szulczewski.
127. Poln. Quelle; Primaner St. Michallek.
128. Poln. Quelle; A. Szulczewski.
129. Mündlich aus Rogasen; poln. Quelle.
130. Poln. Quelle; A. Szulczewski.
131. Mündlich aus Jankendorf; deutsche Quelle.
132. 133. Poln. Quelle aus dem Kreise Birnbaum. Sekundaner Stanko.
134. Aus Neustadt; mitg. vom Primaner Philippsthal. Vgl. Pos. Sagenb. S. 37 f. und 341; Aus dem Pos. Lande 7, 158.

135 bis 137. Deutsche Quelle; aus Rogasen.
138. Deutsche Quelle aus Czarnikau; Primaner F. Kowalinsky.
139. Poln. Quelle; Sekundaner Stanko.
140. Poln. Quelle aus Polajewo.
141. 142. Aus Sierniki, mitg. vom Sekundaner Peche; poln. Quelle.
143. Mitg. von A. Szulczewski.
144. Poln. Quelle; Sek. Peche.
145. Mitg. vom Gutsbesitzer Ristow in Tarnau.
146. Erzählt von einem poln. Arbeiter in Posen.
147. Aus Rogasen; poln. Quelle.
148. Aus dem Hausfreund 1896 Nr. 133; vgl. Hist. Monatsblätter f. d. Provinz Posen 5, 40 ff.
149. 150. Poln. Quelle aus dem Kreise Wongrowitz; Sek. Kaźmierczak.
151 bis 154. Deutsche Quellen.
155. Nach mündlichem Bericht in Kujawien aufgezeichnet von A. Szulczewski. Ähnlich bei K. Haupt, Sagenbuch der Lausitz 1, 230. Ein Märchen vom Kalmuk hat Szulczewski mitgeteilt in den Mitteilungen der Schles. Gesellschaft f. Volkskunde, Heft 14 (1905).
156. Mitg. von A. Szulczewski. Poln. kość bedeutet Knochen.
157. Deutsche Quelle aus Lubasch. Wohl Überrest eines Märchens.
158. Aus Kujawien durch Szulczewski.
159. Deutsche Erzählung aus Schwerin a. W.
160 bis 162. Aus Czarnikau; deutsche Erzählungen. Zu 162 vgl. Pos. Sagenb. S. 97.
163. Deutsche Erzählung aus Margonin; Primaner Köppen.
164. Poln. Erzählung aus Prusiec; Sekundaner Czwejkowski.
165. Poln. Quelle.
166. Aus Kujawien, mitg. von A. Szulczewski. Zu dem Lindenstock vgl. Zeitschr. des Vereins f. Volkskunde 1905 S. 102 ff.
167. 168. Aus Kujawien; A. Szulczewski.
169. Poln. Quelle; Sekundaner V. Matuszewski.
170. Erzählt von einer poln. Frau in Rogasen; Sekundaner Mannheim.
171. Poln. Erzählung aus Tremessen; vgl. Rog. Fam. 8, 3.
172. Poln. Quelle. Der erwähnte Brand in der Kirche zu Schroda fand im Dezember 1908 statt. Zu der Erzählung s. meine Pos. Märchen Nr. 1 und Zeitschr. des Vereins f. Volkskunde 21, 391.
173. Poln. Quelle aus Rogasen. Vgl. die pommersche Sage in den Blättern f. pomm. Vkde. 2, 68.
174. Aus Brudzyn durch A. Szulczewski; Hist. Monatsblätter 5, 39 f.
175. Poln. Quelle; s. Pos. Heimatkunde 1908 Nr. 1; Aus d. Pos. Lande 7, 163.
176. Poln. Quelle aus Witoslaw; vgl. Rog. Fam. 10, 71.
177 bis 179. Poln. Quelle; Sekundaner Peche.
180. Aus dem Samter'schen Kreisblatt.
181. Poln. Quelle; Sekundaner Peche.

182 bis 184. Deutsche Quellen.
185. Poln. Quelle.
186. Aus Kujawien durch A. Szulczewski.
187. Poln. Quelle. Hexen erscheinen im roten Rock bei Strackerjan, Aberglaube und Sagen a. d. Herzogtum Oldenburg 1 S. 323, 334, 367.
188. Poln. Quelle aus Tremessen; Primaner Plucinski. Vgl. Nr. 17.
189. Aus Kujawien durch A. Szulczewski; poln. Quelle. Eine andre Form der Sage s. Zeitschr. des Vereins f. Vkde. 16, 97 f.
190. Deutsche Quelle aus Gnesen.
191. Aus Kujawien durch A. Szulczewski; s. Blätter f. pomm. Vkde. 10, 153.
192. 193. Aus Rogasen; poln. Quelle.
194. Mitg. durch den Primaner A. Klawek.
195. 196. Aus Rogasen; Sekundaner Kaźmierczak.
197. 198. Aus Kujawien durch A. Szulczewski.
199. Posener Geld- und Schatzsagen Nr. 55.
200. Poln. Quelle aus Prusiec; Sek. Czwejkowski.
201. Poln. Quelle aus Sierniki; Sekundaner Peche.
202. Poln. Wandersage; vgl. Pos. Geld- und Schatzsagen Nr. 56.
203. Mitg. von Lehrer Maskulinski in Langgoslin im Rog. Fam. 3, 8, vgl. Pos. Sagenb. S. 284.
204 bis 206. Poln. Quelle.
207 bis 209. Mitteilungen von A. Szulczewski.
210. 211. Vgl. aus dem Pos. Lande 7, 36 und 216.
212. 213. Aus Kujawien und Brudzyn durch A. Szulczewski; poln. Quelle.
214. Poln. Quelle; V. Matuszewski.
215. A. Szulczewski; Hist. Monatsblätter f. d. Prov. Posen 6, 158.
216. Poln. Quelle; s. Aus dem Pos. Lande 1, 47; Hist. Monatsblätter f. d. Prov. Posen 6, 158; Rog. Familienblatt 11, 1 f. Der Name Rogasen ist zweifellos von poln rogoż (Schilf, Binsen) abzuleiten.
217. Nach dem Pos. Sagenbuch S. 269 f.
218. Hist. Monatsblätter f. d. Prov. Posen 6, 160. Vgl. A. Musolff, Heimatliche Sagen und Geschichten aus der Prov. Posen (1. Heft, 1910) S. 1 ff.
219. Schriftliche Mitteilung aus Gnesen.
220. Poln. Erzählung aus dem Kreise Samter; s. Pos. Sagenbuch S. 234 ff. Die Erzählung von der schwarzen Prinzessin ist sehr bekannt und wird in den verschiedensten Formen erzählt. Eine von den übrigen abweichende Version gibt das Rog. 3 Nr. 12. Darnach war der Vater ein Graf in Scharfenort. Die Tochter entflieht. An dem Orte, wo sie ohnmächtig wiedergefunden wird, läßt der Vater eine Bastei bauen, die er Szamotu (du allein) nannte, und daneben baute er ein Schloß, in dem die Tochter mit dem Geliebten eine fröhliche Hochzeit feiern durfte.

221. 222. Mitg. von A. Szulczewski. Hist. Monatsblätter f. d. Prov. Posen 5, 124 f.

223. Poln. Quelle; eine andere Fassung s. Hist. Monatsbl. 5, 125 f. Vgl. G. Kupke, Römische Reliquien in der Kirche von Pakosch (Hist. Monatsblätter 6, 126).

224. Mündlich aus Rogasen, poln. Quelle. Vgl. dazu Aus dem Pos. Lande 4, 503.

225 bis 230. Poln. Quellen.

231. Poln. Quelle. Über diesen Stein s. auch Rog. Fam. 10, 63.

232. Aus dem Ostdeutschen Volksblatt 8, Nr. 15.

233. 234. Poln. Quelle.

235. Deutsche Quelle aus Czarnikau.

236. Poln. Quelle.

237. Deutsche Quelle; vgl. Zeitschrift des Naturwissensch. Vereins, 16. Jahrg. S. 155 ff.

238. Deutsche Quelle aus Margonin. Über den Stein vgl. Pos. Sagenbuch S. 273 (der Stein bei Pruchnowo) und 357; Aus dem Pos. Lande 1, 48 und 3, 330. Von dem Stein geht auch die Sage, daß er sich jeden Morgen beim Hahnenschrei dreimal herumdrehe.

239. 240. Deutsche Quelle.

241. Poln. Quelle.

242. Aus Kujawien durch A. Szulczewski.

243. Vgl. Volkstümliches aus der Tierwelt Nr. 320, 321, 378, 379; M. Toeppen, Aberglaube aus Masuren S. 33; P. Schullerus, Rumänische Volksmärchen Nr. 106 (Archiv d. Vereins f. siebenbürgische Landeskunde N. F. 30, 617).

244. Poln. aus Brudzyn; Volkst. a. d. Tierwelt Nr. 494.

245. Aus Kujawien durch A. Szulczewski; Volkst. a. d. Tierwelt Nr. 12.

246. Ebenso, Nr. 283.

247. 248. Ebenso; poln. Quelle.

249. Poln. Mitteilung aus Rogasen und Const. Wurzbach, Die Sprichwörter der Polen S. 211 f. Wurzbach fügt noch hinzu: Wenn der Hühnergeier (poln. kania) sein heiseres Gri gri gri ausstößt, so sagt man: Es dürstet ihn nach Regenwasser. Und wenn jemand gern ein Gläschen Schnaps zu sich nimmt oder über Gebühr dem Bierkrug zuspricht, so pflegt man von ihm zu sagen: Es dürstet ihn wie den Hühnergeier nach Regenwasser. Als Quelle dieses polnischen Sprichworts wird eine Stelle aus Johannes Tzetzes (um 1180) angesehen. Vgl. O. Dähnhardt, Naturgeschichtliche Volksmärchen, 1. Aufl. S. 87 f.

250. Erzählt von deutschen Arbeitern in Zirke.

251. Poln. Quelle aus Kaziopole.

252. Poln. Quelle; doch findet sich dieselbe Erzählung bei A. Kuhn, Märkische Sagen und Märchen S. 162 (nach Beckmann, Beschreibung der Mark Brandenburg), und zwar von dem Dorfe Schwante zwischen Cremmen und Oranienburg; vgl. auch S. 192 (Die stummen Frösche von Chorin); Kuhn und

Schwartz, Nordd. Sagen S. 136, 270 und die Anm. zu Nr. 158; Eisel, Sagenbuch des Vogtlandes Nr. 580; Meiche, Sagenbuch des Königreichs Sachsen S. 589.

253. Aus Brudzyn durch A. Szulczewski; Volkst. a. d. Tierwelt Nr. 258. 259.

254. Poln. Quelle aus Kaziopole.

255. Aus dem Ostdeutschen Volksblatt 1911, Nr. 14.

256 bis 258. Poln. Quellen.

259. Deutsche Quelle.

260. Poln. Quelle. Poln. wierzba bezeichnet die Weide.

621. Poln. Quelle aus Kujawien; A. Szulczewski. Aus d. Pos. Lande 3, 572.

262. Poln. Quelle aus Samter.

263. Deutsche Quelle aus Boruschin; Lehrer Lieske.

264. Die Erzählung ist in mehreren Fassungen vorhanden.

265. Poln. Quelle aus dem Kreise Birnbaum.

266. Poln. Quelle aus Kujawien, durch A. Szulczewski. S. auch Fr. Schönwerth, Aus der Oberpfalz II, S. 136 f.

267. A. Szulczewski; vgl. Aus dem Pos. Lande 3, 571.

268 bis 270. Poln. Quellen.

271. Poln. Quelle aus dem Kreise Grätz.

272. Deutsche Quelle aus Czarnikau.
Auch an Stellen, wo sich ein Mensch das Leben genommen hat, wächst nichts. Einmal schickte der Gutsbesitzer aus Boguniewo bei Rogasen einen Mann nach Pacholewo. Als dieser nach mehreren Stunden noch nicht zurückgekehrt war, schickte der Besitzer einen andern aus, um zu erfahren, was mit dem ersten geschehen sei. Dieser sah in der Nähe von Pacholewo einen Mann auf der Erde knien, und als er nahe herankam, erkannte er, daß es der erste Bote war und daß dieser sich an dem untersten Ast eines am Wege stehenden Kirschbaumes erhängt hatte. Seitdem wuchs an dieser Stelle kein Gras mehr, und auch heute noch ist sie kahl. — Auch auf dem Richtplatz einer Hexe wächst nichts, s. Th. Bindewald, Oberhessisches Sagenbuch S. 227; ebenso dort, wo jemand hingerichtet ist, s. O. Schell, Bergische Sagen S. 224. Vgl. auch die Erzählung von dem Feiertagsschänder in der Tucheler Heide, im Hausfreund 1896, Nr. 60: Ein geiziger Bauer holt am Weihnachtstage Holz aus dem Walde. Auf dem Rückwege schlägt der hochbeladene Schlitten um, und der gottlose Mensch wird unter der Ladung begraben. Zurückkehrende Kirchgänger ziehen den Toten hervor. Dort, wo Füße, Hände und Gesicht sich in der Todesangst eingegraben hatten, wächst von der Zeit an für alle Ewigkeit weder Gras noch Moos, und noch heutigen Tages kann man an dem schmalen Wege, der von Klinger nach Charlottenthal führt, jene fünf gänzlich kahlen Vertiefungen erblicken. Vgl. auch Bürgers „Tochter des Pfarrers von Taubenheim".

273. Deutsche Quelle aus Filehne.

Register der Ortsnamen.

(Die Zahlen beziehen sich auf die Nummern der Sagen.)

Sächsische Maschinensatz-Druckerei G. m. b. H., Werdau i. S.

www.ingramcontent.com/pod-product-compliance
Lightning Source LLC
Chambersburg PA
CBHW060805310726
48980CB00002B/237
* 9 7 8 3 8 4 6 0 8 6 9 8 8 *